중국 현대 단편소설선 3

일러두기

· 이 책의 맞춤법이나 표준어 표기 등은 국립국어원의 원칙을 따랐으며, 일부 문학적인 표현을 예외를 두었다.
· 중국어 인명과 '베이징'이나 '상하이'처럼 독자에게 익숙한 지명은 중국어로 표기하고 처음에만 한자를 병기했다. 그 외 지명은 한자음으로 표기하고 해당 한자를 병기했다.
· 중국어 발음 표기는 외래어 표기법을 따랐다.
· 본문 중 괄호 안 작은 글씨 설명은 옮긴이 주이다.
· 작품 시작 전에 작가 소개와 사진을 넣어 독자의 이해를 돕고자 했다.

중국 현대 단편소설선 3

야오쉐인 · 추둥핑 · 쑨리 · 장톈이 · 사팅 · 자오수리 ·
캉쥐 · 마펑 · 아이우 · 루링 · 류바이위 · 시훙 지음

이주노 옮김

어문학사

# 역자 서문

    중국현대소설을 전문적으로 연구하는 역자는 간혹 한국문학 혹은 외국문학 연구자들, 특히 현대소설 전공자들로부터 중국현대소설을 폭넓게 접할 수 있는 소설선집 혹은 작품집을 추천해달라는 요청을 받는다. 물론 이러한 요청을 해오는 연구자들은 비교문학적 관점에서 본인이 전공하는 외국현대소설의 비교대상으로서 중국현대소설을 살펴보려는 경우가 대부분이지만, 때로 중국현대소설에 대한 순수한 문학적 호기심에서 비롯된 경우도 적지 않다. 이러한 요청에 답하기 위해 기존에 번역되어 출판된 소설선집이나 작품집을 추천하지만, 이것만으로는 다양한 시대의 여러 작가와 상이한 창작경향의 작품을 맛보려는 이들의 욕구를 충족시키기는 결코 쉽지 않았다.

    이러한 곤란은 아마도 우리나라에서 번역·출판된 현대소설이 대개 유명작가 중심의 장편소설에 치우쳐 있다는 점과 깊은 관련이 있을 것이다. 다시 말해 현재까지 우리나라에 소개된 중국현대소설은 일부 역자의 고군분투에 의한 몇몇 단행본을 제외하고는, 루쉰(魯迅)을 비롯한 일부 유명작가의 작품, 게다가 장편소설이 대부분을 차지하고 있으며, 그나마 1980년대 이후 본격적으로 창작활동을 시작한 작가의 작품이 주류를 이루고 있다. 이러한 상황인지라 1920년대 이후에 활동했던 다양한 작가의 상이한 문제의식과 창작경향을 보여주는 작품을 감상할 수 있는 기회는 매우 제한적이라고 할 수밖에 없다.

물론 이러한 편향은 주지하다시피 우리나라의 출판계가 안고 있는 불가피한 한계, 이를테면 출판시장의 협소함, 장기적 출판기획의 부재, 독서인구의 감소로 인한 수익구조의 열악함 등의 요인에서 비롯되었다고 할 수 있다. 이러한 관점에서 본다면 이 역서 시리즈의 출판은 지금까지의 관행을 깨고 중국현대소설의 다양성을 독자에게 선보이려는 시도라고 할 수 있다. 왜냐하면 이 역서 시리즈는 우리나라 독자에게 거의 알려져 있지 않은, 1920년대부터 1940년대에 활동했던 작가의 단편소설을 가능한 한 다양하게 소개하고자 하기 때문이다. 이 역서 시리즈를 통해 여러 작가의 다양한 문제의식과 창작경향을 감상할 수 있기를 바란다.

이 역서 시리즈 가운데의 세 번째 권인 '중국 현대 단편소설선 3'은 1937년 7월 7일 중일전쟁의 발발로부터 1949년 10월 1일 중화인민공화국의 수립에 이르기까지 발표되었던 단편소설 12편을 번역하여 실었다. 이 시기에 중국 국민당과 공산당은 제2차 국공합작을 맺어 통일전선을 구축함으로써 항일투쟁에 함께 나섰다.

이에 따라 문예계에서도 좌우익 문예인 사이의 통일전선적 문예단체를 조직하려는 움직임이 구체화되어, 마침내 1938년 3월 한커우(漢口)에서 중화전국문예계항적협회(中華全國文藝界抗敵協會)를 결성하였다. 이 문예단체는 '문장하향(文章下鄕), 문장입오(文章入伍)'의 구호 아래 항일구국운동의 구심점 역할을 수행했다.

중일전쟁이 발발한 이후 중국사회에서는 '항일'이라는 기치 아래 '구망(救亡)'이 주류 담론으로 자리 잡았다. 따라서 모든 문예활동은 '항일'과 '구망'이라는 역사적 소명과 민족적 염원을 달성하기 위한 수단으로 간주하는 것이 당연하게 받아들여졌다. 이처럼 문학을 정치의 도구로서 바라보는 대표적인 관점으로서 들 수 있는 것이 바로 1942년 5월에 행해진 마오쩌둥(毛澤東)의 옌안문예강화(延安文藝講話)이다. 이 강화에서 마오쩌둥은 '문예는 노동자, 농민, 병사를 위해 복무해야 한다'는 전제 아래 문예의 당파성과 계급성을 강조하면서 모든 문예활동가에게 공산당의 정책과 지시에 복종할 것을 요구하였던 것이다.

이러한 흐름 속에서 이 시기의 문예창작활동은 크게 공간적 측면에서는 지역을 통치하는 정치집단 혹은 정치권력의 성격에 따라 국민당통치구역(국통구國統區라 약칭), 공산당통치구역(공통구共統區라 약칭), 일본점령구역(점령구占領區라 약칭)으로 나눌 수 있다. 아울러 시간적 측면에서는 속승론(速勝論)에 기반한 낙관적 영웅주의가 팽배했던 전쟁 초기, 1938년 10월 우한(武漢)의 함락 이후 대치전이 지루하게 전개되던 시기, 일제의 패망 이후 국민당과 공산당 사이에 새로운 국가 건설을 위해 내전이 벌어진 시기 등으로 나눌 수 있다.

중일전쟁 초기의 소설은 주로 중국 인민의 항전 의지를 고취시키기 위해 일본 제국주의가 저지른 만행을 고발하거나 중국 인민이 보여준 영웅적 투쟁을 그리고 있다. 이 시기의 소설은 기본적으로 국공합작이 중국 인민에게 심어준 민족적 자신감, 다시 말해 일본제국주의를 속히 물리치고 승리를 거둘 수 있으리라는 낙관적 전망을 반영하고 있다. 이러한 창작경향을 대표하는 작품으로서 이 역서에서는 야오쉐인(姚雪垠)의 〈'반 수레 밀짚(差半車麥稭)'〉, 추둥핑(丘東平)의 〈어느 중대장의 전투경험(一個連長的戰鬪遭遇)〉, 그리고 쑨리(孫犁)의 〈연꽃늪(荷花淀)〉을 실었다.

그러나 중일전쟁의 상황은 중국 인민의 염원과는 달리 중국의 주요 대도시가 잇달아 일본제국주의에 함락되었으며, 그 와중에 1937년 12월 난징(南京)이 함락되면서 대규모의 학살사건이 발생하였다. 중일전쟁은 1938년 10월 우한이 함락된 이후 전선이 고착되면서 지리한 대치전의 단계로 들어서게 되었다. 이러한 전황의 변화는 전쟁 초기의 속승론과 낙관적 영웅주의의 흥분과 열정에서 벗어나 중국 사회에 뿌리깊이 남아 있는 병폐와 폐단을 직시할 수 있는 계기를 마련해주었다. 이러한 사회적 병폐와 폐단을 풍자적으로 보여주는 대표적인 작품으로서 이 역서에서는 장톈이(張天翼)의 〈화웨이선생(華威先生)〉, 사팅(沙汀)의 〈치샹쥐 찻집에서(在其香居茶館里)〉를 실었다.

중일전쟁기에 공통구의 소설창작은 기본적으로 1942년 마오쩌둥의 〈연안문예강화〉의 정신을 구현하고 있다고 보아도 좋을 것이다. 공통구의 소설은 공통구 내의 질박하면서도 생기 있는 기풍, 새로운 사회에서 꿈꾸는 낙관적 전망과 투쟁의지를 이른바 '민족형식(民族形式)', 다시 말해 중국 인민이 즐겨 듣고 보았던 전통적 서사형식을 통해 보여주고 있다. 이러한 창작경향을 대표하는 작품으로서 이 역서에서는 자오수리(趙樹理)의 〈샤오얼헤이의 결혼(小二黑結婚)〉, 캉줘(康濯)의 〈나의 두 집주인(我的兩個房東)〉, 마펑(馬烽)의 〈진바오 엄마(金寶娘)〉를 실었다.

국통구에서는 국민당의 보수적인 억압정책으로 인해 작가들의 창작 여건이 좋지 않았다. 특히 1941년 초 환남사변(皖南事變)이 일어나 국공간의 실질적인 합작이 깨진 이후 진보적인 작가의 창작활동은 더욱 곤란해졌다. 이러한 상황을 반영하여 국통구의 소설은 대체로 구(舊) 중국의 어두운 현실을 드러내는 한편, 억압받는 인민의 반항과 투쟁을 묘사하고 있다. 이러한 창작경향을 대표하는 작품으로서 이 역서에서는 아이우(艾蕪)의 〈물레가 부활할 때(紡車復活的時候)〉, 루링(路翎)의 〈허사오더 체포되다(何紹德被捕了)〉를 실었다.

1945년 8월 일본제국주의가 패배한 이후, 중국은 새로운 중국을 건설하기 위한 방안으로 국민당과 공산당이 평화교섭회담을 개최하였다. 이 회담을 통해 10월 10일 양측은 내전을 피하고 정치협상화의를 개최하는 등의 내용을 담은 쌍십협정(雙十協定)을 체결했다. 그러나 국민당이 압도적인 군사력을 배경으로 이 협정을 파기함으로써, 국민당과 공산당 사이에는 전면적인 내전이 다시 일어났다. 이러한 국공간의 내전을 다룬 작품으로서 이 역서에서는 류바이위(劉白羽)의 〈무적 3용사(無敵三勇士)〉, 시훙(西虹)의 〈영웅의 아버지(英雄的父親)〉를 실었다.

점령구의 작품을 포함하여 더욱 많은 작품을 소개하려 하였음에도 지면의 제한으로 말미암아 뜻을 이루지 못하였으나, 이 작품만으로도 1940년대 중국현대소설의 다양한 문제의식과 창작경향을 맛볼 수 있으리라 기대한다. 번역 중의 미비한 점이나 그릇된 점은 모두 역자의 불민함으로 말미암은 것인 바, 제현의 질정을 기다린다. 여러 가지 어려움에도 불구하고 이나마 책꼴을 갖춘 것은 어문학사 편집부의 정성 덕분이기에 고마움을 표하지 않을 수 없다.

2020년 2월

이주노

역자 서문 · 5

**목
차**

**야오쉐인**姚雪垠 · 14

'반 수레 밀짚差半車麥秸' · 17

**추둥핑**丘東平 · 38

어느 중대장의 전투경험一個連長的戰鬪遭遇 · 41

**쑨리**孫犁 · 84

연꽃늪荷花淀 · 87

**장톈이**張天翼 · 100

화웨이선생華威先生 · 103

**사팅**沙汀 · 116

치샹쥐 찻집에서在其香居茶館里 · 119

**자오수리**趙樹理 · 142

샤오얼헤이의 결혼小二黑結婚 · 145

**캉쭤**康濯 · 176

나의 두 집주인我的兩個房東 · 179


**마펑**馬烽 · 210

진바오 엄마金寶娘 · 213


**아이우**艾蕪 · 238

물레가 부활할 때紡車復活的時候 · 241


**루링**路翎 · 266

허사오더 체포되다何紹德被捕了 · 269


**류바이위**劉白羽 · 298

무적 3용사無敵三勇士 · 301


**시훙**西虹 · 322

영웅의 아버지英雄的父親 · 325

야오쉐인은 허난성(河南省) 덩저우시(鄧州市)의 몰락한 지주가정에서 태어났다. 본명은 야오관싼(姚冠三), 쉐인(雪垠)은 필명이다. 1929년 허난대학 법학원 예과에 진학하였으며, 이즈음에 '쉐헌(雪痕)'이라는 필명으로 처녀작 〈두 개의 외로운 무덤(兩個孤墳)〉을 발표하여 창작활동을 시작하였다. 중일전쟁이 발발한 이후인 1938년 봄에 우한(武漢)으로 가서 항일문화활동에 적극 참여하면서 항일투쟁 중에 일어난 농민의 각성과 변화를 묘사하는 작품을 다수 발표하였다. 대표작으로는 장편소설 ≪이자성(李自成)≫과 ≪기나긴 밤(長夜)≫, 중편소설 ≪재회(重逢)≫, 단편소설 〈'반 수레 밀짚(差半車麥稭)'〉 등을 들 수 있다.

이 책에 실린 〈'반 수레 밀짚'〉은 1938년 5월 16일에 간행된 ≪문예진지(文藝陣地)≫ 제1권 제3기에 발표되었다.

야오쉐인

(姚雪垠, 1910~1999)

# '반 수레 밀짚 差半車麥秸'

"이봐, 이 사람 또 '반 수레 밀짚!'이네"

우리 노동자유격대 안에서는 요즘 남을 '반 수레 밀짚이 모자라'라고 부르는 것을 아주 좋아한다. 가끔 대장에게 담배를 달라고 했는데 대장이 허리춤에 감춰둔 담배를 꺼내지 않으면, 우리는 그에게 "이봐, 대장, '반 수레 밀짚!'"이라고 소리친다. 남 앞에서 느닷없이 재채기를 하고 콧물이 콧구멍에서 튀어나올 때 당신이 되는대로 옷소매로 콧물을 쓱 닦거나 신발 밑바닥으로 문대면, 남들이 당신을 '반 수레 밀짚!'이라고 놀릴 것이다. 우리 유격대 대원 중에 이가 없는 사람은 아무도 없다. 평소 이가 몸에 제아무리 기어오르고 물어뜯을지라도, 우리는 옷 위로 손으로 비비고 긁었으며, 기껏해야 옷 안으로 손을 뻗어 한두 마리 눌러 죽일 뿐

---

\* 원작에서는 '반 수레 밀짚이 모자라(差半車麥秸)'이지만, 우리말 번역의 편의를 위해 '반 수레 밀짚'으로 축약하였다. 이 작품에서 '반 수레 밀짚이 모자라'라는 말은 '하는 일이 구질구질하고 칠칠치 못하다, 깔끔하지 못하다'라는 의미로 사용되었다.

이었다. 우리가 진정으로 쉴 때, 다시 말해 우리가 안심하고 잠을 잘 수 있을 때까지 우리는 적을 섬멸할 기회를 결코 포기하지 않는다. 일본놈과 이, 요놈들이 우리의 양대 적이다. 섬멸전이 시작되면 우리는 관례대로 뜨거운 불더미를 둘러싸고서 속옷을 벗어 불 위에서 굽고 털어낸다. 우리의 적은 볶은 참깨처럼 하나씩 배가 부풀어 올라 불 속으로 떨어진다. 불 속에서 빠지직 하고 터지는 소리와 함께 고약한 냄새가 풍긴다. 이때 우리 모두는 승리의 즐거움으로 서로 밀치락거리면서 외친다. "'반 수레 밀짚', 오도독 오도독, 이빨로 물어!" 어쨌든 우리가 '반 수레 밀짚'이라는 말로 다른 사람을 놀릴 기회가 너무나 많아서 거의 누구나 '반 수레 밀짚'이라고 일컬어질 지경이었다. 우리는 '반 수레 밀짚'을 널리 끌어다 사용하지만, 이 말이 적절한지의 여부는 따지지 않았다. 우리가 사용하는 이 말에는 조금도 악의가 담겨져 있지 않았으며, 이렇게 부를 때마다 유쾌한 느낌이 들 따름이었다. 만약 우리 유격대에 이 보물 같은 말이 없다면 우리의 삶은 겨울 산처럼 무미건조했을 것이다!

우리가 '반 수레 밀짚'이라는 별명으로 서로를 부르긴 했지만, 정작 '반 수레 밀짚'인 본인은 우리 유격대를 떠난 지 오래되었다.

그는 아주 재미있는 농사꾼이었다. 우리 부대에 들어올 때부터 의식을 잃고 들것에 누워 우리를 떠날 때까지 그는 아주 유쾌한 동반자였다. 그가 떠난 후에도 우리는 계속해서 그를 이야기하고 그리워했다. 대장은 그의 작은 담뱃대를 간직하고 있는데, 마치 아내의 연애편지를 보관하듯 남이 손대지 못하도록 애지중지했다.

'반 수레 밀짚'이 부상을 입지 않았을 때, 그는 담배통에 담배가 재여 있든 없든 하루 종일 작은 담뱃대를 물고 있었다. 때때로 그는 혼자서 처소를 떠나 느릿느릿 마을가로 가서 조그마한 나무 아래에 쪼그려 앉아 눈썹을 찡그린 채 멍하니 들판을 바라보았다. 그때 그는 작은 담뱃대를 물고서 정신을 딴 데 판 채로 어쩌다 한 번씩 입술을 오므려 뻐끔거렸다. 그러면 곧바로 두 오라기의 회색 연기가 그의 콧구멍에서 뿜어져 나왔다. 동지들 중 누군가가 그의 곁으로 다가가 물었다. "'반 수레 밀짚', 마누라가 보고 싶은 거지?" '반 수레 밀짚'은 얼굴을 살짝 붉히면서 대꾸했다. "누가 아니래." 그리고서 이어 말했다. "우리 집사람하고 아이가 어디까지 왔는지 대장에게 들은 말이 없지?" '반 수레 밀짚'이 보기에, 우리 대장은 무소불위의 전지전능한 인물인데, 처자식의 행방을 그에게 알려주지 않는 것은 그가 몰래 도망칠까 봐 두려워하기 때문이다. 때로 '반 수레 밀짚'은 그의 처자식을 그리워하는 대신 원망스러운 말투로 땅을 바라보면서 말했다.

"이 땅의 풀을 보세요, 아휴!" 그는 담배를 한 모금 깊게 빨더니 연기와 함께 다음과 같이 쏟아냈다. "평온한 세월이라면 아무 탈 없이 일할 수 있을 테니, 멀쩡한 땅에 어찌 풀이 이렇게 높이 자랄 수 있겠어!"

그는 눈꼬리에 묻은 하얀 분비물을 닦고서 앞으로 몇 걸음 나아가 땅에서 작은 쓰레기를 집어 들더니, 엄지와 집게손가락으로 쓰레기를 비비고, 자세히 보고, 코끝에 대고 냄새를 맡아 보고 다시 혀끝에 살짝 올려놓아 맛을 본 다음 고개를 떨군 채 가볍게 끄덕이면서 중얼거렸다.

"이 땅은 기름진 좋은 땅이야……"

'반 수레 밀짚'은 유격대에서 시종 구망가(救亡歌) 노래 한 마디도 배우지 못했다. 언젠가 한 번 한 마디를 따라 부른 적이 있었는데, 온 동지들 모두가 배꼽이 빠져라 웃는 바람에 이후로 다시는 입을 열지 않았다. 우리 모두가 노래할 때 그는 작은 담뱃대를 입에 물고 미소를 짓고 있었으며, 그의 핏발 선 눈은 대굴대굴 우리의 입을 따라 마구 움직였다. 신이 났든 울적하든 그는 평소 행군하거나 휴식을 취할 때에 애절한 가락으로 두 마디 간단한 연극 대사를 반복해서 읊었다. 그 대사는 그가 어렸을 적에 배웠던 것이다.

홀몸으로 서울을 떠나 그 얼마나 불행했던가

비 내리지 않으면 바람이 불었지

그의 작은 담뱃대는 본인만큼이나 나에게 깊은 인상을 남겼다. 그의 작은 담뱃대를 볼 적마다 나는 나도 모르게 감동적인 이야기를 떠올린다.

차가운 해질녘에 갑자기 유격대의 모든 대원들은 미친 듯이 흥분하여 펄쩍펄쩍 뛰면서, 갓 잡아온 매국노와 대장을 빽빽하게 에워쌌다. 매국노는 두 손을 등 뒤로 묶인 채 얼굴은 핏빛 하나 없이 누렇고, 두 다리는 거의 서 있을 수 없을 정도로 덜덜 떨었다. 그의 목 뒤에는 낡은 낫이 꽂혀 있고 허리춤에는 작은 담뱃대가 꽂혀 있었으며, 머리에는 고동색의 낡은 중절모를 쓰고 있었다. 대장의 손에는 매국노의 몸에서 찾아낸 일장기가 쥐어져 있었다. 대장은 철인마냥 냉정해보였다. 동지들이 미친 듯이 소리를 질렀다.

"빌어먹을 자식이 농사꾼처럼 분장했구만!"

"총살시켜라! 매국노를 처단하라!"

누군가가 매국노의 엉덩이를 걷어찼다. 매국노는 앞으로 넘어져 중풍에 걸린 듯 고꾸라지는 바람에 대장 앞에 무릎을 꿇었다. 이 뜻밖의 결과가 동지들을 매우 실망시켰는지 분위기가 착 가라앉았다. 누군가 낮은 소리로 비꼬았다.

"휴, 알고 보니 오리똥(오리똥은 묽은지라. 북방인은 이로써 억세지 않거나 용기 없는 사람을 비유한다)이로구먼!"

대장은 여전히 철인처럼 꿈쩍하지 않고 선 채, 짙은 눈썹 아래 냉혹한 눈빛이 매국노의 몸 구석구석에서 비밀을 찾고 있었다.

"나리, 저는 착한 사람이에요." 매국노는 부들부들 떨면서 자신을 변호했다. "저는 버, 벙어리 왕(王)이라고 하는데, 절 모르는 사람이 없어요."

"아명이야?" 대장의 왼쪽 뺨에 있는 몇 가닥 검은 털이 움찔거렸다.

"네, 맞아요. 나리. 아명은 할아버지께서 지어주셨는데, 할아버진 독서인이 아니에요. 천한 이름을 지어야 액운을 막아낼 수 있다고 하셨어요……"

"본명은 뭔데? …… 어서 일어나 말해!"

"없어요, 나리."'벙어리'가 우두커니 일어선 채로 목이 멨다.
"농사꾼은 평생 공부방에 들어가지 않고 객실의 누대에 오르지
않는 법이니 이름 따윈 필요 없다고 할아버지가 말씀하셨어요."

"별명은 있어?"

"바, 반, 반 수레, 반 수레 밀짚"

"뭐?"대장의 검은 털이 다시 움찔거렸다. "반 뭐라고?"

"반 수레 밀짚이요, 나리."

"누가 그렇게 지어주었어?"

"사람들이 이렇게 날 불러요."'벙어리'의 얼굴이 빨개졌다.
"물엿장수 곰보 왕얼(王二)이 지어준 별명이에요. 그 사람이 나더
러 띨띨하다고 딱 잘라 말하던데요……"

"후하하!"동지들이 모두 웃음을 터뜨렸다.

대장은 웃지 않았다. 대장은 한 걸음 더 다그쳐 그의 고향 거
처와 매국노가 된 까닭을 캐물었다.

"저는 왕쫭(王莊) 사람입니다."'벙어리'가 말했다. "샤오왕쫭(小
王莊)이 아니라 다왕쫭(大王莊)이지요. 북군이 왔는데, 여자는 보이
는 대로 강간하고, 남자는 닥치는 대로 때리고 칼로 베고 총으로
쏴 죽였어요. 우리 애 엄마가 하는 말이 '애 아빠, 마을 사람들이
다 도망치니 우리도 도망갑시다. 도망치면 하루에 찬물 한 그릇만
마셔도 편안할 거예요.'라고 그럽니다. 그래서 제 처자식을 데리
고 도망쳤지요. 애 엄마는 이틀 밤낮 아무것도 먹지도 못하고 마
시지도 못해서 배가 앞뒤로 달라붙었어요. 아이가 젖을 먹고 싶어
도 지 에미 젖이 나와야 말이지요. 젖을 빨아도 나오지 않으니 빽

빽 울고만 있었어요……"

묶여 있던 농부의 수그린 머리에서 두 줄기 눈물이 코를 타고 굴러 떨어지자, 우리 대장이 낮은 목소리로 투덜거렸다.

"간단하게 말해 봐, 일장기는 왜 가지고 있었어?"

"나리, 애 에미가 하는 말이 '애 아빠, 이 전쟁 통에 우리야 죽어도 괜찮지만, 어린애가 굶어 죽는 꼴을 눈 멀건이 뜨고 바라보고 있을 거에요?'라고 하더라구요. 그래요, 나리. 어린 아이가 무슨 죄가 있다고 굶어 죽어야 한단 말이에요. 애 엄마가 '당신은 돌아가요. 가서 마을가 우리 밭의 당근이라도 몇 개 파내와 연명하자구요. 아이를 구해야 하잖아요!'라고 말합디다. 아침 일찍 마을로 돌아갔지만 마을에서 2리쯤 떨어진 곳에 놋그릇 모양의 모자를 쓴 북군 병사 몇 명이 나를 향해 총질을 하는 통에 다시 돌아오고 말았지요. 돌아와 아이가 엄마 품에서 낑낑거리면서 우는 소리를 들으니 ……"그는 울먹이기 시작했다.

"울지 마!"대장이 낮은 소리로 명령했다. "그래서 매국노가 되었던 거야? 응?"

"매국노는 무슨! 내가 매국노가 되려 했다면, 보세요. 나리. 위에 하늘이 있으니, 해가 지면 나도 떨어지는 거예요!'"'반 수레 밀짚'은 어깨를 으쓱하더니 흥분하여 계속 말을 이었다. "누군가가 내게 알려주었어요. 일장기를 갖고 있으면 북군이 단속하지 않는다고. 애 엄마가 내게 깃발을 만들어주면서 '여보, 어서 다녀와요!'라고 말했어요. 그래서 내가 '개 같은 깃발이 고약 같구만 …… 남군이 보면 괜찮을까?'라고 물었더니, '뭐가 겁나요, 우린 남군과 똑같은 중국인이잖아요. 이런 바보 멍텅구리!'라고 대답하더라구요. 나리, 생각해 보세요. 내가 중국인인데도 매국노 노릇을 하겠어요? 애 엄마가 일을 망쳤어. 나보고 그 빌어먹을 일장기를 가져가라 하더니!" 그는 꺽꺽 울고 이를 부득부득 갈면서도 두려움에 가득 찬 눈빛으로 대장을 쳐다보았다.

대장은 다시 한참 동안 꼬치꼬치 캐묻더니 차츰 얼굴이 풀어져더는 철인 같지 않았다. 사실 나는 진즉 대장에게 이렇게 말하고 싶었다. "됐네, 이 녀석은 재미있는 좋은 사람이야. 더 의심할 필요가 있겠어? 끝까지 따져 물으면 우리도 짜증나겠어요." 대장은 마침내 우리에게 '반 수레 밀짚'의 포박을 풀어주라고 명령했다. 끈을 풀자 '반 수레 밀짚'은 손으로 코를 팽 풀더니 허리를 굽혀 신발코에 쓱 문질렀다. 그제서야 나는 그가 반쯤은 새 신발을 신고 있는데, 신발의 코와 뒤꿈치에 마른 콧물과 마르지 않은 콧물이 두툼하게 발라져 있고, 마른 곳은 살짝 빛이 나는 것을 발견했다.

"앞으로 일본군을 북군이라로 부르지 마라." 대장이 자상하게 말했다. "지금의 전쟁은 이전과 다르거든. 지금 한쪽은 우리 중국군이고 한쪽은 일본놈들이야. 알아들어?"

"모르긴 왜 몰라요?" 그는 고개를 끄덕이면서 대꾸했다. "나는 머저리가 아니야!"

대장은 일장기를 그에게 돌려주면서 명령했다.

"너는 여기서 저녁밥 먹어. 저녁을 먹고 나면 마음놓고 당근 캐러 가. 적은 밤중에 이미 우리에게 쫓겨났으니까. 일장기는 그래도 가져가, 만약에 일본놈을 만나면 꺼내 보여줘. 우리가 여기에 있다는 건 말하지 말고……"

밥을 먹을 때, 동지들 모두 다투어 '반 수레 밀짚'과 함께 앉겠다고 하는 바람에, 그의 솜바지가 거의 찢어질 지경이었다. 처음에 그는 몹시 계면쩍어했지만, 나중에 우리 모두가 아주 다정하게 대하는 걸 보고 차츰 대담해졌다. 그는 빨리 먹고 또 많이 먹었으며, 그릇 안쪽이 핥은 듯 깨끗했다. 밥을 다 먹고 나서 그는 또 콧물을 신발코에 쓱 문지르고 트림을 한 다음, 오른손 집게손가락 손톱으로 이빨을 파더니 파 찌꺼기를 긁어내어 튕겼다. 파 찌꺼기와 이똥은 어느 동지의 머리 위를 날아갔다.

하루가 지나고 점심을 먹은 후에 나는 '반 수레 밀짚'이 우리 뜰에 나타난 것을 보았다. 대장은 우리에게 그가 이미 우리 유격대에 합류했다고 말했다. 우리 모두는 기뻐서 미친 듯이 소리를 지르고 우리의 유격대 노래를 큰소리로 불렀다. 그러나 '반 수레 밀짚'은 온순하게 서서 아득한 미소를 지은 채 작은 담뱃대를 입에 물고 있었다.

밤에 나는 '반 수레 밀짚'과 함께 자다가 그에게 물었다.

"우리 유격대에 왜 들어왔어?"

"내가 왜 그러지 않겠어?" 그가 말했다. "너희들은 다 좋은 사람이야."

잠시 말을 멈추고서 담배를 깊숙이 한 모금 빨더니 한마디 덧붙였다.

"일본놈을 쫓아내지 못하면 농사를 지을 수 없어."

나는 갑자기 웃으면서 물었다. "네 일장기는?"

"우리 아이 기저귀를 만들었지." 그는 조금도 개의치 않는 듯 대꾸했다.

'반 수레 밀짚'은 나와 도란도란 일상생활에 대해 이야기를 나누었다. 이야기를 하다가 나는 그가 마음 편히 농사를 짓기 위해 일본놈을 쫓아내기를 열렬히 기대하고 있으며, 처자식을 최근에 난민 대오를 따라 후방으로 피신시키기로 결정했다는 것을 알았다. 나와 이야기를 나누는 동안 그의 눈빛이 끊임없이 벽 구석의 등불을 흘긋거리는 것이 마치 그를 불안하게 만드는 어떤 느낌이 있는 것만 같았다. 나는 깊이 잠든 척하고서 몰래 그의 움직임을 지켜보았다. 그는 작은 담뱃대를 입에 문 채 한참 동안 묵묵히 앉아 있더니, 이따금 불빛을 쳐다보다가 나를 쳐다보는데 표정이 점점 불안해졌다. 마침내 그는 조용히 일어나 불빛 쪽으로 걸어갔지만, 두어 걸음만에 고개를 돌려 방밖으로 나가 마당에 오줌을 갈기고서 일부러 기침을 한 다음 다시 내 곁으로 돌아왔다. 그리고는 나를 흘끗 보더니 담뱃재를 털어 담뱃대를 베게 밑에 집어넣고 누웠다.

'참 이상한 사람이군.' 나는 마음속으로 생각했다. '거칠면서도 세심한 면이 있어!'

유격대 활동을 할 때, 등불을 구하기만 하면 우리는 늘 등불을 켜고 잠이 들었다. '반 수레 밀짚'이 입대한 이튿날부터 연이어 이틀 밤에 아주 꺼림칙한 일이 벌어졌다. 첫째 날 밤에는 한밤중에 등불이 꺼져 있는 바람에 어느 동지가 오줌을 누러 일어났다가 남의 코를 밟았다. 둘째 날 밤에는 보초병이 총을 오발하는 바람에 다들 꿈속을 헤매다 놀라 일어나 적이 온 줄 알고 어둠 속에서 갈팡질팡하여 두 개의 손전등으로는 아무 소용이 없었다. 어떤 사람은 남의 총을 잘못 가져갔고, 어떤 사람은 총은 찾았는데 칼을 찾지 못하기도 하였다. 당황함이 가시고 난 후 모두들 호랑이처럼 화를 내고 욕하면서 등불을 끈 사람이 누군지 추궁하였다. 대장은 동지들을 하나하나 물었지만 자기가 했다고 인정하는 이가 아무도 없었다. 나는 마음속에 짐작 가는 일이 있어 '반 수레 밀짚'을 슬쩍 살펴보았다. '반 수레 밀짚'은 무서울 정도로 창백한 얼굴을 한 채 두 다리를 덜덜 떨고 있었다. 대장이 그의 앞으로 걸어가자 모두의 분노의 눈빛이 그에게 집중됐다. 나는 마음속으로 중얼거렸다. '아뿔싸. 얻어맞겠군.' 그가 다리를 더욱 심하게 떨더니, 거의 무릎을 꿇을 뻔했다. 하지만 대장은 갑자기 웃음을 터뜨리더니 부드러운 목소리로 물었다.

"이렇게 살 수 있겠어?"

"살 수 있어요, 대장!" '반 수레 밀짚'은 허리춤에서 담뱃대를 꺼내 대장에게 내밀었다. "한 대 태우실래요?"

동지들은 모두들 웃음을 터뜨렸다. 어떤 사람은 배를 움켜쥔 채 쪼그려 앉기도 했다. 대장도 연신 재채기를 하면서 웃었다. 하지만 '반 수레 밀짚'은 웃지 않았다. 그는 머리를 긁적이다가, 그 김에 손으로 목을 더듬어 이 한 마리를 잡아 손톱으로 비빈 다음 입안에 털어 넣어 '톡' 소리와 함께 깨물어 죽였다.

이튿날 나는 '반 수레 밀짚'을 아무도 없는 곳으로 끌고 가서 왜 밤마다 불을 끄는지 조용히 물었다. 그는 얼굴을 붉히더니 미소를 지은 채 떠듬떠듬 우물거렸다.

"기름이 엄청 비싸잖아, 이전에 비하면 ……" 그는 갑자기 목을 긁고서 이어 말했다. "불을 켜 놓고 잠자는 게 익숙치 않아. 아, 담배 한 대 피울래?"

하지만 집단생활에 그는 점점 익숙해졌다. 그는 대담해지고 활발해졌다. 그는 동지들의 삶에 대해서도 불만스러운 견해를 제기하기도 했다. 그는 토비의 은어를 많이 알고 있다. 이를테면 그는 길을 '탸오쯔(條子)', 강을 '다이쯔(帶子)', 닭을 '젠쭈이쯔(尖嘴子)'라고 부르고, 달을 '루쯔(爐子)'라고 불렀다. 그는 동지들을 이렇게 비판하기도 했다.

"입으로 내뱉으면 불길한 말들이 아주 많아. 금기로 여기지 않으면 안 돼. 너희들이 노동자로 지낼 때야 뭐 상관없겠지만, 지금은 총을 잡고서 이런 생활을 하고 있으니 조심하지 않으면 안 돼!"

동지들이 일부러 몇 마디 은어를 사용할 때도 있지만, 대부분의 경우 은어를 둘러싸고 그와 말다툼을 벌였다. 혁명 유격대인 우리는 미신을 믿지도 않고 토비도 아니니 토비의 은어를 사용해서는 안 된다고 그에게 설명을 해준다. '반 수레 밀짚'은 마음속으로는 완전히 동의하지는 않지만, 더 이상 자신의 의견을 고집하지는 않는다. 그는 비꼬는 말투로 이렇게 말하곤 한다. "난 농사꾼이라서 새로운 규칙을 알 리가 없지!" 그리고는 생각에 깊이 잠긴다.

"이봐." 한번은 내가 그에게 말을 건넸다. "다른 사람을 동지라고 불러야 해!"

그는 웃으면서 고개를 가로젓더니, 콧물을 신발코에 문지르면서 웅얼거렸다. "얼거(二哥), 우리 산동 사람은 얼거가 존칭이야!"

"하지만 우린 혁명 대오야. 혁명군인은 모두 혁명의 호칭에 따라야 옳지."

"치, 또 새 규칙이로구만!" 그는 불만스럽게 한 마디를 덧붙였다. "난 몰라 ……"

"동지는 '모두가 한 마음'이라는 뜻이야." 나는 그에게 설명해 주었다. "생각해봐, 우리는 생사고락을 함께하고, 뜻을 모아 일본놈과 싸우잖아. 이게 '동지'가 아니라면 뭐겠어?"

"그래, 맞아. 얼거." 그는 쾌활하게 대꾸했다. "한 마음이 아닐까봐 걱정이지!"

밤에 출발할 때, '반 수레 밀짚'이 내 어깨를 툭툭 치면서 아주 낮은 목소리로 "동지!"라고 부르더니, 곧바로 부끄러운 양 어린 아이처럼 키득키득 웃었다.

"동지," 그는 또 팔꿈치로 나를 건드렸다. "우리 일본놈 잡으러 가?"

나는 고개를 끄덕이면서 말했다. "무서워?"

"아니." 그가 말했다. "토비와도 싸워봤는데 뭐 ……"

그와 나란히 걷고 있자니 그의 가슴이 몹시 쿵쾅거리는 소리가 들렸다. 나는 참을 수 없어 킬킬 웃기 시작했다.

"이봐, 거짓말하구만!" 나는 작은 소리로 말했다. "네 가슴 뛰는 소리가 들려!"

그는 당황한 모습을 드러내더니 담뱃대를 뱅글뱅글 돌리면서 웅얼거렸다.

"난 조금도 두렵지 않아. 죽음을 두려워하면 사나이가 아니지! 예전에 토비와 싸울 적에도 출발할 땐 늘 가슴이 두근거리고 발이 떨렸지. 하지만 한참 걷다보면 나아진다구. 얼거, 시골 사람들은 벼슬아치가 무서워……"

적들이 묵고 있는 마을에서 대략 삼사 리쯤 떨어진 곳의 조그마한 무덤에서 우리는 걸음을 멈추었다. 대장은 두 동지에게 자진하여 나서서 앞길을 수색하고, 나머지 대부분은 뒤를 따르고 일부 소수는 마을 뒤로 에돌아가 매복하도록 명령했다. 뜻밖에 '반 수레 밀짚'이 갑자기 대장 앞에서 일어나더니 얼른 말했다.

"대장, 내가 길을 잘 아니까 내가 먼저 마을로 들어가겠습니다."

순간 부대의 모든 동지들이 망연자실했다. 깜짝 놀란 대장은 잠시 멍해 있었다. 그의 왼쪽 뺨의 검은 터럭이 꼼지락거리더니, 그가 의심스러운 듯 물었다.

"척후병이 되겠다는 거야?"

"네. 이전에도 늘 토비를 수색했어요."

누군가 대장의 뒤에서 중얼거렸다. "저 사람은 안 돼. 일을 망칠 텐데!" 그러나 대장은 더 이상 망설이지 않고 '반 수레 밀짚'에게 말했다.

"좋아, 하지만 특별히 조심해야 해!" 그는 다시 얼굴을 돌려 나에게 명령했다. "네가 함께 가라. 절대 방심하지 마라."

'반 수레 밀짚'은 나를 끌고서 원숭이처럼 묘지를 뛰어나갔다. 우리 뒤에는 숨죽인 원망소리가 남았는데, 대장이 하는 말이 들렸다.

"괜찮아. 그는 거칠면서도 세심한 면이 있어."

적이 주둔하고 있는 마을에 가까워지자, 우리는 땅에 엎드려 별빛에 의지한 채 앞쪽을 꼼꼼히 살펴보고 귀 기울여 자세히 들어보았다. 마을에는 전혀 인기척이 없었다. '반 수레 밀짚'이 내 귓가에 소곤거렸다.

"일본놈들이 전부 잠들었어. 잠깐 여기 있어 ……"

그는 신발을 벗어 허리춤에 꽂고서 허리를 굽힌 채 마을로 걸어갔다. 나는 그가 걱정스러워 앞으로 십여 걸음 기어가 버드나무 아래에 엎드린 다음 잠금장치를 풀고서 주위의 동태에 주의를 기울였다. 대략 20분이 흘렀는데도 '반 수레 밀짚'이 나오지 않아 나는 초조한 나머지 앞쪽으로 쭉 기어갔다. 차고 앞쪽에서 검은 그림자가 흔들리는 게 보이고, 무언가가 바닥에 끌리는 소리가 약하게 들렸다. 내 가슴이 말발굽처럼 쿵쾅거리기 시작했다. 나는 총구를 검은 그림자에 겨누고 낮고 매서운 말투로 말했다.

"누구냐!"

"나야, 동지" 귀에 익은 목소리가 대답했다. "일본놈들은 다 도망쳐버렸어. 우리가 또 헛걸음 했구먼!"

빠른 걸음으로 소리 나는 곳에 다가간 나는 마음이 놓이지 않아 다시 물었다.

"마을 전체를 다 봤어?"

"집집마다 다 살펴봤는데, 그림자도 보이지 않아."

"그렇다면 기침을 빨리 해주지 그랬어?"

"어, 어 ……" '반 수레 밀짚'은 자신의 팔꿈치를 알랑거리듯 내 팔꿈치에 붙이더니 떠듬거리면서 말했다. "우리 집에 소 고삐 줄이 하나 없는데, 가져가면 안 될까? 전에 토비와 싸울 적엔 백 성들 물건이야 좀 가져가도 문제 삼지 않던데." 그러더니 그는 소 고삐줄을 내 눈앞으로 들어 올리면서 히죽히죽 웃었다.

"내려 놔!"라고 내가 명령했다. "대장이 알면 널 총으로 쏴죽 일 지도 몰라!"

'반 수레 밀짚'은 실망한 듯한 눈으로 나를 쳐다보다가 마지못 해 허리에 두른 소 고삐줄을 풀었다. 내가 크게 기침소리를 세 번 울리자, 마을 주위에서는 즉시 몇 줄기의 불빛이 어둠을 깨뜨리 고, 동지들이 사방에서 마을로 뛰어들어왔다.

"얼거," '반 수레 밀짚'은 두려움에 떨며 금방이라도 울음을 터뜨릴 듯한 낮은 목소리로 말했다. "보라구, 소 고삐줄을 내려 놨어."

돌아가는 길에 '반 수레 밀짚'은 한 발자국도 떨어지지 않은 채 나를 따라오는데, 아무 말도 없고 겁에 질려 있었다. 찻잔을 깨고 어머니의 벌을 기다리는 아이 같았다. 나는 '반 수레 밀짚'의 불 안을 알고 있었기에, 절대로 대장에게 보고하지 않겠다고 그에게 조용히 말했다. 그는 가볍게 한숨을 푹 내쉬고서 작은 담뱃대를 내 손에 쑤셔 넣었다. 나는 담배를 피우면서 그에게 물었다.

"우리가 왜 백성의 물건을 가져서는 안 되는지 알아?"

"우리는 혁명 대오이기 때문이지." 그는 애매하게 대답했다.

다시 침묵이 이어지다가 '반 수레 밀짚'이 갑자기 콧물을 쥐고서 감개무량한 목소리로 물었다.

"동지, 혁명을 하는데 이익을 하나도 얻을 수 없어?"

"혁명은 자신을 위하고, 그리고 모두를 위한 일이야." 나는 그에게 설명했다. "혁명은 스스로 고통을 감수하여 강산을 차지하고 모두가 행복을 누리는 거야. 우리가 왜놈들을 내쫓을 수 있다면, 수천만 명의 사람들이 편안한 삶을 누릴 수 있을 테니, 우리도 똑같이 이득을 볼 수 있지 않겠어?"

"물론이죠. 수천 명이 평안히 살 수 있다면, 우리도 ……"

"그때가 되면 우리에게도 좋은 날이 있을 거야. 앞으로 우리 아이, 손자, 자자손손 모두 허리를 펴고 살 수 있을 거야."

"그런데, 혁명 동지는 신령을 공경하지 않던데 …… 신령을 공경하지 않아도 보살님이 될 수 있구먼!"

이때부터 그는 날이 갈수록 활달해지고 일도 열심히 하였으며, 처자식 걱정에 고민하는 시간도 줄어들었다. 그는 나를 따라 글자를 배우기 시작하여 매일 한 글자씩 배웠다. 불행하게도 막 서른 개의 글자를 알았을 무렵, 그는 심각한 총상을 입게 되었다.

달빛이 처연한 어느 날 밤, 우리 스무 명의 유격대원들은 명령에 따라 철도를 파괴하러 파견되었다. 적은 철도에서 겨우 3리 떨어진 마을에 주둔하고 있었다. 우리에게는 지뢰도, 신식 무기도 없이 오로지 우리의 힘으로 철궤를 두세 개 들어낸 다음에 불의에 적을 군용 열차를 습격할 작정이었다. 우리는 가능한 한 조심스럽게 일을 진행했다. 그런데 철궤에서 '댕그랑' 소리가 나지 않게 할 도리가 없다는 걸 전혀 예상하지 못했다. 이 소리는 자정의 들판에서 맑게 멀리 날아갔고, 이보다 훨씬 맑고 날카로운 총소리를 불러왔다. 여러 발의 총탄이 우리의 머리 위를 쉭쉭 스쳐갔으며, 놀란 나머지 달빛도 돌연 어두워졌다.

"엎드려!"

분대장의 명령과 거의 동시에, 적의 기관총 소리가 다다다 요란하게 울렸다. 총탄은 때로 우리의 등 뒤로 떨어지고, 때론 우리의 앞에 곡선을 긋기도 했는데, 곡선을 따라 먼지 연기가 피어올랐다. 기관총 소리는 10분 가까이 울리다가 갑자기 멈췄다. 철궤가 살짝 부르르 떠는가 싶더니 적의 전차가 달려왔다.

분대장은 원래 교제로(胶濟路, 칭다오靑島와 지난濟南을 잇는 철로) 부설 공사의 노동자로서 매우 유능한 사람이었다. 그는 잇달아 대여섯 개의 폭탄을 한데 묶은 다음 철궤 아래에 쑤셔 넣고서 명령을 내렸다. "빨리 뛰어!" 우리는 날듯이 철로를 떠나 조그마한 무덤에 숨은 채 조용히 땅에 엎드렸다. '반 수레 밀짚'은 아무 일도 없다는 듯 그의 작은 담뱃대를 꺼내어 입으로 물려는 순간, 분대장이 총의 개머리판으로 그의 엉덩이를 툭툭 치자 얼른 담뱃대를 허리춤에 쑤셔 넣었다. 그는 못마땅한 말투로 내게 중얼거렸다.

"총알에 눈깔이 있어? 뭐가 두려워서?"

갑자기 벼락을 맞은 듯 철궤 아래의 폭탄이 터졌다. 적의 전차는 먼지와 포탄 연기, 파편과 함께 땅바닥에서 솟구쳐 올라 관목 숲속으로 떨어졌다.

"좋았어!" 스무 명의 목소리가 다시금 들판을 진동시켰다.

이어 순간에 모든 것이 고요해졌다.

정적을 뒤이은 것은 동지들의 신이 난 욕설, 그리고 너무나 빠르고 짧은 탓에 동지들이 거의 주목하지 못한, 분대장의 입에서 튀어나온 명령이었다. 이 혼란스러운 소리 속에서 목이 잠긴 구슬픈 노래 소리가 들려왔다.

"홑몸으로 서울을 떠나 ……"

우리는 무덤에서 튀어나와 철도를 향해 달려갔다. 바로 이때 적들의 기관총 소리가 이전보다 더욱 맹렬하게 울려 퍼졌다. 내 앞에서 달리고 있던 '반 수레 밀짚'이 "젠장!" 소리와 함께 풀썩 쓰러졌다. 그러나 우리는 그를 내버려둔 채 필사적으로 전진했다. 우리가 아직 철도선에 도달하기도 전에 적의 말발굽 소리가 좌우에서 가까워졌다. 우리는 물러나기 시작했다 ……

나는 '반 수레 밀짚'의 옆을 지나다가 그가 죽어라고 말발굽이 울리는 곳을 향해 사격하는 것을 보았다. 내가 말했다. "부상을 당했어? 뛸 수 있겠어?" "다리에 맞았어." 그가 이어 말했다. "내가 남아 저놈들 몇 놈을 ……" 나는 그가 몸부림치며 반항하든 말든 그를 등에 지고 달리기 시작했다. 어떤 때는 넘어지고 어떤 때는 도랑으로 굴러 떨어졌다. …… 총소리, 말발굽 소리, 등에서 전해지는 무게감 따위는 모두 나와 아무 상관없는 양, 나는 그저 죽어라고 뛰기만 했고, 뛰어야만 했다.

부대에 돌아와서야 '반 수레 밀짚'의 등에도 한 방 맞은 걸 알게 되었다. 그는 이미 의식을 잃은 상태였다. 그를 정신차리게 한 다음 총상이 치명적이지는 않다는 걸 알고서, 우리는 그를 후방 병원으로 후송하여 치료하기로 결정했다. 그를 들것에 실어 올렸을 때, 무서우리만큼 높은 고열에 시달려 그는 계속해서 헛소리를 했다.

"워워! 이랴 이랴! 황소야 …… 워워! ……"

1938년 4월 초 우한(武漢) 여행 중에

추둥핑은 광둥성(廣東省) 하이펑현(海風縣)에서 태어났다. 본명은 추탄웨(丘譚月), 호는 시전(席珍)이다. 1927년에 펑파이(彭湃)가 이끌었던 하이루펑(海陸風) 농민기의에 참여했으며, 이즈음에 공산당에 가입하였다. 이 당시의 투쟁생활에 근거하여 창작한 처녀작 〈통신원(通訊員)〉을 1932년 10월에 ≪문학월간(文學月刊)≫에 발표하였는데, 이 작품은 미국인 아이작스(Harold Robert Isaacs)의 청탁을 받아 루쉰(魯迅)과 마오둔(茅盾)이 함께 엮은 중국 현대 단편소설집 ≪짚신(草鞋脚)≫에 수록되었다. 1941년 장쑤성(江蘇省) 옌청(鹽城)의 루쉰예술학원 분원에서 교도주임으로 일하다가 일본군의 침략으로 인해 퇴각하던 중에 일본군의 습격을 받아 사망했다.

이 책에 실린 〈어느 중대장의 전투경험(一個連長的戰鬪遭遇)〉은 1938년 5월 16일에 간행된 ≪칠월(七月)≫ 제3집 제2기에 발표되었다.

추둥핑

(丘東平, 1910~1941)

# 어느 중대장의 전투경험 一個連長的戰鬪遭遇

우리가 구축한 진지는

우리 스스로 지키리!


대대장 가오화지(高華吉)의 험상궂은 얼굴은 빛을 잃은 채 쇠약
해보였다. 고개를 숙이고 있는 그의 눈빛은 분노와 잔혹함을 은은
히 비치고 있었다. 마치 마음속에 이상하리만치 무거운 고통을 품
고 있는 것만 같았다. 만약 이러한 때에 그 혼자만 남겨진다면 아
마 외로워 눈물을 흘릴 것만 같았다.

그러나 그는 린칭스(林靑史)를 찾았다.

그는 뭉트러운, 척삭과 같은 목을 세우고서 우레처럼 고함을
질렀다.

"탕챠오(唐喬) 쪽에서는 왜 갑자기 지뢰소리를 또 내는 거야?
또 교량을 폭파한 거야?"

린칭스는 제4중대 중대장이다. 그는 신형의 노란색 군복차림에

단검을 차고 있는데, 젊고 잘 생겼다. 햇빛이 그의 몸을 비추자, 그의 군모의 검은 가죽 모자챙 가장자리와 윗옷의 단추가 신선하면서 정갈한 빛을 번쩍였다. 그는 두 손을 늘어뜨린 채 소녀처럼 겁 많고 엄숙한 표정으로 가오화지의 앞에 조용히 서 있었다.

이곳에서 방금 들었던 무슨 교량을 폭파하는 지뢰소리로부터 다른 번잡하고 복잡하여 도무지 확실치 않은 돌발적인 사건에 대한 질문에 이르기까지, 가오화지의 울분에 찬 기세는 도무지 그칠 줄을 몰랐다. 그는 다시 린칭스에게 집안 형편을 물었다.

"여기 40원이 있으니 다 가져가시오! 자딩(嘉定)의 당신 집에서 보낸 전보를 받았소. 부친의 병세가 위중하다고 당신에게 돌아오라는 전보요. …… 돌아가시오 …… 내 생각엔 ……"

아주 상냥해지고 기분도 평온해진 그가 성냥불을 그어 담배를 피우기 시작했다. 입에서 흘러나오는 소리는 어지럽고 모호했다.

꼼짝도 하지 않은 채 빳빳이 서 있는 린칭스의 모습은 환한 햇빛 아래 온통 눈부신 광채를 내뿜고 있었다. 곧게 뻗은 콧날, 굳게 다문 얇고 예쁜 입술, 내리깐 눈길, 긴 속눈썹이 마치 석상처럼 조용히 황금빛을 드러내고 있었다.

"전보 …… 전보 ……" 그는 엄숙하고도 선량한 눈빛으로 대대장의 잔혹하고 험상궂은 얼굴을 빤히 쳐다보면서 나지막이 말했다. "그건 가짭니다. 제 아버질 전 잘 압니다. 전선에서 제가 죽을까봐 절 불러들이는 겁니다. 제가 외아들이니까요."

"그렇소. 나도 그렇게 생각하오. 그렇다면 다 가져가시오! 40원 모두! 이런 때에 집에서 돈을 얻어 쓰는 것도 괜찮소!"

이렇게 말하면서 그는 40원의 지폐를 린칭스의 손에 쥐어주고는 두 손을 편안하게 흔들면서 등을 약간 구부린 채 서쪽의 냇물이 흐르는 천변으로 성큼성큼 내려갔다.

그는 끊임없이 고개를 두리번거리고 높이 치켜든 오른손을 살짝 구부린 채, 윗몸은 앞으로 구부리고 목을 길게 빼면서 린칭스의 경례에 화답했다.

×××사단 제1선의 진지는 2킬로미터 너머 가까이에 있었는데, 맹렬한 포화는 지친 듯 쉰 목소리 같은 음파를 뿜어냈다. 고공을 스치는 포탄은 비단을 찢는 듯이 하늘을 찢어놓았다.

린칭스의 마음은 약간 슬퍼졌다. 그의 맑은 얼굴에는 붉은 빛이 어리고, 까만 눈동자는 기다란 속눈썹 아래에서 민첩하게 움직이고 있었다. 겁 많음과 나약함은 강포한 포성을 마주하여 자신의 무능을 부끄러워하는 듯하였다. 호로초(葫蘆草)를 밟으면서 그는 축축한 길을 걸었다. 사방에 나무가 없어서 그의 몸이 선명한 햇빛 아래 남김없이 드러났다. 앞쪽의 제4중대의 전우들이 개미처럼 바삐 옅은 갈색의 흙 위에서 작업을 하고 있었다. 밭에 줄줄이 늘어선 해바라기들은 맑고 편안한 미소를 지은 채 하늘을 향해 인사를 올리고 있었다.

방금 퍼낸 흙에서는 뜨끈뜨끈한 향내가 피어오르고, 채 완성되지 못한 산병호는 전우들의 무디고 둔중한 발걸음 아래에서 부끄러운 듯 신물 나는 물그림자를 뿜어냈다. 산병호는 좁고 얕았다. 삽은 무뎌지고 전우들은 광주리 속 새우마냥 피곤에 절어 있었다.

누군가 쉰 목소리로 노래를 불렀다.

미련한 우리들,
죽어라 파는구나
오늘 작업 끝나면
내일은 제기랄 바오자자이(包家宅)로 간다네
모레엔 왜놈들이 우리 진질 차지하네.

노래는 박자도 없고 그저 가사를 읽다시피 진행되었다. 다른
사람들은 침묵 속에 빠져 있었다. 힘차게 외치고 싶었지만, 신경
과민인 듯 절망과 허전함을 느낀 채 정적에 빠진 것이다.

"언젠가 그날이 오겠지. 우리가 구축한 진지, 우리 스스로 지
켜야지 ……"

"아니, 이렇게 말해야 마땅하지. 우리가 구축한 진지, 우리 스
스로 지키세!"

이리하여 린칭스는 그들과 이런 결론에 도달했다.

"언젠가 그날이 오겠지 ……"

린칭스는 푸석푸석하고 축축한 땅 위에 앉으면서 군모를 머리
뒤로 젖혔다. 누런 각반이 느슨해져 뱀처럼 어지러이 감겨있었지
만 아랑곳하지 않았다. 그는 피곤할 뿐만 아니라 전혀 자신이 없
는 양 해이하기 그지없었다. 대대장 앞에서 보여주었던 엄숙한 자
세는 무거운 외투처럼 벗어던진 채, 그는 마치 심한 피곤과 근심
속으로 떨어진 것만 같았다.

그는 무겁게 한숨을 내쉬었다.

포탄 하나가 왼쪽 가까이의 강가에 떨어져 하늘 가득 진흙을 뿌렸다. 5초도 되지 않는 사이에 또 포탄이 날아와 진지 우측에 떨어진 바람에 일등병 세 명이 폭사했다.


이 부대는 시운을 잘못 만난 운수 사나운 묘한 대오였다. 이 대오는 늘 새로운 특이한 업무를 배당받았다. 새롭고 특이한 업무는 자주 도중에 바뀌어 훨씬 더 새롭고 기이한 업무로 바뀌었다.

"…… 아무도 모르지."

특무부대장의 말로는 우군과 연락하겠노라고 했다.

중대장은 진지 내에서 이야기를 할 때마다 이 일을 제기한 적이 없었다.

저렇게 성급하고 분주한 대대장은 머리 잘린 노래기처럼 이리 저리 부딪치면서 제 자신도 어찌 할 바를 몰랐다.

11월 18일 쿤산(昆山)에서 류하(瀏河)에 이르렀고, 20일에는 류하에서 자딩에 닿았으며, 22일에는 자딩에서 다챠오터우(大橋頭)에 이르렀고, 같은 날 다시 다챠오터우에서 광푸(廣福)에 도착했다. 지금은 광푸에서 바오자자이(包家宅)까지 왔다.

아침에 가랑비가 내리고, 하얀 안개가 몽긋몽긋 흙속에서 풍겨 나와 저공을 휘감았다. 대나무 잎새는 솨솨 낮게 흐느끼면서 반짝이는 맑은 눈물을 매달고 있었다.

이곳 진지 앞에는 독립가옥이 한 채 있는데, 이 집이 사정거리 내 200미터 크기의 사각지대를 이루었다. 진지 앞쪽의 사각지대를 죄다 없애버려야겠어!

15명의 일등병이 분대장의 인솔 아래 쇠뭉치와 도끼를 들고서 노래를 부르면서 행진하였다. 그들은 전투의 이점을 위해서라기보다는 분풀이 삼아 그 독립가옥을 맹렬하게 때려 부쉈다.

그들은 마치 천지의 모습을 개변시키려는 듯 강대한 위력을 발휘하여 최대의 결의와 흥미를 갖고서 웃음거리에 지나지 않을 만큼 보잘 것 없는 임무를 처리하였다. 여섯 명의 일등병은 사나운 강도처럼 지붕 위로 기어올라가 무거운 쇠망치를 사납게 휘둘렀다. 그 바람에 지붕의 기왓장들이 마치 강대한 야수들이 이빨을 갈 듯이 우렁찬 소리를 냈다. 지붕의 각 모퉁이마다 금방 구멍이 뚫리고 파괴되었다. 오랜 세월 동안 집 안에 갇혀 침적되어 있던 기체, 사람 냄새와 연기가 섞여 침적된 기체가 한꺼번에 솟구쳐 올라 코를 찌르고 재채기를 불러일으키는 이상한 악취를 내뿜었다. 전우들의 흉포한 야수성은 계속 심해졌다. 그들은 신이 났다. 이 날은 전쟁터에서 자주 있는 신나는 날이었다……

"술이다! …… 햄도 있고! ……"

집 안에서 모호한 소리가 들려왔다. 지붕 위의 사람들은 시원스레 웃음을 터뜨렸다. 기왓장과 부서진 나무조각들이 폭풍우처럼 쏟아져 내렸다. 이럴 경우 방 안의 사람들이 압사하더라도 이건 일종의 오락에 지나지 않았다. 여덟 명의 일등병이 줄지어 서서 일제히 하나, 둘, 셋 소리와 함께 강남식의, 얇아서 바람조차 막아낼 수 없을 만큼 약한 벽을 밀어 넘어뜨리자 난폭하고 기이한 소리가 소리높이 그야말로 일제히 울려퍼졌다. 지탱을 받지 못한 지붕이 흔들거리면서 무너질 듯했다. 서로 간의 욕설이 끊임없이 이어졌다. 지붕 위의 사람들과 아래쪽 사람들은 금세 대치하는 보루를 형성했다. 파괴작업을 집행하다가 생긴 재밋거리는 곧장 기이한 변화를 불러일으켰다.

깨진 기와의 폭풍우를 무릅쓰고서 방 안에서 뛰쳐나온 사람은 건장하고 민첩한 상등병이었다. 그는 마치 야간에 단독비행하듯이 남들과 떨어지기 위해 더욱 불타오르는 협애하고 사적이며 독점적 근성을 충분히 발휘하여, 억센 두 팔을 쩍 벌리고 허리를 굽힌 채 사나운 이리처럼 풍성한 약탈물을 훔쳐 나왔다. 새로 만든 귤빛 옷장서랍이 옮겨져 나왔는데, 그 안에는 여인의 치마, 아이들의 장난감, 진미선서국(眞美善書局)에서 출판된 검은 표지에 은박이 찍혀진 ≪크로포트킨전집≫, 실러의 ≪군도(群盜)≫, 알렉세이 톨스토이의 ≪당통의 죽음≫이 있고, 이 밖에 상아로 만든 작고 정교한 인체의 해골표본이 있고, 그리고 가장 중요한 것으로 술과 햄이 있었다.

모두들 몰려들었다. 여인의 양말은 코끝에 걸쳐지고, 책들은 허공 속에 마구 휘날렸으며, 옷장 서랍은 상대를 공격하는 무기로 변했다.

멀리 곁에 서 있던 학생 출신의 분대장은 현기증이 난 듯 번잡한 상상 속에 빠져들었다.

그는 대단히 진지하게 이 모든 새로운 광경의 도래를 환영하고, 크로포트킨과 실러, 톨스토이와 여인의 치마, 아이의 장난감에 대해 똑같이 존중하고 주목하였다. 그는 잔혹하게 둘러싸여 공격을 당하고 있는 상등병에게 연민에 찬 눈초리로 위로의 말을 전했다.

"다른 건 없던가? 당신의 술은? 햄은?"

이런 상황에서 술을 마시고 햄을 먹는다는 건, 그것들을 발밑에 던져 짓밟고 술병을 박살내버리거나 아니면 몽땅 강가에 던져버리는 것보다 별로 의미가 없을 것이다.


빗줄기가 점점 굵어졌다. 채 완성되지 못한 산병호에는 물이 고였다. 사각지대를 없애는 작업이 가져다준 흥취는 진즉 사라져버렸다. 전우들은 어지러이 삽을 내동댕이치고서 근처 대나무 숲에 몸을 숨긴 채 제멋대로, 의미 있게 이 시간을 보내고 있었다. 비가 차츰 거세짐에 따라 일본의 비행기들이 활동할 수 없는 시기였기 때문이다. 엄중한 임무고 뭐고 잠시 다른 곳에 내버려두기로 하자. ……

"작업 시작! 작업 시작!"

학생 출신의 분대장이 소리를 지르고 호각을 불었다. 작달막한 그는 진지 왼쪽의 아직 완성되지 못한 엄폐물의 우뚝 높은 꼭대기에 말뚝처럼 꼿꼿이 서 있었다. 그는 진실한 우두머리, 하나의 표지가 되고 싶었다. 그래서 쏟아지는 비를 아랑곳하지 않은 채 조금도 꾸밈없고 성내지 않는 모습으로 모든 전우들을 빨아들이듯이 마치 애처롭다는 듯이 이렇게 말했다.

"천천히 오시오! 여긴 비가 내리고 있으니! ……"

전우들은 몹시 미안하다는 듯, 아주 사이좋게 '괜찮습니다'라고 대답하였다. 그리하여 발 뒤꿈치를 들고서 발끝으로 걸으면서 어지러이 대나무 숲을 떠났다. 무거운 삽은 마치 몰아내기 힘든 병마처럼 그들 각자의 튼튼한 체격과 자세를 침식하고 있으며, 또 뱀처럼 죽어라고 그들에게 매달려 있었다. 그 바람에 그들은 납처럼 무거운 머리를 가슴에 드리운 채 마치 하나하나의 기이한 송충이처럼 시커먼 토양 위에 박힌 듯이 서 있었다.

오후 5시 30분, 가오화지 대대장은 전 대대원을 소집하여 훈화를 행했다.

머리를 숙인 채 이야기하는 그의 목소리는 억양이 없었으며, 때로 침울한 표정으로 먼 곳을 바라보았는데, 그의 눈빛은 위엄 가득히 고통스러운 화염을 내뿜고 있었다. 그는 한 마디를 내뱉을 때마다 마치 쓴 약을 삼키듯이 미간을 찌푸렸다.

"……1·28 그날 우리는 양싱(楊行)에서 적을 무찔러 이겼는데, 나와 함께 싸운 동지들은 나에게 충성하고 군령에 충성하여 살았든 죽었든 나의 가장 친애하는 벗이 되었다. 전투에는 용맹함이 필요하다. …… 여러분이 강력한 힘을 내주기를 나는 누차 요구했다. 전투의 기율에 대해서는 순교자의 고결함과 정성, 그리고 영원히 후회하지 않을 태도로써 준수해주기를 나는 오늘 여러분에게 다시 한번 요구한다. ……"

…… 비는 멎었지만 하늘은 새까맣다. 대오는 도로를 피하여 축축한 오솔길로 ×××사단 방어선의 측면을 통과하였다. 맹렬한 포화가 온 진지를 뒤덮었다. 적기는 시커먼 하늘을 빙빙 돌면

서 쉼 없이 정찰을 계속했으며, 조명탄이 마치 유성처럼 하나하나 고공에서 미끄러져 내려오는데, 그 곱고 아름다운 밝은 빛 아래 무성한 관목숲이 청록색의 구름처럼 보였다. 공습을 방이하기 위해 대오는 행군을 멈춘 채 대여섯 번이나 엄폐하였다. 새로운 진지에 도착한 시간은 한밤 3시경이었다.

날이 밝기도 전에 대대장은 장자옌(張家堰) 진지 전방에 가서 지형을 정찰하도록 명령했다. 린칭스는 황급히 허(何) 소대장에게 모든 중대를 마을 뒤쪽의 대나무 아래로 집합시켜 아침체조를 시키라고 했다. 몇 주일 동안 행군과 구축작업에 바쁘다보니 마땅히 해야 할 교련이 보이지 않는 가운데 해이해졌던 것이다.

5시 30분, 대대본부에 각 중대장이 이미 집합했다. 가오화지 대대장은 문어귀에 서서 담배를 피우고 있었다. 엄격하고 어두운 기색은 조금도 변함이 없었다. 어쩌면 린칭스 한 사람을 기다리기 위해 시간이 지체되었기 때문일 것이다. 린칭스의 앳되고 고운 얼굴이 약간 파래졌다. 사실 대대장은 린칭스가 늦게 온 걸 전혀 개의치 않았다. 린칭스가 오자 대대장은 그에게 담배 한 대를 건네주었다.

진지정찰이 끝나자 진지편성 역시 대체로 결정되었다. 제4중대는 대대 좌익의 진지 한 줄을 수축하는 임무를 맡았는데, 이건 전혀 예상 밖의 일이었다. 이렇게 작은 일은 출발한 이후 지금까지 맡아본 적이 없었다. 대대장은 시간을 어길까봐 내일 밤까지 공사를 완성하고 또 각 산병호를 단단히 덮을 것이며, 오른쪽의 제5중대가 구축한 진지와 서로 연결된 교통호 역시 제4중대가 맡아 뚫도록 린칭스에게 거듭 지시하였다. 비록 일이 이렇게 늘어나긴 했지만, 시간은 충분했다.

이튿날 아침 5시경이었다. 적기의 요란한 엔진소리에 전우들은 깊은 잠에서 놀라 깨어났다. 새벽부터 날이 밝을 때까지 ×××사단의 우익 진지에 떨어진 중량급 포탄은 200여 발이나 되었다. 폭탄이 터질 때마다 온 지각이 몹시 흔들렸다. 기관총소리 역시 격렬하게 울리는 것으로 보아, 적의 강력한 공세가 시작된 모양이었다. 전선에 있는 중국군이 적군과 도대체 어떻게 싸우는지의 모습은 포화가 연일 그치지 않는 신비한 세계 속에 흐릿하게 단절되어 있다. 광포한 전투의 타성으로 인해 포화의 음향은 단단히 엉킨 채 정체되어 있었다. 게다가 차츰 음향이 가중됨에 따라 공기는 피로에 지쳐 헐떡거렸다.

린칭스는 각 소대에게 경계병을 주둔지 전방에 보내 경계를 꼼꼼히 보게 함으로써 제1선에서의 궤멸에 방비했다. 하지만 오전 11시가 되도록 전선의 진지는 우뚝 솟은 채 아무 움직임이 없었다.

가오화지 대대장이 중대본부에 왔다.

대대장, 린칭스, 1중대 중대장 궈제(郭傑), 3중대 중대장 저우밍(周明), 그리고 대위인 대대장 부관 등이 어제 구축한 공사를 시찰하기 위해 황급히 중대본부를 떠났다. 정오 12시에 시찰은 끝났다. 떠날 때 대대장은 린칭스에게 새로운 임무가 또 떨어질 수 있으니 오늘 저녁 8시 전에 공사를 마무리하라고 지시했다.

정오 이후 전선은 꽤 평온해진 듯했지만, 포화는 여전히 맹렬하였다. 간혹 포탄 한두 발이 날아오면 난폭한 폭발소리 속에서 파편이 찬물에 떨어지면서 갑자기 찬물을 만나 치치직거리는 무서운 소리를 들을 수 있다. 비행기는 여전히 진지 위의 상공을 빙빙 돌고 있지만, 전우들은 우둔하게도 조금도 엄폐할 줄을 모른다. 그들은 신물이 날 정도로 자주 보아 익숙해진지라 적기에 대해 싫증보다는 진한 흥미를 느끼고 있었다. 이렇게 되어 진지의 목표물은 완전히 드러난 셈이었다. 포탄이 떨어지고 나서야 위험을 알게 되지만, 그래 보았자 무슨 소용이 있겠는가? 이 원망스러운 우둔함에 대해 린칭스는 여러 차례나 질책하였지만, 효과를 보지 못했다. 그래서 하는 수 없이 10여 명에게 숲속에 20분씩 세우는 벌을 줄 수밖에 없었다. 전우에 대해 폭력적 교련을 실행한 것은 이번이 처음이었다.

1시에 완수하지 못한 공사를 계속하기 위해 전 중대가 다시 출동하였다.

삽을 들고 있는지라 전체의 대오는 정연하지 못했다. 전우들의 검푸른 얼굴과 야윈 목은 널따란 옷깃 속에서 제멋대로 흔들거렸으며, 체격에 맞지 않게 큰 군복은 그들을 영혼 없는 꼭두각시로 만들었다.

누군가 쉰 목소리로 노래를 부르기 시작했다.

　　　　미련한 우리들,

"불러라!" 다른 목소리가 이어졌다. "전우여, 함께 부르자! 다

아는 노래잖아 ……"

미련한 우리들,

죽어라 파는구나

오늘 작업 끝나면

내일은 제기랄 ……

어이, 어디로 가는 거야? 장자옌!

빌어먹을 장자옌,

모레엔 왜놈들이 우리 진질 차지하네.


거센 바람이 밤새도록 불었다. 볏모와 수풀은 바싹 마른 모습
이었다. 날씨가 느닷없이 추워지고 전선의 포성은 드물어졌지만,
기관총소리는 여전히 그치지 않았다. …… 긴장감을 낳는 전투에
대한 상상은 조금도 변함없는 안정된 현상에 의해 부서지고, 허황
된 꿈을 떠나 원래의 자신으로 돌아왔다. 그리하여 용감하고 걸출
한 인물이 별 볼일 없이 평범해진 것만 같았다.

대대장은 각 중대장을 데리고서 새로운 진지를 한 바퀴 시찰한
다음, 모든 공사를 배분해주었다. 제4중대는 대대 제1선의 우익 1
소대 및 대대의 전진 진지의 구축을 담당하였는데, 일은 많고 시
간은 짧을 듯하여 특별히 연대의 들것 소대 10명을 차출하여 목
재운송을 돕게 하였으며, 진지 앞쪽의 장애물과 탱크 함정은 연대
본부에서 공병대대를 파견하여 따로 파게 하였다.

돌아온 후 즉시 대오를 새로운 진지 뒤편에서 멀지 않은 루자

쟈오(陸家窯)로 옮겼다. 이곳은 장자옌에서 1리밖에 떨어져 있지 않았다. 장자옌 진지는 내일 11사단이 넘겨받아 지키는데, 넘겨주기 전까지는 제4중대에서 책임을 지기로 했다. 이렇게 번거로운 일이 차츰 늘어났다. 9시 30분경에 린칭스는 벌써 자기 중대에 속한 작업구역을 나누었다. 제1,2소대는 대대의 전진 진지를 구축하고, 제3소대는 제1선 우익 1소대의 진지를 구축하기로 했다. 각 소대는 땅을 파는 일 외에 목재를 채집해야 하고, 들것 소대 병사 10명이 제1,3소대의 일을 돕기로 했다. 각 소대장은 즉시 분배받은 대로 일을 시작했으며, 전진 진지는 린칭스가 직접 시작하였다.

전사들이 기대했던 대로 험악한 전투장면이 마침내 진지 앞에서 벌어졌다.

진지에서 바라보니 약 600미터 떨어진 곳에서 중국군 제1선 우익에 갑자기 빈틈이 생기더니, 무너진 제방의 홍수처럼 밀리기 시작했다. 이곳의 포화는 전례 없이 맹렬했다. 포탄의 폭발에 따라 솟구쳐 오르는 진흙과 포연 속에서 패퇴하는 중국군은 방향을 잃은 듯 그저 멍청하게 여기저기를 헤매고 있을 뿐이었다. 그들의 전투력은 완전히 일본의 강대한 포화에 빼앗겨버린 채, 그들의 복장, 손안의 무기, 심지어 그들의 온몸은 마치 패퇴하는 영혼에게 서글픈 군더더기로 변해버린 듯했다. 적들의 포탄은 어느덧 연발 사격을 개시하였다. 빽빽이 날아오는 포탄은 뒤엉켜 복잡한 선을 따라 춤을 추면서 세찬 회오리바람을 일으키고, 지면 가까이 저공에서 마치 무수한 수리개가 머리 위를 지나는 듯이 오싹하게 만드는 소리를 냈다. 그런 다음 일제히 맹렬하게 터지는 바람에 온 지각은 깜짝 놀랐다가, 자신이 받은 고통을 서서히 다른 곳으로 전파하면서도 아무 말 없이 무거운 탄식과 신음을 억눌렀다 ……

제4중대의 진지와 제1선의 거리가 돌연 단축되었다. 적군 포화의 연발사격은 제4중대의 전우들로 하여금 서로 간의 놀란 눈길의 마주침 속에서 즉시 실행해야 할 임무를 알아차리게 해주었다.

분대장은 전투경험이 많은 후난성(湖南省) 출신이다. 그는 철통처럼 굳센 등을 자벌레처럼 굽힌 채 총자루를 쥐고서 산병호 사이를 나는 듯이 뛰어다니면서 암암리에 전우들의 마음속에 전투의 불꽃을 피워주었으며, 자신의 일거수일투족을 통해 전우들에게 신성한 모범을 보여주었다. 온 중대의 전우들은 처음에는 참호 속에서 온전한 진용을 갖추었다. 모든 준비가 끝났다. 이제 진격의 명령만을 기다리고 있었다.

후난성 출신의 분대장이 나지막이 부르짖었다.

"돌격하라! ……"

어느 젊은 일등병은 꿋꿋한 눈빛으로 포화가 하늘 높이 치솟는 들판을 뚫어져라 쳐다보았다. 그의 튼튼하고 듬직한 몸집은 아주 성공적인 부동자세보다 훨씬 멋졌다. 그의 영혼은 진즉 전투와 하나가 되었다. 전투에 심취하였다가 뒤쪽에 처져 있는 것은 죽어버린 몸뿐이었다.

"돌격!"

젊은 일등병의 짧은 소리가 메아리처럼 화답했다.

포화는 더욱 맹렬해졌다. 패퇴하던 중국군은 혼란 속에서 정확한 방향을 되찾고 잃어버린 자존심과 활기를 되찾은 듯하였다. 그들은 우군의 도움을 받으리라 바라지 않았으며, 비록 극단적으로 위험한 처지에 있을지라도 우군의 도움을 받는 것을 치욕이라 여기는 듯하였다. 그들은 반격에 나섰다. 그렇다, 여기에서 똑똑히 볼 수 있었다. 그들은 패퇴하는 중에도 얼굴을 적에게 향하였으며, 총탄에 맞아 넘어지더라도 적을 향해 쓰러졌다. 의심할 여지 없이 그들은 목숨을 다하기 직전의 천분의 일초 사이에도 아주 충분한 전투의 여유를 붙들었던 것이다.

이 사이에 제1선의 전투형세에 급격한 변화가 일어났다. 꼼짝하지 않았던 제1선의 중앙과 우익의 중국군은 전선 전체에 대해 끝까지 책임을 지고 있었다. 우익의 중국군은 위태로운 전황을 만회하기 위해 신속하게, 그리고 적시에 반격을 개시했다. 전투실황이 분명하게 보여주다시피, 제1선의 격파된 빈틈은 제1선이 책임지고 메꾸어야 했다. 전투 역량은 보물만큼이나 귀중하다는 것을 알아야 한다. 자신의 전투력을 아끼지 않는 사람은 잘못된 헛된 거동을 면치 못하는 법이다!

불처럼 뜨거운 전투에 의해 자극을 받아 제4중대 전우들은 추호의 편견이나 사적 감정이 없었으며, 그들의 태도는 거리낌이 없었다. 우군을 돕거나 적을 때려 부수는 의미에서라면, 그들은 단순명쾌하게 전투를 실행할 수 있음을 지고무상의 영광으로 여겼다.

이리하여 그들은 하나하나 자신의 참호에서 뛰쳐나왔다. 이 참호는 이제 그들에게 아무 쓸모가 없었다. 끝없이 나타나는 새로운 특이한 임무를 위해, 그들은 이미 멋지게 구축해놓은 참호를 여러 차례나 내버렸었다. ……

　이제 모든 책임은 린칭스 한 사람에게 집중되어 있었다.

　검게 빛나는 군모 차양 아래에서 엄숙하고 작아 보이는 린칭스의 하얀 얼굴은 환한 햇빛 아래에서 백랍처럼 투명했으며, 두 눈은 맑고도 용맹스러운 불빛을 내뿜고 있었다. 표정과 동작으로 보아 그는 부대의 모든 소속을 떠나 독자적으로 존재하는 일인처럼 보였다. 그가 몸을 숨긴 장소는 진지 왼쪽의 대대 전진 진지 후방의 좌측 끝이었다. 이 급박한 장면을 그는 꿈쩍도 하지 않고 눈 한 번 깜빡이지 않은 채 지켜보고 있었다. 그는 만약 불필요한 경우에, 특히 명령 없이 병력을 사용하는 것은 전투 군기에서 해롭고 불합리한 행위임을 잘 알고 있었다.

　"전우 여러분, 움직일 생각입니까? 전투 군기를 무시하겠단 말입니까?" 린칭스는 밝고도 날카로운 음성으로 외쳤다.

　"아니오! 우리는 출격하려는 겁니다!"

　"출격하시오!"

　"출격하지 않는다면 떠날 준비를 하자는 겁니까? 우린 더 이상 떠나지 않겠소. 우리가 구축한 진지를 스스로 지키겠소!"

　"옳소, 출격하는 것 외에는 더 새로운 임무가 없소!"

　………………………………………………………………

　"아니, 아니오!" 린칭스가 엄한 목소리로 말했다. "이렇게 말하는 건 오류요! 여러분에게 전투 군기를 절대적으로 준수할 것을 요구하오! 누구든 소란을 피우면 총살하겠소!"

　포화가 대단히 맹렬해졌다. 모든 진지는 만회하기 어려울 만큼 소란스럽고 위험한 처지에 빠졌다. 린칭스의 목소리는 희미하고 무력해보였다.

전우들은 하나하나 타조처럼 고개를 치켜들고서 참호에서 뛰쳐나왔다. 적을 섬멸하겠다는 그들의 웅지는 우둔한 자태로 드러났다. 그들은 하나하나 가장 단순한 의지를 품고 죽은 주검과 같았고, 적들의 맹렬한 포화는 이 주검의 행렬을 빨아들여 넋을 놓은 듯 위험한 진지를 향해 나아가게 만들었다. 아무것도 그들을 동요시킬 수 없었다.

그들의 굳은 결심은 린칭스로 하여금 자신이 내린 명령을 의심케 만들었다. 이 출격이 옳지 않은 걸까? 전투에 정신이 팔린 전사들은 이미 스스로 억제할 수 없는 발광적 행위를 드러내고 있었다. 이 신성한 행렬 가운데에서, 린칭스, 이 뛰어나고 멋진 젊은 군관은 자신이 이끄는 부대의 꽁무니가 되어야겠는가? 그는 전우들의 이 상황에서의 심리를 충분히 이해하고 있었다. 그와 모든 전우들의 강고한 영혼은 하나로 합쳐져 있었으며, 전투에 대한 그의 열정은 모든 전우들보다도 훨씬 드높았다. ……

그들은 나아갔다. ……

제4중대 전 대원들은 조그마한 대오를 이룬 채, 마치 광야에서 온 영혼처럼 고독과 고통 속에서 자신의 어두운 그림자를 힘차게 움직였다. 그들은 우둔하지만 일체를 무시하는 놀라운 용맹성을 지니고 있었기에, 포탄이 터짐에 따라 하늘로 솟구치는 진흙과 시커먼 연기의 자욱한 수풀 속에서 조금도 어지러워지지 않은 채 완정하고 힘찬 대형을 유지하면서 제1소대의 용맹한 그림자로써 제

2소대의 용맹한 그림자를 이끌었다.

그리하여 기적이 일어났다. 린칭스, 이 잘 생긴 젊은 군관은 마치 뱀처럼 겁을 내면서도 기민하게 참호를 뛰쳐나왔다. 그의 맑은 얼굴은 잿빛으로 어두워졌다. 단 1초라도 내심의 고통과 슬픔을 해결할 수 없다는 듯이, 그는 결코 '돌격하지 말라'라는 자신의 명령을 포기하지 않았지만, 단지 모호한 목소리로 '정지'라고 외치면서 예리한 눈빛으로는 전방의 적을 주시하였다. 그의 꿋꿋한 행동은 자신이 내린 명령의 내용을 완전히 부정하였다.

…… 제 손으로 구축한 참호를 내버리고 연이어지는 적들의 포화 사격의 경계를 뛰어넘어 적들의 맹렬한 화력에도 아랑곳하지 않은 채 전투의 전기를 마련하였다. 제4중대 전우들은 남김없이 파괴된 제1선의 진지 위에서 야행하는 들짐승처럼 허약하게, 그리고 쓸쓸하게 그들의 장렬하면서도 슬픈 행정에 올랐다.

제1선의 중국군은 적 선발부대의 습격에 맞서 임무를 이미 완수했다. 전투 오전 10시에 시작하여 8시간 동안이나 계속되었다. 중국군은 악전고투 속에서 자신의 전투능률을 끌어올렸다. 제4중대의 참천은 처음부터 진지의 혼란스러운 국면을 제거하였으며 적들의 강포함과 혼탁함을 쓸어내 버렸다.

그러나 새로운 임무는 마치 요사스러운 악마처럼 신비하고도 불행한 제4중대를 따라다녔다. 그 사이 대대장 가오화지는 대오를 샤오난샹(小南翔)으로 이동하라는 명령을 받았다. 그는 전 대대의 대원을 집합시키고자 하였지만, 제4중대의 모습을 찾을 수가 없었다. 제4중대가 실종되었던 것이다. 제4중대의 행동에 대해 대대본부는 시종 한 장의 보고도 받지 못한 터였다.

해가 서쪽 지평선 너머로 떨어지자, 회색빛 하늘은 느슨해진 채 피곤한 모습이 역력했다. 제1선의 총성과 포성은 여전히 끊이지 않았지만, 여기에서 듣기에는 이미 차츰 멀어지는 듯했다. 허리를 굽힌 채 목을 쑥 내뻗은 대대장은 모자를 뒤통수에 붙이고서 담배만 뻑뻑 피워댔다. 때로 입에 물었던 담배를 손에 쥐고서 두 눈을 가늘게 뜬 채 미친 듯이 담배를 뚫어져라 한참 동안 바라보았다. 마치 흉악하고 진귀한 목표물을 붙잡아 온몸의 힘을 다하여 맞서려는 듯이.

대오가 집합했다.

키가 크고 건장한 저장(浙江) 출신인 대대장 부관은 낮고 무거운 목소리로 출발시간이 다 되었다고 보고했다.

가오화지 소령에게는 괴상한 성격이 있었다. 그가 화를 낼 때 선량하고 상냥해진다는 것이다. 머리를 숙인 채 땅바닥을 보면서 글자 하나하나 낮고 무거운 목소리로 아주 똑똑히 말했다.

"만약 제4중대가 일곱 시까지 귀대하지 않으면 린칭스를 사형에 처하겠소."


이번 전투 중에 제4중대에서는 27명이 전사하거나 실종되었고 세 명의 소대장이 전사하였다. 남은 전투병은 군관을 합쳐 87명이고, 수용된 지점은 장자옌의 남쪽, 그들의 본진과는 약 20킬로 떨어져 있는 류자자이(劉家宅)였다. 대대본부와의 연락이 끊어지고

취사병을 그림자도 찾아볼 수 없었다. 취사병들이 식사를 준비하는 지점이 그들의 본진과 5킬로밖에 되지 않았으니, 아마 취사병들은 이미 우군의 포로가 되었을 것이다.

류자자이는 인가가 하나밖에 없는 아주 작은 마을이었다. 주민들은 죄다 도망가고 방에는 지독한 곰팡이 냄새와 함께 벽구석에 벌레들이 득시글거렸다. 87명은 배를 곯고 있었다. 돈이 있어도 먹을거리를 살 수 없고, 남아 있던 약간의 볶은 쌀도 다 떨어졌으며, 부상당한 전우들은 의약품도 구할 수 없었다.

중대본부는 세 차례나 전령을 보내 그들의 대대본부를 찾게 했으나 종무소식이었다.

아침 5시 20분경에 중대장 린칭스는 전우들에게 연설을 했다.

"…… 여러분은 내가 어떤 사람인지 이해해주기 바란다. 나는 오늘 이 어려운 처지에서 여러분의 멋진 장교가 되고 싶다." 그는 거리낌 없이, 그리고 매우 꿋꿋하게 말을 이었다. "오늘 우리가 직면한 어려움은 다음과 같다. 첫째, 우리가 전투를 계속할 것인가 말 것인가? …… 둘째, 우리에게는 상관의 지휘가 없고 믿을 만한 식량공급 또한 없다. 우리는 원래의 대오와 연락이 완전히 끊겼지만, 우리는 전투력을 잃지 않았으며 적어도 우리 손에는 아직 무기가 남아 있다. 우리가 계속 전투에 참가할 가능성이 있는가 없는가?"

적기의 정찰을 피하기 위해, 87명의 대오는 자그마한 방 안에 빽빽이 들어차 있었다. 전우들은 린칭스의 뜻을 제대로 이해하지 못한 듯 떠들어댔다. 린칭스의 말은 그들에게 암암리에 의혹을 불러일으켰을 뿐이었다. 모두들 고민과 피곤에 지쳐 있었다. 그들은 자신의 견해를 표명하지 않았지만, 그들의 의견은 확정되어 있었으며 확정된 이 의견을 어느 누구도 절대로 위배할 수 없었다.

린칭스는 자신의 말을 이어나갔다.

"지금 우리는 참으로 우리의 목적지에 도달했다. 우리의 목적지는 곧 전쟁터이며, 우리는 더 이상 어떤 부당한 임무에 얽매이지 않는다. 우리의 발이 내딛고 있는 이곳을 우리는 지켜내야 한다. …… 우리는 오늘 배를 곯지만, 내일도 그러리라고는 믿지 않는다. 날이 어두워져 적기의 공습이 없어지면, 우리가 활동할 시간과 기회는 충분히 있다. 우리의 유일한 임무는 대오를 이탈하지 말고 우리의 살아있는 역량을 굳건히 유지하는 것이다. 우리는 최단시간에 대대본부와의 연락을 회복하기를 바라지만, 이 시간에 그냥 숨어 지낼 수는 없다. 우리는 적들과 적극적이고 간고한 전투를 계속하지 않으면 안 된다."

11월 25일 밤, 하늘에는 먹구름이 덮여 있고 사방은 칠흑처럼 캄캄했다. 류자자이를 떠난 대오는 개울이 흐르는 강변을 따라 난샹 방면으로 이동하였다. 전투의 중심은 다창(大場)에서 전루(眞如)로 옮겨진 듯하였고, 전선의 포화는 여전히 맹렬했다. 8시 30분경 그들은 어느 마을을 지나다가, 다창에서 패퇴하던 우군 25명을 만났다.

극도의 굶주림과 피로에 시달리던 이 25명은 풍성한 먹을거리를 마주하게 되었다. 이 마을에서 돼지 한 마리와 땅속에 감추어져 있던 묵은 술을 찾아냈던 것이다. …… 이런 정경은 참으로 상상하기 어려운 일이었다. 이 마음에 들어섰을 때, 제4중대 전우들은 25명이 주검처럼 방 안에 자빠져 있는 모습을 발견했다. 방 안에는 무겁고도 기괴한 소음이 떠돌고 있었으며, 25명은 넋이 나간 듯 썩고 더러운 침전물이 되어 있었다. 마치 전쟁터에서의 공포의 중압에 눌려 연민을 자아내는 애걸을 고통스럽게 토해내는 것만 같았다. 그러나 한 가지 일만은 시선을 끌었다. 작은 일에도 크게 놀라는 예민한 상황에서는, 모든 사람과 사람의 관계에 사나운 폭약이 감추어져 있으며, 잔혹한 전투는 마치 흑사병처럼 온 인류에 만연되어 무서운 살육행위가 인간 사이에 보편적으로 발생하여 때로 적과 벗을 따지지 않기도 하는 법이다.

"저들을 무장해제해야 하지 않을까요?" 특무장이 나지막이 물었다.

전사들도 꿈틀거리면서 뛰어들 준비를 했다. 그들은 방 안으로 뛰어들어가려고 여러 개의 손전등을 문어귀에 마구 비추고 있었지만, 린칭스가 그들을 제지하였다.

린칭스는 홀로 방 안으로 들어갔다. 그는 죽은 듯이 취해 자고 있는 병사 하나를 살그머니 흔들어 깨웠다. 그런데 여기에서 기가 막힌 일이 일어났다. 린칭스가 광저우(廣州) 옌탕군교(燕塘軍校)에 다닐 적의 친구를 만난 것이다.

그의 이름은 가오펑(高峰)이며, 기골이 장대한 젊은이였다. 그는 부상을 입어 얼굴빛이 참외마냥 노랬다. 전투 중에 관통된 그의 왼 손바닥은 자기가 지니고 있던 붕대로 싸매져 있었다. 그런데 어설프게 싸매어 놓은 터라 갑자기 다량의 피가 상처에서 흘러

나왔다. 그 바람에 그는 학질을 앓듯이 바들바들 떨었다. 그가 가냘픈 목소리로 린칭스에게 말했다.

"모든 군인들은 대개가 비침하단 생각이 드네. 군관학교를 졸업하고 군복차림에 단검을 차면 다른 모든 학우와 마찬가지로 용감하고 건장해 보이지. 길거리를 걸어가면 수많은 사람들이 부러워하지. …… 전선에 나와 전사하거나 부상을 입는 것쯤이야 대수롭지 않지만, 과업을 완수하지 못하는 게 제일 고통스러운 일이지. 내 이상은 높았네. 난 남에게 알릴 수 없는, 그야말로 허망하다고 할 수 있는 포부를 가지고 있었네. 그래서 나는 오랫동안 자신을 존중하는 동시에 남에게도 자랑한 적이 있다네. 세상에는 불행한 사람들이 곳곳에 있지만, 그 속에 나만은 없다는 암시를 무형 중에 받은 것 같아. 이러한 환몽은 얇은 종이처럼 허약하였지만 나는 온 힘을 다해 보존하려 했네. 나는 나 자신이 총명하고 내가 가야할 길을 똑똑히 분별할 수 있으리라고 믿었지. 이 길은 아득히 멀 터이니, 이 위대한 장정자의 신분을 거의 언제나 보존하고 있었네. ……"

이튿날 밤이었다. 가오펑과 린칭스의 친밀한 관계를 통해 25명과 87명은 처음부터 잘 어울렸다. 집에 남은 쌀과 배추로 제4중대 전우들의 굶주림을 가까스로 면했다. 문턱에 앉은 린칭스는 군모를 벗은 채 고개를 떨궜다. 덥수룩하게 자란 머리카락이 까맣게 반짝였다. 그의 모습은 마치 수줍은 어린애 같았다. 가오펑은 린칭스의 맞은편 대나무 의자 위에 누워 있었다. 그의 음성은 차츰 우렁차게 들렸다. 그는 자신이 이야기하는 모든 것에 대해, 특히 침통한 비극적인 이야기에 대해 매우 만족스러운 것 같았다.

"석달 전에," 그는 이야기를 계속했다. "난 광둥의 ××× 부대에서 소위 부관으로 있었는데, 아내와 모든 벗들이 편지를 보내와 축하해주었네. 난 그게 나의 영예라고는 생각하지 않았네. 나는 짙은 안개 속을 걷는지라 나의 자취가 비밀스럽고 나의 오가는 곳을 이해하는 사람이 없다는 느낌이 들었어. 때로 나 자신이 바다의 섬 같다는 느낌도 들었네. 바닷속에 잠겨 있는 이 섬은 거대한 산맥이지만, 바닷물 위에 드러나 있는 것은 조그마한 까만 점일 뿐이지. 바로 이 때문에 아무리 거센 풍랑일지라도 그걸 터럭만큼도 움직일 수 없지. …… 이 환상은 분명코 웃기는 것이었지만, 난 이러한 환상이 필요했고, 심지어 이러한 환상에 기만당하기를 원했네. 얼마 후 우리 대오는 전선으로 나갔네. 나는 소대장이 되어 나 자신도 전투 속에서 훌륭한 인재로 성장하리라 믿었어. …… 11월 18일 밤, 우리 소대원이 류싱(劉行) 전방에서 보초를 서다가 적의 맹렬한 습격을 받아 나를 제외한 35명이 순식간에 죽고 말았네. 이 현상에 나는 경악을 금치 못했네. 난 전투란 게 어떤 건지 전혀 알지 못했어. 전투란 강도와 같고 폭도와 같아서 조금만 느슨해지면 느닷없이 우리 앞에 나타나는데, 날 제일 고통스럽게 만드는 것은 전투가 시작되자마자 우리가 습격을 당하는 위치에 제약되는 것일세. 우리의 총은 손에 쥐어져 있었지만, 우린 시종 전투의 상대를 찾아내지 못했다네."

린칭스는 곤혹스러운 침묵에 빠져 있었다. 길게 자란 속눈썹, 유난히 새까만 눈동자, 하얀 얼굴은 더욱 초췌해보였다. 가오핑의 목소리가 나른하게 희미해지더니, 그는 가벼운 탄식과 함께 기침을 했다.

"그날 밤 나는 진지에서 도망쳐 나왔네." 그의 이야기가 계속 이어졌다. "나는 패잔병 대오 속에 섞여 있었네. …… 사흘 동안 거의 완전히 지각을 잃고 의지를 잃어 그때 살아야 할지 죽어야 할지를 알지 못했어. 난 나의 직무에 낯이 없었고, 나의 상관과 벗들에게 면목이 없었네."

전선의 포성이 차츰 다시 가까워졌다. 이 집 안의 분위기는 어둡고 딱딱했다. 린칭스는 낮은 목소리로 아주 정중하게 이렇게 말했다.

"전투란 엄숙한 거요. 전투의 엄숙하고도 잔혹한 면모를 잘 알고 있어서, 이 면모에 간담이 서늘한 나머지 전투를 직시하지 못했던 것 같아. 나는 오늘까지도 똑똑히 알지 못하여 마치 꿈속을 헤매는 것 같네. …… 이런 것들은 이제 잠시 내버려두세. 우리의 전투 용기를 회복할 수만 있다면, 곳곳에서 엄격한 어투로 우리 자신을 추궁할 필요는 없네. 스스로를 추궁할 필요가 뭐가 있는가? 우리는 이미 전선에 서 있고, 우리는 적과 싸우고 있네. 그래 맞아, …… 싸우다가 언젠가 우리가 죽는다면, 우리 개인의 책임도 끝이 나겠지. 어이, 친구. 이건 아주 간단한 일이네, 아주 간단한 …… 일이라네 ……"

황혼녘이었다. 마을 남쪽 보초병의 보고에 따르면, 일본병 한 대오가 남쪽 멀지 않은 마을에서 왼쪽의 도로를 따라 나오고 있다는 것이었다. 이 소식에 집안사람들은 금세 소란스러워졌다. 전투의지를 잃어버린 패잔병들은 쥐새끼마냥 눈알을 반짝이면서 집 안에서 수군거리면서 슬그머니 도망칠 태세였다. …… 가오펑이 자리에서 일어났다. 그의 얼굴에 고통스러운 어둔 빛이 어렸다. 콧대의 중간은 너무 넓어 보였다. 너무 넓은 콧대가 그의 표정을 완전히 망가뜨리고 있었다. 그는 꼭두각시처럼 말없이 린칭스의 앞에 섰다.

"우리가 이 전투를 피해야 할까?"

"우리 도망칩시다! ……"

"우리가 싸울 수 있을까요?"

많은 사람들이 황급히 이렇게 자신을 고려하고 자신에게 캐물었다. 저마다 다른 의견과 주장이 있지만 아무 소리도 내지 않은 듯했다. 가슴을 조이는 소란스러운 분위기는 완전히 무서운 침묵에 뒤덮였다. 모두의 눈길이 린칭스에게 쏠렸다.

린칭스는 그들 87명의 대오 한가운데에 서 있었다. 이 87명은 비록 패잔병 무리이지만 진영을 빈틈없이 유지할 수 있으며, 적어도 막다른 길에 이를지라도 일전을 불사할 수 있는 굳건한 믿음을 지니고 있었다.

린칭스는 굳세고도 아주 짧게 이렇게 말했다.

"동지들, 따라오시오! 걸을 수 있는 자는 모두 따라오시오! 걸을 수 없는 자도 결코 포기하지 않을 것이다. …… 현재 전투지점이 이 마을 범위 안에 있으니, 한 시간 이내에 모든 게 밝혀질 것이다. 만약 우리가 적을 물리칠 수 있다면 우리는 새로운 전기를 마련하게 될 것이고, 그렇지 않고 패배하면 다 함께 죽을 수밖에 없다!"

이리하여 이곳에서 신기한 일이 벌어졌다. 소수의 부상병들은 집 안에 조용히 누워 있고, 일부는 여전히 머뭇거리면서 금방 전투에 참여할 결심을 내리지 못하였지만, 대다수의 전사들은 내력과 소속부대의 차이를 불문하고 말없이 줄을 지어 린칭스의 뒤를 따랐다.

모든 대오는 정적에 잠겨 있었다. 아무 소리도 들리지 않았다. 우울한 들판은 텅 비고 드넓었다. 백여 명의 병사들은 마을 사방의 수풀 속에, 시냇가에, 밭머리에 들쥐처럼 감쪽같이 은폐했다.

남쪽에서 오는 적들은 상당히 강력한 대오였다. 말없이 번뜩이는 누런 그림자는 황혼의 진회색 대기 속에 녹아들었다. 진지에서는 이처럼 아름답고 질서정연한 적군 대오를 흔히 볼 수 없었다. 이 대오는 마치 굴에서 기어나온 흉악하고도 아름다운 구렁이처럼 그를 두려워하는 사람은 물론 두려워하지 않는 사람들까지도 모두 빨아들였다. 이 적군들은 아마 장챠오(江橋) 방면에서 오는 것 같았다. 보건대 장챠오는 소리 없이 함락된 듯한데, 난샹이 중국군 수중에 있는지의 여부는 아무도 단언할 수 없었다.

쑤저우허(蘇州河) 북쪽 강변의 전투 역시 모두 끝났을 텐데, 전투력을 상실한 중국군은 이미 퇴각했을 것이다. 그렇지 않다면 일본군이 이렇게 뽐낼 수가 없다. 그들은 척후병 한 명도 세우지 않은 채 가슴을 쭉 내밀고 가지런히 줄지어 행진하고 있었다. 총과 칼, 그리고 몸의 군복은 모두 새 것이었다. 비록 왜소하여 볼품없는 자들도 몇몇 있었지만, 그들의 체격은 아주 건장하고 어깨도

쩍 벌어져 있었다. 적들은 오늘만큼은 어디를 가든 절대로 전투를 만나지 않으리라는 듯이 기분좋게 널따란 길을 따라 행군하고 있었다.

도로 위를 행진하는 누런색의 행렬에서 시퍼런 칼이 황혼의 풍광 속에서 허옇게 번쩍였다. 시냇가에 몸을 숨기고 있던 15명은 총을 받쳐든 채 20미터 너머 한길의 다리를 겨냥하고 있었다. 이건 미리 예정되어 있었다. 그들은 틀림없이 도로에서 다리를 건넌 일본병이 처음으로 발견한 최초의 적일 것이다.

15명의 전사들은 시냇가의 축축하고 푸석푸석한 진흙에 의지하여 침착하게 맹렬한 사격을 퍼부었다. 총성은 사방의 들판을 진동하였다. 마치 세찬 바람이 미친 듯이 스쳐지나는 듯, 공중에서는 오랫동안 쉬지 않고 격렬한 소동이 일어났다. 천분의 1초의 정적이 흘렀다. 사람을 전율케 하는 고통스러운 시간이었다. 이 천분의 1초 사이에 최초로 전투에 뛰어난 15명의 용사들은 반드시 참담하기 그지없는 이 과업을 완수하지 않으면 안 되었다. 그들은 스스로를 비겁과 나약함에서 구해내고, 자신들의 두렵고 당혹스러운 영혼을 다시금 진정시켜, 가슴속에 뜨거운 전투의 불꽃을 타오르게 하여 사자처럼 사나운 면모로써 눈앞의 적을 주시하였다.

콘크리트로 만들어진 회백색의 다리는 분노를 터뜨리는 야수처럼 육중한 몸집을 떨었다. 다리 위에는 짙은 안개가 피어오른 듯, 그 떨리는 다리의 모습이 별안간 흐릿해졌다. 멋지고 사치스러운 인형처럼 정연하게 도로를 행군하던 일본군 대오는 그 신비스러운 천분의 1초 사이에 조금도 대형을 흐트러뜨리지 않았다. 다만 미친 듯이 부르짖는 사나운 소리가 그 대오에서 들려올 뿐이었다. 매복해 있던 중국군은 바로 여기에서 대단히 충분한 전투 여유를 갖게 되었다.

27명의 중국군이 맹렬한 화력으로 공격에 앞장섰다. 드문드문한 나무숲 속에서 그들의 잿빛 그림자가 번쩍 움직였다. 그들은 전투 중에 모든 엄폐물을 완전히 던져버린 채 하나하나 새파란 논밭을 걸어오면서 자신의 잿빛 모습을 온전히 드러냈다. 암회색의 저녁빛 속에 그들이 모습이 똑똑히 보였다. 27명이 뛰어나가는 모습은 지체할 수 없는 전투의 기회가 다가왔음을 말해준다. 그들은 뛰어나가 모든 것을 바치고, 일체를 전투에 쏟아 부었다. 맹렬한 총성이 고막을 울리고, 사방의 고요한 들판을 진동시키며, 저공을 무겁게 내리눌렀다. 땅바닥 위에서 갑자기 두터운 흙먼지가 솟구쳐 올라와 저공의 모든 것을 뒤덮었다.

세 명의 어린 중국군이 마을 뒤쪽에서 마을과 도로 사이의 높다란 흙언덕으로 올라가 일제사격을 가하였다. 이 치열한 전투장면이 그들을 꿈에서 막 깨어나게 한 듯 놀라움을 안겨주었다. 그들은 온 힘을 다하여 눈앞의 강적을 응시하였으나 사격목표를 정확하게 파악하지는 못한 듯하였다.

27명이 뛰쳐나가는 모습은 지체할 수 없는 전투의 기회를 잘 말해주었다. …… 빛나던 그들의 모습은 날이 어두워지면서 희미해졌다. 적들에 대한 그들의 공격은 우레처럼 신속하였지만, 이때 그들이 싸움으로 얻어낸 것은 밭두둑에서 도로에 이르는 30미터의 거리에 지나지 않았다.

마을 서쪽의 조그마한 집 문어귀에서 린칭스는 가오펑과 모제르총을 차고 있는 전사 8명을 만났다.

"지붕으로 올라가! …… 지붕으로! ……" 린칭스는 사납게 외쳤다. 엄한 눈빛이 가오펑의 참담한 얼굴에서 불길로 타올랐다.

두 전사의 어깨를 사다리 삼아 한 병사가 올라갔다.

이어 한 명, 또 한 명이 올라갔다.

가오펑의 부상당한 왼손이 격렬하게 부들부들 떨었다. 그는 마치 깨달은 바가 있다는 듯이 빈번히 린칭스를 향해 머리를 끄덕였다. 그는 자신이 받은 막중한 임무에 대해 아무 이견이 없었다. 그는 네 번째로 지붕 위에 올라갔다. 민첩하고 기민한 그의 동작에 린칭스는 남모르게 놀라움을 금치 못했다. 콩 볶는 듯한 총성 속에서도 가오펑, 전투력을 회복한 그 용감한 전사가 우렁찬 소리로 외치는 소리가 똑똑히 들렸다.

"올라가! 올라가! 더 높이 올라 지붕 용마루로 기어가! 보이나? 적들이 거기에서 보이나? 쏘아! 사정없이 쏴! ……"

적들의 맹렬한 화력이 이곳 지붕 위로 집중되었다. 기관총 탄환이 어지러운 선을 그으면서 날아오더니 으깨진 기와가 흉악한 비명을 지르듯 마구 날았다.

세 명의 병사가 동시에 지붕에서 굴러 떨어졌다. 완전히 부서진 지붕은 적의 공격을 받아 금방이라도 날아갈 듯이 흔들렸다. 적들의 기관총 총탄이 지붕 모서리에 집중되더니 집 가장자리가 무너져 내렸다. 석회의 코를 찌르는 냄새와 피비린내가 합쳐져 지독한 냄새를 풍겼다.

전투가 끝날 즈음 린칭스는 기진맥진한 말처럼 고개를 떨군 채 어깨를 으쓱거리고 발을 약간 절면서 몸을 부르르 떨었다. 그는 말없이 마을 동쪽으로 걸어 나갔다. 부하들과 마주치자 그는 마치 그의 부하들에게 일부러 몸을 숨기라고 하듯이 높이 치켜든 손을 가볍게 흔들었다. 적어도 이때 그는 부하들과 이야기를 나누고 싶지 않았으며, 부하와 마주치기만 하면 황급히 자리를 피하곤 했다.

도로를 지나던 일본군은 적어도 일개 대대 이상의 병력이었다. 여기에는 야전 보병 일곱 소대, 하나의 부속 통신분대가 있었는데, 보병 일곱 소대는 몇몇의 도망자를 제외한 나머지와 부속 통신분대는 중국군의 습격을 받아 전멸하고 말았다. 다리 남쪽 1리 쯤에 있는 도로 위, 그리고 도로 양쪽에는 시체가 가득했으며, 총에 맞아 쓰러진 말들과 총포, 탄약, 통신장비 등이 가득 쌓여 있었다. 중국군은 격렬한 전투 속에서 느닷없이 이 비참하고도 무서운 지역으로 쓸쓸하게 들어와, 마치 광야를 휘젓는 이리떼처럼 적막하고 느슨해 보이지만 야만적으로 탐욕스러운 추적을 행했던 것이다.

보슬비는 짙은 안개처럼 내리고, 하늘의 구름은 검은색을 머금고 있었다. 포성은 사람들의 먹먹한 귓전에 둔중하고 은은하게 들렸다. 조그마한 강물이 흐르는 물가에 기대어 아주 작은 낡은 도시가 있었다. 남쪽에서 북쪽으로 시커먼 진흙탕 속을 흐르는 강물은 썩어가는 뱀처럼 고요히 누운 채 사람을 질식시키는 냄새를 끊임없이 풍기고 있었다. 육중한 포탄을 맞아 다리는 뒤집어지고, 어디에서 왔는지 한 무더기 새로운 진흙이 산언덕처럼 물길에 쌓였다. 다리 가까이의 자갈을 쌓아 만든 길거리, 이 도시의 유일한 거리는 커다란 틈새를 벌린 채 찢겨져 있고, 더욱 놀랍게도 이 틈새를 경계선으로 강물 가까이의 이쪽 지면과 건물은 모두 무너져 내려앉았으며, 잇달아 여덟 채의 건물이 포탄의 가공할 만한 위력 아래 산산조각나 있었다. 여기에서 동쪽으로 걸어가면 15미터도 채 되지 않은 곳에 말 한 마리와 병사 5명의 썩어가는 시체가 가로놓여 있었다.

"…… 아이구 무지하게 배 고프구만!" 얼굴이 시커먼 어느 병사가 이렇게 소리쳤다. 그는 나무 수레바퀴에 앉아 한 손으로 힘껏 푹 꺼진 뱃가죽을 만지고 있었다.

그의 왼쪽에는 후난(湖南) 출신의 왜소한 병사가 서 있었다. 그는 군모를 앞이마에 푹 내려쓴 채 침울한 얼굴을 치켜들고 있었다. 그는 메고 있던 일본의 11년식 기관총을 다리 옆에 풀어놓고서 말없이 시커먼 얼굴의 병사에게 머리를 끄덕였다.

대오는 잠시 이 죽음의 도시에서 휴식을 취하였다. 그들은 승리를 가져오고, 피로와 굶주림을 가져왔다. 그들은 길거리 여기저기에 흩어져 누웠다. 피로와 굶주림은 그들에게 참기 어려운 고통을 안겨주었다.

보슬비가 점점 굵어졌다. 병사들 가운데 절반쯤은 진탕 속에 누워 있는데, 많은 병사들이 신발과 양말을 잃어버린 상태였다.

"아, 배고파!"

"여긴 물 한 방울도 없어!"

"동지들, 우린 자딩으로 돌아가야 해. 여기에서 어슬렁거려봐야 무슨 소용이 있어?"

"아냐, 자딩은 너무 멀어. 난샹으로 가자구. 난샹이 훨씬 가까워!"

"이봐, 일본놈들에게서 술 좀 구했나?"

이렇게 묻자 모두들 하하 웃음을 터뜨렸다.

"그래, 내가 위스키 한 병을 구했어."

"속이지 마! 빵과 햄도 있잖아 ……"

'빵'과 '햄'이라는 구수한 말에 누군가 본능적으로 애걸하는 듯 손을 내밀었다.

"좀 나눠 줘봐!"

"죄다 먹어버렸어 ……"

"그럼, 다시는 배고프단 말 하지 마!"

"동지들, 똑같아요. 먹어도 배고프긴 마찬가지요 ……"

이때 두 명의 병사가 가오펑의 시신을 메고 왔다. 그는 이번 전투에서 중상을 입고 길 위에서 죽었다. 그의 뒤로 린칭스, 특무장교, 그리고 여덟 명의 전투병이 있었고, 영광스러운 희생자의 동지와 벗들이 그들 뒤를 따르고 있었다. 린칭스는 팔을 휘두르면서 나지막이 외쳤다.

"동지들, 일어나시오! 똑바로 서시오, 똑바로! ……"

병사들은 비틀거리면서 땅바닥에서 기어 일어났다. 멋진 신형무기는 땅바닥에 내동댕이쳐지고, 느슨해진 탄띠는 뱀처럼 구불구

불 허리춤에 걸려 있었다. 어떤 사람은 한 손으로 풀어진 각반을 잡아당기고 있는데, 마치 험준한 산고개 위를 기어가듯 몸을 구부리고 있었다. 피비린내가 무겁게 그들을 짓누르는 바람에, 그 영웅적인 전사의 시신을 바라볼 수가 없었다.

이리하여 인류는 장엄하고도 고요한 세계에 들어섰다. 그들의 영혼과 육체 모두 침묵에 잠긴 채 엄숙한 분위기 속에 남김없이 잠겨들었으며, 평소의 편견과 욕심, 그리고 남에게 차마 말할 수 없었던 생각을 죄다 떨쳐버리고 이렇게 말하는 듯했다.

"동지여, 그대 곁에서 우리 자신을 바칩니다. 보시오, 이렇게 남김없이!"

마치 이미 세상을 떠난 투사가 놀라지 않도록 그의 영혼과 그의 유해의 결합점에 주의하면서 그의 생각과 그의 동작, 그의 태도를 전과 똑같이 보존하려는 듯이, 두 병사는 차분하게 천천히, 숨을 죽인 채 걷고 있었다.

잔혹한 전쟁의 신은 용감한 투사의 몸을 빼앗아 버렸다. 이토록 젊은 나이에 그는 대나무의자로 만든 들것 위에 말없이 누워 있었다. 피에 젖은 머리카락, 피에 젖은 귀, 피 묻은 코. 아직 죽지 않은 전사들은 영원히 그의 모습을 기억하고 그의 가슴속에 간직된 영혼과 의지를 영원히 아로새길 것이다.

양쪽의 병사들 모두 머리를 숙였다. 두 병사의 걸음이 더욱 느려졌다. 무거운 시신은 자체적으로 만든 들것 위에서 격렬하게 몸부림쳤다. 그러나 모든 것이 더욱 고요해졌다. 늠름하게 서 있는 전우들은 자신들의 투사의 영혼에 대해 한결같이 가장 정성스러운 인사를 드리는 듯했다.

"동지여, 편안히 잠드소서! 우리의 가슴속에 잠드소서. 그대가 조금의 위안을 받을 수만 있다면 그대에게 필요한 것을 무조건 바치겠습니다! 잔혹한 투쟁 속에서 우리는 강철처럼 굳센 어깨를 단련하였으며, 이 어깨로 그대와 모든 전사자의 해골을 받치겠습니다!"

맹렬한 포성이 하늘을 진동시키고, 쑤저허 이북 지구에는 전투가 멎은 적이 없었다. 무서운 변동이 다시 시작되었다. 서른일곱 대의 일본놈 비행기가 일체를 진동시키는 위세를 지니고서 상공을 스쳐 지나더니, 북쪽의 약 2킬로미터 너머의 지구에 미친 듯이 폭격을 가했다. 어슴푸레한 하늘빛 속에서 서른일곱 대의 적기가 마치 봄날의 제비처럼 힘차게 시커멓게 춤추는 모습을 똑똑히 볼 수 있었다. 엄청난 폭탄의 폭발음과 포성이 한데 섞여 간담을 서늘케 만드는 엄청난 소리를 만들어냈다. 사방의 논밭에서는 무수한 백성들이 굴이 헐린 개미떼처럼 이리저리 뛰고 있었다.

20분이 흐른 후, 일체의 상황이 분명해졌다.

린칭스는 아주 조용히 중얼거리듯 말했다.

"만약 다시 한번 영웅적으로 …… 어떤가?"

전우들은 몹시 힘겨운 모습으로 듣고 있었다. 하나하나 신경이 마비된 노인처럼 쉽게 알아듣지 못했지만, 그들은 충성스러운 태도로 린칭스의 말에 대해 온 영혼을 다하여 받아들였다.

이리하여 린칭스는 신속히 행군하라는 명령을 내렸다. 그는 지금의 유일한 목적은 얼마나 신속하게 우군과 전투 중인 적군에 접근할 것인가라고 모든 전우들에게 알려주었다.

만약 도중에 공습을 당한다면?

만약 도중에 적군의 습격을 받는다면?

그렇다, 이 모두는 고려할 만한 것이다. 그러나 그래도 신속히 행군해야 한다! 신속히 행진해야 …… 신속히 …… 여기에서 대오는 어떠한 막심한 의외의 손해를 입어도 괜찮지만, 전투의 기회를 그냥 흘려보내서는 절대로 안 된다!

대오는 산만하면서도 불안정한 종대를 형성하였다. 심각한 피로와 굶주림이 모두의 영혼과 체력을 고통스럽게 만들었다. 그들은 느릿느릿 무거운 발걸음을 내딛었다. 이 행렬은 하나의 특징을 지니고 있었는데, 그것은 굳세고 침착하며 조금이라도 서두르지 않는 것이었다. 그러나 이것은 위험했다. 한 걸음 더 나아간다면 그것은 해이에 가까워져 치열한 전투의지마저 상실하게 될 것이다.

뜻밖에 대오는 어느 마을을 지나자마자 금방 전투에 돌입했다. 그들은 스스로를 은폐할 줄을 몰랐다. 정지와 은폐는 이곳에서 아예 불가능했다. 양쪽에 은폐해 있던 여기저기의 적군은 미친 듯이 이 대오를 공격하였다. 사방에서 터져 나오는 무서운 고함소리는 그들의 의지를 동요시키려 하였지만, 그들은 전혀 아랑곳하지 않았다. 그들의 노선은 칼처럼 적군 진지의 심장부로 곧바로 쳐들어가는 것이었으며, 이 노선은 다른 돌발적인 사건에 의해 추호도 바뀌지 않는 것이었다. 그래서 그들은 전투의 위험한 상황을 초래

하였으며, 자신을 이 전투의 위험한 상황 속으로 몰아넣었다. 사면으로부터의 적군의 공격은 절망적인 겹겹의 포위에 빠지게 만들었다. 전투는 처음부터 육박전의 단계로 접어들었다. 그들은 저마다 다가가면서 피차 닥쳐올 운명을 똑똑히 목격하고 있었다.

편백나무가 가득 자라난 무덤 위에서 5명의 중국군이 유리한 거점을 차지하였다. 그들의 소총은 화력이 대단히 약했지만, 매우 정확하게 한 발 한 발로 적을 명중시켰다. 세 대의 기관총이 높은 아치형 다리 위 15미터의 짧은 거리에서 무덤을 조준하여 사격하였다. 편백나무의 잎사귀가 분분히 조각나 메뚜기처럼 공중에 흩어져 휘날렸다. 그러나 한순간이 지나자 그 세 대의 기관총은 조용히 숨이 끊어졌다. 이곳의 중국군 세 명이 다리쪽을 향해 맹렬한 역습을 가했던 것이다. 그들이 사용했던 것은 수류탄이었다. 세 대의 기관총이 질러대던 가락은 수류탄의 폭발음 속에서 갑자기 중단되고, 다리 위의 여덟 명의 일본군 가운데 다섯 명이 쓰러졌으며, 이어진 백병전에서 나머지 세 사람의 가여운 운명도 끝나고 말았다. 여기에서 남쪽으로 바라보면, 20미터 가까이 너머에 서쪽에서 동쪽으로 흐르는 개천이 있는데, 등심초와 수련의 붉은 잔해가 물길을 뒤덮고 있었다. 그리고 그 개천의 맞은편 언덕에는 새로 지은 하얀 담의 작은 집이 있는데, 일개 소대 남짓의 중국군이 그 하얀 담의 발치를 따라 뛰어가고 있었다. 그 작은 집의 뒤쪽에서 일개 소대의 중국군이 목화밭을 엄호 삼아 같은 방향을 향해 그들의 적을 찾고 있었다. 그들의 모습은 대체로 비슷했다. 허리를 굽히고 두 다리를 구부린 채 상반신을 앞으로 쑥 내밀고 있었으며, 단단히 묶이지 않은 탄띠와 마른 식량 주머니는 움푹 꺼진 뱃가죽 아래에서 몹시 흔들거리고 있었다. 피곤과 굶주림이 또다시 그들의 행군을 가로막았다. 어떤 전사는 두 자루의 총과 다른 전리품을 지니고 있었다. 이런 행군 중에 그들은 훨씬 자신감이 떨어져 보일 수밖에 없으며, 아예 언제 어디서 피격당하거나 혹은 돌덩이처럼 강으로 굴러 떨어질 가능성이 있었다.

이리하여 전사들의 눈앞에서 아름답고도 장엄하며 거대한 화면이 펼쳐졌다. 못가에 자라난 대나무숲 아래에 망가진 적들의 중화기 일곱 문이 여기저기 버려져 있었다. 이것은 눈을 번쩍 뜨이게 만드는 발견이었기에, 뛰어들었던 중국군은 우뚝 멈춰 서지 않을 수 없었다. 여기에는 적군의 시신만이 가로놓여 있을 뿐이었으며, 생명이 붙어 있던 적군들은 모두 도망쳐 끝까지 남아 싸울 수 있는 포병은 한 사람도 없었다. 중국군은 놀랍게도 이 돌발적인 의외의 광경을 부인했다. 그들은 한숨을 돌리고서 이 우연적인 승리를 패주한 적군에게 돌렸다.

이번에 적과 정면으로 맞서 싸운 것은 ×××사단 36연대였다. 전투가 끝난 후 린칭스는 생존한 대오를 이끌고서 오후 7시경 루자츠(陸家池)에서 36연대의 연대본부를 찾아냈다.

36연대의 연대장은 키가 훤칠하고 건장한 윈난(雲南) 출신이었는데, 린칭스에게 이렇게 말했다.

"당신들은 이번 전투에서 매우 잘 싸웠소. 그러나 이번 승리가 우리 전체 전선에서 아무 의미가 없다는 것을 아시오? 우린 철수해야 합니다. 우리는 철수를 엄호하는 대오이며, 우리의 임무는 승리하든 패배하든 어떤 국면에서 반드시 완수해야 합니다. ……"

린칭스는 그에게 사흘 치 양식을 도와달라고 부탁했으나, 아무 대답도 받지 못했다.

린칭스가 36연대의 연대본부에서 돌아와 십 분도 채 지나지 않아 36연대는 철수하기 시작했다. 그러나 철수하기 전에 그들은 부수적으로 처리해야 할 일이 있었는데, 린칭스 부대를 즉시 무장해제시키는 것이었다.

어느 대대장이 그들의 연대장의 의견을 이렇게 전달하자, 린칭스는 그에게 무장해제하는 이유를 물었다. 그는 "너희들의 내력이 불분명하기 때문이다"라고 말했다.

이렇게 하여 36연대의 전우들이 사격을 개시했다. 그들은 다섯 개 중대의 막강한 병력을 동원하여 오락성이 짙은 이 전투에 참여시켰다.

린칭스는 그들에게 혹독한 역습을 가하기로 결심했다. 그러나 그렇게 하지 못했다. 그들의 대오는 너무나 피로했다. 그들 가운데 이번 전투에서 살아남은 자는 겨우 오십여 명에 불과했다. 그들은 더 이상 이 마지막 일격의 과업을 맡을 수 없었다.

이리하여 휘황찬란했던 모닥불이 꺼지듯이 용감한 제4중대는 이 음침한 밤에 철저한 해산을 선고받았다. 안타까운 것은 일본군의 맹렬한 포화 속에서도 패하지 않았던 그들이, 자신의 우군의 손에 의해 소멸되었다는 점이다.

지금까지 서술하였듯이, 린칭스, 잘 생기고 애티 나는 이 젊은 장교는 위대한 이번 전투에서 이렇게 자신의 임무를 완수하였다.

그러나 그는 자신의 생명을 끝맺지 않았으며, 그 험악한 처지에서 무사히 도망쳐 나왔다. 그는 한 마리 낙타처럼 반드시 무거운 짐을 지고 장렬하고 고통스러운 여정을 걸어야만 했다.

그는 홀로 어둔 밤을 더듬다가 몇 번이나 진흙 구덩이의 틈새에 넘어지는 바람에 온몸의 옷이 흠뻑 젖었다. 이곳은 굶주림, 피로와 추위뿐이었다. 날이 밝아올 무렵 그는 자신이 상처 입은 개처럼 축축한 어느 진흙탕 도로변에 누워 있는 것을 발견했다. 그는 도로를 지나는 중국군 대오 속에서 귀에 익은 말소리를 들었다. 그는 린칭스와 같은 연대의 제3대대 대대본부의 특무장이었다. 그는 린칭스의 직속 대대본부의 소재지를 알고 있었다.

가랑비는 여전히 내리고 있었다. 포성은 먼 곳에서 은은히 들려올 뿐이었다. 너무나 기쁜 나머지 린칭스는 건강을 회복했다. 그는 수일간 전선에서 고투했던 상황을 격정적으로 그의 벗에게 들려주었다. 그 온화한 중년의 특무장은 그의 이야기에 깊은 감동을 받았다.

"중국의 새로운 군인이 과연 낡은 대오에서 태어났소!" 그는 이렇게 찬탄했다.

그러나 그는 대대장 가오화지가 상부에 린칭스의 죄상을 보고했으며, 린칭스가 만약 대대본부로 돌아오면 아마 총살될 것이라고 린칭스에게 알려주었다. 린칭스의 고귀한 전투역사를 보존하기 위해, 그리고 항일의 살아있는 역량을 보존하기 위해, 그는 린칭스에게 준엄한 군법에서 도피할 것을 권유했다.

린칭스는 수일간의 전투에서 격앙된 정신생활을 하였기에 자신의 행동에서의 착오를 망각하고 말았다. 그의 벗의 보고를 들은 후에야 자신이 엄청난 죄를 범했음을 알게 되었다. 그는 완전히 다른 사람으로 변했다. 수일간의 영웅적인 전투사적도 철저히 부정당했다. 그는 자책하는 것 외에는 자신을 죄수의 위치에서 벗어나게 할 수 있는 새로운 인식이 없었다. 그는 자신의 운명의 위험을 알고 있었지만, 자신의 인격을 온전히 하기 위해 도피하지 않기로 결심했다. 그는 단호히 대대본부로 돌아가 대대장 앞에서 자신의 죄를 고백했다.

물론 대대장은 그를 용서하지 않았다. 만나자마자 그를 총살했다. 그러나 린칭스는 이 준엄한 형벌에 대해 조금도 자신을 변호하지 않았다.

1943년 4월 12일 젠더(建德)에서

쑨리는 허베이성(河北省) 헝수이시(衡水市) 안핑현(安平縣)에서 태어났다. 본명은 쑨수쉰(孫樹勛), 쑨리(孫犁)는 항일전쟁에 뛰어든 이후에 사용한 필명이다. 1942년에 중국공산당에 가입하였다. 그는 원래 문학이론과 비평에 치중하다가 1942년 이후 문예창작에 뛰어들었다. 1944년과 1945년에 발표된 〈갈대밭(蘆花蕩)〉과 〈연꽃늪(荷花淀)〉 등의 단편소설은 독특한 예술풍격을 보여줌으로써 '시화소설(詩化小說)'로 평가받았으며, 이후 '연꽃늪파(荷花淀派)'의 창시자로 널리 알려졌다.

이 책에 실린 〈연꽃늪〉은 1945년 5월 15일자 ≪해방일보≫에 발표되었다.

쑨리

(孫犁, 1913~2002)

# 연꽃늪 荷花淀

달이 떠올랐다. 뜨락은 그지없이 시원하고 깨끗하다. 낮에 쪼개놓은 갈대 오리들은 축축이 젖어 있어 자리를 엮기에 안성맞춤이었다. 여인은 뜨락에 앉아 나긋나긋하고 기다란 갈대 오리를 손가락에 휘감아 쥐고 있다. 얇고 가느다란 갈대 오리들은 그녀 앞가슴에서 휘청거리듯 튀어 오른다.

연꽃늪에 갈대밭이 얼마나 될까? 아무도 모른다. 매년 얼마나 갈대가 나올까? 아무도 모른다. 다만 해마다 갈꽃이 흐드러지고 갈잎이 누래지면 온 늪의 갈대를 베어 차곡차곡 쌓아두는 바람에 바이양덴(白洋淀) 주위의 널따란 광장에 갈대 장성이 이루어진다는 것만은 알고 있다. 여인들은 광장과 뜨락에서 삿자리를 엮는다. 삿자리는 얼마나 많이 엮어낼까? 6월이 되어 늪의 물이 불어나면 수많은 배들이 나타나 새하얗게 윤기 도는 삿자리를 실어내고, 그리고서 얼마 지나지 않아 각지의 도시와 시골마다 꽃무늬가 촘촘하고 정교하게 놓인 삿자리를 쓰게 된다. 사람은 이렇게 말하면서 다투어 사간다.

"훌륭한 삿자리야. 바이양톈 삿자리!"

이 여인은 삿자리를 엮고 있다. 얼마 후 그녀의 몸 아래에는 한 부더기가 엮어져 있다. 그녀는 마치 새하얀 눈밭 위에 앉아 있는 것 같기도 하고, 흰 구름 위에 앉아 있는 것 같기도 하다. 그녀는 이따금 늪쪽을 바라본다. 늪은 온통 은빛 세상이다. 수면 위에는 희뿌연 안개가 끼어 있고, 불어오는 바람에 연꽃과 연잎의 싱그러운 향기가 실려 온다.

하지만 대문은 여전히 닫혀 있지 않았다. 남편이 아직 돌아오지 않은 것이다.

꽤 늦어서야 남편이 돌아왔다. 스물대여섯 살쯤의 이 젊은이는 커다란 밀짚모자에 흰 적삼을 걸쳐 입고 맨발에 검은 홑바지를 무릎 위로 말아올리고 있다. 그의 이름은 수이성(水生)이며, 작은갈마을(小葦莊)의 유격조장이자 당 책임자이다. 오늘 유격조를 이끌고서 구에서 열린 회의에 다녀오는 길이다. 고개를 치켜든 여인이 함박웃음을 지은 채 물었다.

"오늘은 왜 이리 늦은 거예요?" 그녀는 밥상을 차리려고 일어섰다. 수이성은 섬돌 위에 앉으면서 대꾸했다.

"밥은 먹었소. 차리지 마오."

여인은 다시 삿자리 위에 앉았다. 그녀는 남편의 얼굴이 불그레 상기되고 목소리도 약간 헐떡거리는 것을 눈치 채고 물었다.

"다른 사람들은요?"

"아직 구에 남아 있소. 아버지는?"

"주무서요."

"샤오화(小華)는?"

"할아버지랑 한나절 새우잡이를 하고 오더니 일찍 잠이 들었어요. 다른 사람들은 왜 아직 돌아오지 않아요?"

수이성이 웃었다. 여인은 그의 웃음이 평소와 같지 않다고 느꼈다.

"어찌 된 거예요, 네?"

수이성이 낮은 목소리로 말했다.

"내일 나는 큰 부대로 가게 되었소."

여인의 손가락이 움찔 떨었다. 갈대 오리에 손이 베었는지 그녀는 손가락을 입으로 빨았다. 수이성이 말을 이었다.

"오늘 현 위원회에서 회의를 소집했소. 만약 적이 퉁커우(同口)에 거점을 또 마련한다면, 돤춘(端村)과 한 선으로 연결되어 우리 늪쪽 투쟁형세가 바뀔 것이오. 그래서 회의에서는 지구대를 결성하기로 결정하였소. 내가 제일 먼저 손을 들어 지원했다오."

여인은 고개를 숙인 채 말했다.

"당신은 늘 적극적이지요."

수이성이 말을 받았다.

"나는 마을의 유격조장이고 간부이니 앞장서는 게 당연한 일이오. 다른 사람들도 지원했는데, 집사람들이 말릴까봐 돌아오지 않은 거요. 나를 대표로 보내 집안 식구들에게 말해달라고 하였소. 모두들 당신을 안목이 트인 사람이라고 생각하오."

여인은 잠자코 말이 없었다. 한참이 지나 그녀가 입을 열었다.

"당신이 가겠다면 붙잡지는 않겠지만, 집안일은 어떻게 해요?"

수이성은 아버지가 주무시는 방을 가리키면서 목소리를 낮추라고 하고서 말했다.

"집안일은 물론 다른 사람들이 돌봐줄 거요. 하지만 우리처럼 작은 마을에서 이번에 일곱 명이나 입대해버리면 마을의 젊은 사람이 줄어 남에게만 의지할 수는 없을 것이오. 집안일은 당신이 많이 해야 할 것 같소. 아버지는 연로하시고 샤오화도 도움이 안 될 터이니."

여인은 코끝이 시큰거렸으나 눈물을 보이지는 않은 채 말했다.

"당신이 집안 어려운 사정을 알면 됐어요."

수이성은 아내를 위로해주고 싶었다. 하지만 준비해야 할 일이 너무 많아서 이렇게 대꾸하고 말았다.

"천근 짐을 당신이 메게 되었으니, 놈들을 물리치고 돌아와 당신 수고에 감사드리겠소."

말을 마치고 그는 다른 사람의 집으로 갔다. 아버지께는 돌아와서 말씀드리겠다고 했다.

닭이 울 때 즈음에야 수이성이 돌아왔다. 여인이 여전히 뜨락에 우두커니 앉아 그를 기다리다가 입을 열었다.

"부탁할 일 있으면 말씀 하세요."

"할 말은 없소. 내가 떠난 뒤라도 글자도 배우고 생산에 힘쓰면서 부단히 진보하시오."

"네."

"무슨 일이든 남에게 뒤지지 않도록 하오."

"네, 또 없어요?"

"적군이나 매국노에게 사로잡히지 말아야 하오. 잡히면 목숨을 걸고 싸우시오." 이것이야말로 가장 요긴한 말이다. 여인은 눈물을 흘리면서 그러겠노라고 대답했다.

이튿날, 여인은 남편을 위해 조그마한 보퉁이를 마련해주었다. 보퉁이에는 새로 지은 홑옷과 새 수건, 신 한 켤레가 들어있었다. 다른 집들도 이런 등속을 마련하여 수이성에게 들려 보냈다. 온 식구들이 문밖까지 나와 그를 배웅했다. 아버지는 샤오화의 손을 잡고 아들에게 말했다.

"수이성, 네가 하는 일은 영광스러운 일이다. 널 붙잡지는 않을 테니 마음 놓아라. 집사람과 아이는 내가 돌볼 테니 아무 걱정 말거라."

온 마을의 남녀노소 역시 그를 배웅하였으며, 수이성은 웃음을 띤 채 배에 올랐다.


연뿌리는 끊어져도 실은 이어지는 법. 여인들은 남편과 헤어지기가 섭섭했다. 이틀이 지나 네 명의 젊은 여인들이 수이성의 집에 모여 의논했다.

"듣자 하니 아직 떠나지는 않았대요. 내가 붙잡겠다는 게 아니라, 옷 한 가지를 깜박 잊고 보내질 않았어요."

"난 그 사람을 만나 해줄 중요한 이야기가 있어요."

수이성의 아내가 말했다.

"그이 말에 따르면, 놈들이 퉁커우에 거점을 마련하려 한다던
데 ……"

"뭐 별일이야 있을라구요. 휘잉 다녀옵시다."

"난 가볼 생각이 없는데, 시어머니가 자꾸 다녀오라고 하지 않
겠어요. 뭐 볼 일이 있다고!"

이리하여 여인 몇 명은 남몰래 쪽배를 타고서 맞은편 마좡(馬莊)
으로 저어갔다.

마좡에 도착한 여인들은 거리로 찾아갈 엄두는 내지 못하고,
마을 어귀에 있는 친척집으로 갔다. 그런데 친척이 이렇게 이야기
했다. 이렇게 왔는데, 참 공교롭게 되었구면. 어제 저녁까진 여기
에 있었는데, 지난 밤중에 떠났다오. 어디로 갔는지는 아무도 모
른다오. 너무 걱정들 하지 마오. 듣자 하니 수이성이 부소대장이
되었는데, 모두들 기뻐하더라구 ……

여인들은 얼굴을 붉힌 채 고맙다고 인사를 하고서 되돌아나와
언덕가에 매어둔 쪽배에 올라탔다. 시간은 어느덧 점심때가 다 되
었다. 하늘에는 구름 한 점 없었다. 호수 위인지라 시원한 바람이
불어왔다. 바람은 남쪽으로부터 벼포기와 갈대잎을 스쳐 불어왔
다. 호수에는 배 한 척도 보이지 않았다. 물은 마치 가없이 출렁
이는 수은과 같았다.

여인들은 실망한 나머지 마음이 언짢았다. 제각각 마음속으로
야속한 남정네들을 꾸짖고 있었다. 하지만 젊은이들이란 늘 유쾌
한 쪽으로 생각하는 법이고, 여인들은 특히 불유쾌한 일은 쉽게 잊
는 법이다. 그래서 얼마 후 여인들은 웃고 떠들어대기 시작했다.

"거 봐요, 간다고 하더니 정말 가버리잖아요."

"아이구, 엄청 좋아하더라구. 설날이나 장가들 때에도 그렇게 좋아하진 않았어요."

"말뚝에 매놓아도 달아났을걸요."

"소용없어요. 굴레에서 벗어났거든요!"

"입대하면 집안 식구들은 까맣게 잊어버릴 거예요."

"정말 그래요. 우리집에 젊은 군인들이 묵은 적이 있었는데, 하루종일 목을 빼 들고 들고나면서 노래만 부르더군요. 우린 평생에 그렇게 즐거워해본 적이 없어요. 그들이 일이 없어 한가해지면 머릴 숙인 채 우릴 떠올릴 거라고 바보 같은 생각을 했었어요. 어디 맞춰보세요, 그이들이 무얼 하고 있을까요? 흰 분필로 우리집 벽 위에 동그라미를 많이 그려놓고 차례로 뜨락에 쪼그려 앉아 총을 들고 겨냥하다가 또 노래를 부를 거예요!"

여인들이 가벼이 노를 젓자, 배 양쪽에서 찰싹 찰싹 물소리가 들려왔다. 노 젓는 김에 물속에서 마름을 건져 올렸다. 우유빛 마름은 아주 작고 야들거렸다. 마름을 되는대로 물속에 집어던졌다. 마름은 평온히 물위에 뜬 채 자랄 것이다.

"지금쯤 어디로 가 있을까요?"

"누가 알겠어요. 하늘 끝까지 달려가 버렸을지!"

그들은 고개를 치켜들어 멀리 바라보았다.

"아, 저기 배가 한 척 오네."

"아유! 왜놈이에요. 입은 옷을 봐요."

"어서 노를 저어요! 빨리!"

쪽배는 죽을힘을 다해 앞으로 저어 나갔다. 여인들은 무모하게 이렇게 멀리 나오지 말았어야 했다고 마음속으로 후회도 하고, 멀리 떠나간 남정네를 원망하기도 했다. 그러나 뭐든 달리 생각할 겨를이 없었다. 빨리 노를 젓는 수밖에는. 큰 배가 재빨리 쫓아왔다.

큰 배가 바짝 따라붙었다.

다행히 이곳 젊은 여인들은 바이양뎬에서 자란지라 배를 잘 몰았다. 쪽배는 마치 튀어 오르는 준치처럼 수면을 날았다. 어려서부터 쪽배를 다루어온 터라, 노 젓는 솜씨가 베 짤 때 베틀 북 드나들 듯, 재봉질에 바늘 드나들 듯 재빨랐다.

만약 적이 쫓아오면 물속으로 뛰어들어 죽어버릴 거야!

뒤쫓는 배도 날듯이 빨랐다. 틀림없이 왜놈들이었다! 젊은 여인들은 이를 악물고서 뛰는 마음을 다잡았다. 노를 젓는 손은 조금도 당황하지 않았다. 뱃전에 부딪치는 물소리가 쏵 쏵 요란스러웠다.

"연꽃늪 쪽으로 뱃머리를 돌려요! 거긴 물이 얕아 큰 배가 들어오지 못할 테니!"

그들은 얼마나 넓은지 크기를 알 수 없는 연꽃늪으로 내달렸다. 눈길 닿는 곳마다 빽빽이 들어찬 연꽃잎으로 가득 차 있었다. 연꽃잎은 햇볕을 받아 활짝 펼쳐진 채 마치 철벽처럼 보였다. 쑥쑥 치솟은 분홍색 연꽃 봉오리는 마치 바이양뎬을 감시하는 초병처럼 보였다!

여인들은 연꽃늪 쪽으로 배를 몰아, 드디어 연꽃늪 속으로 미끄러져 들어갔다. 물오리 몇 마리가 푸드득 날아올라 날카로운 울음소리를 내면서 수면을 스치듯 날았다. 여인들의 귓가에 총소리가 울렸다!

온 연꽃늪이 우르릉 진동했다. 여인들은 적들의 매복에 걸려 틀림없이 죽게 되었다고 여기고서 일제히 물속으로 뛰어들었다. 총소리가 바깥쪽을 향하고 있다는 걸 차츰 깨닫고서야, 그들은 뱃전을 붙들고서 얼굴을 내밀었다. 멀지 않은 곳을 바라보니, 두텁고 넓은 연잎 아래에 하반신을 물속에 담근 채 얼굴만 내밀고 있는 사람이 있었다. 연꽃이 사람으로 변한 걸까? 저건 우리 수이성이 아닌가! 이리저리 살펴보다가 얼마 후 각자 자기 남편의 얼굴을 찾아냈다. 아, 알고 보니 그들이었다!

그러나 연잎 아래에 몸을 숨기고 있던 전사들은 적을 사격하는 데에 정신이 팔려 여인들에게는 눈길 한 번 주지 않았다. 총성이 잇달아 요란하게 울린 후 그들은 수류탄을 내던지고서 연꽃늪을 뛰쳐나갔다.

수류탄에 적군의 큰 배는 격침되어 모든 것이 가라앉았다. 수면 위에는 연기와 화약냄새만이 감돌고 있었다. 전사들은 거기에서 큰 소리로 웃음을 터뜨리고, 전리품을 건져냈다. 그들은 물속에 자맥질하여 들어가 고기를 잡던 장기를 발휘하기 시작했다. 그들은 다투어 적군의 총기와 탄환띠를 건져낸 다음, 물에 흠뻑 젖은 밀가루와 쌀을 한 포대 한 포대 끄집어냈다. 수이성은 물결에 떠밀려가는 물건들을 뒤쫓아 헤엄쳤는데, 그것은 예쁘게 만든 종이상자에 포장된 비스킷이었다.

여인들은 온몸이 물에 젖은 채 다시 쪽배로 올라탔다.

종이상자를 쫓아간 수이성은 한 손을 높이 치켜들고 가라앉지 않도록 다른 손으로 헤엄을 치면서 연꽃늪 쪽을 향해 소리쳤다.

"나오시오, 여러분!"

그의 목소리에 힘찬 기세가 묻어나왔다.

여인들은 노를 저어 나올 수밖에 없었다. 갑자기 여인들이 탄 배의 밑바닥에서 누군가가 불쑥 솟구쳐 올라왔다. 수이성의 아내만이 그 사람이 구의 소대장임을 알아보았다. 그는 낯의 물기를 쓰윽 닦으면서 그들에게 물었다.

"여러분은 뭘 하러 다녀오는 길이오?"

수이성의 아내가 말했다.

"그이에게 옷가지를 갖다주려고 왔어요."

소대장이 고개를 돌려 수이성에게 말했다.

"죄다 당신 마을 사람들인데?"

"그들이 아니라면 누구겠소? 낙후분자들이라오!" 이렇게 말하고서 종이상자를 여인들의 쪽배 위로 집어던졌다. 그리고는 물속으로 쑥 들어가더니 먼 곳에 가서야 물위로 솟아올랐다.

소대장이 농담조로 말했다.

"여러분도 헛걸음한 건 아니오. 여러분이 아니었더라면 우리의 매복이 이렇게 철저하진 못했을 겁니다. 이제 임무를 완수했으니, 어서들 돌아가 옷을 말리시오. 상황이 아직은 만만치 않소!"

전사들은 벌써 노획한 전리품을 몽땅 자신들의 배로 옮겨 싣고서 떠날 준비를 하였다. 누군가 정오의 햇볕을 가리느라 커다란 연잎을 따서 머리 위에 씌웠다. 젊은 여인들은 물에서 건져낸 보퉁이들을 전사들에게 던져주었다. 전사들이 탄 쪽배 세 척은 남동쪽으로 쏜살같이 달려 나가더니, 오래지 않아 한낮의 수면 위로 피어오른 안개 속으로 사라져 버렸다.

젊은 여인들은 자신들의 쪽배를 저어 얼른 돌아왔다. 모두들 물에 빠진 생쥐 꼴이었다. 돌아오는 길에 자극을 받고 흥분한 나머지 다시 웃고 떠들어대기 시작했다. 이물에 앉아 얼굴을 뒤쪽으로 돌리고 있던 여인이 입을 삐죽거리면서 말했다.

"봤지요? 저 사람들이 아주 뽐을 내면서 우릴 본체만체 하는걸!"

"흥, 우리가 자기네들 뭐 망신이나 시킨 것처럼 말이에요."

이러면서도 깔깔 웃음을 터뜨렸다. 오늘 일은 영광스럽다고 할 수는 없다.

"우리에게 총이 없어서 그렇지, 총만 있었더라면 연꽃늪으로 도망치지는 않았을 거야. 큰 늪에서 놈들과 한바탕 붙었겠지."

"난 오늘에야 전투다운 걸 구경했어요. 전투란 게 별거 아니네요. 당황하지만 않으면 거기에 엎드려 총 쏘는 것쯤이야 누군들 못하겠어요!"

"격침시키기만 하면 나도 물에 뛰어들어 건져낼 수 있어. 그이들보다 수영솜씨가 못할까봐? 물이 좀 깊어도 두려울 거 없어!"

"수이성 아주머니! 돌아가서 우리도 조직을 만듭시다. 그렇지 않으면 이후에 바깥출입이나 하겠어요?"

"전사가 되더니 우리를 얕보는데, 이렇게 이 년이 지나면 우릴 헌신짝 취급하겠어요! 누가 얼마나 낙후되는지 봅시다!"

이해 가을에 그들은 사격을 배웠다. 겨울에 얼음을 지치고 물고기를 잡을 때, 여인들은 제각각 별똥과 같은 썰매 위에 올라타고서 경계를 섰다. 적군이 넓디넓은 갈밭을 소탕했을 때, 여인들은 갈밭의 바다에 출몰하면서 청년 병사들과 함께 작전을 펼쳤다.

장톈이는 장쑤성(江蘇省) 난징(南京)에서 태어났다. 자는 한디(漢弟), 호는 이 즈(一之), 필명으로는 장톈징(張天淨), 톄츠한(鐵池翰) 등이 있다. 1929년에 정식 으로 창작활동에 뛰어들었으며, 1931년에 좌익작가연맹에 가입했다. 중일전쟁 기에는 창사(長沙) 등지에서 항일투쟁과 문예활동에 종사하였다. 대표작으로는 동화 〈다린과 샤오린(大林與小林)〉과 〈대머리대왕(禿禿大王)〉, 장편소설 ≪귀토일 기(鬼土日記)≫, 단편소설 〈화웨이선생(華威先生)〉 등을 들 수 있다.

　이 책에 실린 〈화웨이선생〉은 1938년 4월 16일에 간행된 ≪문예진지(文藝陣 地)≫ 제1권 제1기에 발표되었다.

장톈이

(張天翼, 1906~1985)

# 화웨이선생 華威先生

　사돈에 팔촌까지 따져보니 그는 나의 친척뻘이었다. 나는 그를
'화웨이(華威)선생'이라 불렀는데, 그는 이 호칭을 썩 달가워하지
않았다.

　"톈이(天翼) 형, 당신 정말!" 그는 말했다. "'선생'이라고 불러
야 할 까닭이 뭐예요? '웨이 아우(威弟)'라고 불러야지요. 그렇지
않으면 '아웨이(阿威)'라고 부르시던가요."

　그는 이렇게 마무리를 짓고 나서 곧바로 모자를 썼다.

　"톈이 형, 우리 다음에 또 이야기해요. 어때요? 항상 당신과
한번 속 터놓고 이야기하고 싶었는데, 늘 시간이 없군요. 오늘은
류(劉) 주임이 현장(縣長) 공무여가활동방안의 초안을 작성했는데,
굳이 제 의견을 물어보면서 수정해달라고 하네요. 세 시에는 또
집회가 있어요."

　이쯤에서 그는 고개를 절레절레 흔들면서 어쩔 수 없다는 듯
쓴웃음을 지었다. 그는 항전시기에는 모두가 조금 고생해야 한다

면서, 자신은 결코 고생을 두려워하지 않는다고 큰소리쳤다. 그렇지만 어쨌든 시간을 충분히 내야만 한다고 했다.

"왕(王) 위원이 또 전보 세 통을 보내와 막무가내로 나보고 한커우(漢口)를 다녀가라는 거예요. 내가 거기를 다녀올 짬이 어디 있겠어요? 맙소사!"

그리고는 바삐 나와 악수를 나누고서 전용 인력거에 올라탔다.

그는 항상 서류가방을 끼고 다녔다. 게다가 뭉툭하고 번들번들한 지팡이를 가지고 다녔다. 그리고 왼손 약손가락에는 결혼반지를 끼고 있는데, 시가를 필 때면 약손가락을 약간 구부리고 새끼손가락은 꼿꼿이 세워 난초꽃 모양을 만들었다.

이 도시의 인력거는 씽씽 달리는 게 아니라, 식후 산보하듯이 한 걸음 한 걸음 점잖게 느릿느릿 다녔다. 그러나 전용 인력거는 예외였다. 딩당, 딩당, 딩당! 이 소리와 함께 단번에 앞길을 가로챘다. 그러면 다른 인력거는 즉시 왼쪽으로 비켜야만 했고, 작은 수레는 금방 옆으로 기울어졌다. 짐꾼도 재빨리 길옆으로 물러나야 했고, 길가는 사람도 얼른 양쪽 상점으로 피해야 했다.

전용 인력거는 끊임없이 벨을 울렸으며, 와이어는 반짝반짝 빛났다. 하지만 똑똑히 볼 겨를도 없이 그것은 쏜살같이 빠르게 멀리멀리 달려가 버렸다.

그런데 이곳의 항전 활동가의 상층에 속하는 사람의 통계에 따르면, 가장 빨리 달리는 인력거는 화웨이선생의 인력거라고 한다.

그의 시간은 매우 요긴했다. 그는 이렇게 말했다.

"나는 저녁에 잠자는 제도를 없애지 못하는 게 한스럽습니다.

또 하루가 스물 네 시간으로 끝나지 않았으면 좋겠어요. 항전사업은 정말 너무 많거든요."

이어 회중시계를 꺼내보더니, 그의 기름진 얼굴 근육이 금세 긴장되었다. 미간을 찌푸리고 입술을 꽉 오므리는 게 마치 온몸의 정력을 얼굴에 모으는 것 같았다. 그리고는 곧바로 떠났다. 난민 구제회에 참가해야 한다는 것이었다.

전례대로 회의장에는 사람들이 모두 앉아 그를 기다리고 있었다. 그는 문어귀에 이르러 인력거를 내릴 때마다 언제나 벨을 밟아 '딩!' 하고 울렸다.

동지들은 서로 쳐다보면서 '오. 화웨이선생이 왔구나' 하였다. 몇 명은 한숨을 후 내쉬고, 몇 명은 머리를 내밀어 회의장 입구를 바라보았으며, 또 몇 명은 결투를 준비하는 듯 주먹을 꽉 쥐고서 눈을 부릅떴다.

화웨이선생의 태도는 매우 엄숙하여 점잖은 걸음걸이로 들어왔다. 이전의 분망하던 모습은 마치 자신의 엄숙한 태도에 의해 사라져버린 듯하였다. 그는 모두가 자신을 똑똑히 볼 수 있도록 입구에서 잠시 발걸음 멈추었다. 마치 동지들에게 믿음을 불러일으키는 듯하고, 아무리 곤란한 일일지라도 걱정하지 말라고 동지들에게 장담하는 듯하기도 했다. 뿐만 아니라 그는 고개를 끄덕이기도 했다. 그의 눈은 특정한 누군가를 보는 것이 아니라 천장을 바라보고 있을 뿐이었다. 그는 모여 있는 모든 사람에게 인사를 건넸다.

회의장은 조용했다. 회의가 막 시작되었다. 누군가가 종이를 넘기면서 부스럭거리는 소리가 났다.

화웨이선생은 주석의 자리에서 꽤 멀리 떨어진 구석진 곳에 사양하면서 앉았다. 그는 주석 맡는 걸 별로 내켜하지 않았다.

"나는 주석을 맡을 수 없습니다." 그는 시가를 손에 든 채 손사래를 쳤다. "노동자구국공작협회 지도부에서 오늘 상임회의를 엽니다. 통속문예연구회의 회의도 오늘입니다. 부상병공작단도 잠시 후에 가봐야 합니다. 제가 시간을 충분히 내지 못하는 건 여러분 모두가 아시는 일이고, 이곳에서도 토론 시간은 10분밖에 없습니다. 저는 주석을 맡을 수 없습니다. 저는 류(劉) 동지를 주석으로 추천합니다."

이렇게 말하고는 입가에 한 줄기 미소를 띤 채 가볍게 박수를 쳤다.

주석이 보고할 때 화웨이선생은 끊임없이 성냥을 그어 담배에 불을 붙였다. 회중시계를 앞에 놓고 뭔가를 계산하는 양 자주 시계를 바라보았다.

"제의합니다!" 그가 큰 소리로 말했다. "우리의 시간은 아주 귀중합니다. 주석께서 가급적이면 간단히 보고해주시기 바랍니다. 주석께서는 2분 이내에 보고를 끝내주기 바랍니다."

2분 동안 성냥을 그어 대던 그는 벌떡 일어나서는 한참 말을 하고 있던 주석을 향해 손을 내저으면서 말했다.

"됐어요, 됐습니다. 주석께서 아직 보고를 끝내지 않았지만, 다 알겠습니다. 전 지금 다른 회의에 가야 하니 먼저 의견을 발표하겠습니다."

그는 잠시 멈추더니 담배를 두 모금 빨고서 사람들을 쭉 훑어보았다.

"제 의견은 아주 간단합니다. 두 가지 뿐입니다." 그는 입술을 핥았다. "첫째, 모든 사업 일꾼들은 일을 게을리하지 말아야 합니다. 반대로 사업을 바짝 틀어쥐어야 합니다. 여러분은 모두 노력하는 청년들이고 사업에 열성적이니 이건 두말할 필요가 없을 것입니다. 여러분에게 감사드립니다. 그런데 한시도 잊지 말아야 할 한 가지가 더 있습니다. 이게 바로 제가 말씀드리려는 두 번째입니다."

그는 또 담배를 두 모금 빨았는데 입에서 내뿜는 것은 열기뿐이었다. 그래서 그는 다시 성냥을 그었다.

"이 두 번째는 바로 청년일꾼들이 하나의 지도중심을 인정해야 한다는 것입니다. 여러분은 이 하나의 지도중심의 지도하에서만 단결하고 통일되어야 합니다. 오직 이 지도중심의 지도 아래에서만 구국사업을 전개할 수 있습니다. 청년들은 애쓰고 열성적이지만, 이해가 부족하고 경험이 짧기에 오류를 범하기 쉽습니다. 만약 상부에 지도중심이 없다면 흔히 일을 수습할 수 없게 만들고 맙니다."

모두의 얼굴빛을 살펴보던 그는 얼굴의 근육을 씰룩이면서 미소를 지었다. 그는 이어 말했다.

"여러분은 모두 청년동지이므로 솔직하게 격의 없이 말씀드리겠습니다. 여러분 모두 구국사업을 하고 있는 터이니 체면 따윈 따지지 않을 겁니다. 여러분 청년동지들이 틀림없이 제 의견을 받아들이리라 믿습니다. 여러분께 감사드립니다. 제 이야기는 끝났습니다. 대단히 죄송합니다만, 먼저 실례해야겠습니다."

그는 모자를 쓰고 가죽가방을 옆구리에 끼고서 천장을 쳐다보면서 머리를 끄덕이고는 배를 내민 채 나갔다.

문어귀까지 가던 그가 또 무슨 일이 생각났는지 주석을 맡은 동지를 돌아보며 낮은 소리로 몇 마디 말했다.

"여러분 사업에 무슨 곤란이 있습니까?"

"방금 보고에서 그 점을 말씀드렸습니다만, 우리는 ……"

화웨이선생은 집게손가락을 뻗어 주석의 가슴을 쿡 찌르면서 말을 잘랐다.

"아. 아. 아. 알았어요, 알았어. 이 일에 대해 이야기할 시간이 없어요. 나중에 여러분이 생각한 사업계획을 우리 집에 와서 의논합시다."

주석 곁에 앉아 그들을 지켜보던 장발의 젊은이가 더 이상 참을 수 없다는 듯 말참견하였다.

"수요일에 화선생님 댁에 세 차례나 갔었는데 계시지 않아 ……"

화선생은 그를 쌀쌀맞게 노려보더니 비음을 섞어 한 마디 내뱉었다. "오, 나는 다른 일이 있었오." 그리고는 주석에게 낮은 소리로 이야기했다.

"집에 내가 없거든 미쓰 황(黃)과 상의해도 괜찮아요. 미쓰 황은 내 의견을 알고 있으니까 여러분에게 알려줄 수 있을 거예요." 미쓰 황이란 바로 그의 부인인데, 그는 제삼자에게 그녀를 이야기할 때면 늘 이렇게 불렀다.

그는 이렇게 설명을 늘어놓고서야 정말 떠났다. 이번에는 통속 문예연구회의 회의장에 도착했다. 회의는 이미 시작되어 누군가가 의견을 발표하고 있었다. 이것을 본 그는 자리에 앉아 담배에 불을 붙이고는 언짢다는 듯 손뼉을 세 번 쳤다.

"주석!" 그가 입을 열었다. "나는 오늘 다른 집회가 있어서 회의가 끝날 때까지 기다릴 수 없습니다. 내게 약간의 의견이 있으니, 먼저 제기하고자 합니다."

그리하여 그는 두 가지 의견을 발표하였다. 첫째, 여러분, 즉 이 자리에 있는 모두는 현지 문화인이며, 문화인의 사업이 매우 중요하므로 더욱 박차를 가해야 한다. 둘째, 문화인은 하나의 지도중심을 분명히 인정해야 하며, 문화인은 현지의 지도중심의 지도 아래 단결하고 통일되어야 한다.

5시 45분에 그는 노동자구국협회의 회의실에 도착했다.

이번에 그는 만면에 웃음을 띤 채 모든 사람에게 일일이 고개를 끄덕였다.

"미안합니다. 대단히 미안하게 되었습니다. 45분이나 늦었습니다."

주석이 그에게 미소를 짓자, 그도 웃으면서 혀를 날름 내밀었다. 마치 무슨 일을 저지르고 야단맞을까봐 두려워하는 듯했다. 그는 사방을 살피다가 구레나룻을 기른 사람의 곁에 앉았다.

그는 아주 비밀스럽고 엄숙한 기색으로 구레나룻에게 속삭이듯 물었다.

"어제 저녁 취했어요?"

"괜찮아요. 단지 머리가 띵해요. 당신은?"

"저요? 저는 그 독주 세 잔을 마시지 말았어야 했어요." 그는 엄숙하게 말을 이었다. "특히 펀주(汾酒)는 급히 마셔서는 안 되는 건데. 류 주임이 하도 비우라는 바람에. 아이구. 집에 돌아가자마자 쓰러져 잠들었어요. 미쓰 황이 류 주임에게 따지겠대요. 왜 내게 억지로 술을 먹여 취하게 만들었냐고 묻겠답니다. 거참!"

이렇게 이야기하고 그는 바로 가죽가방을 열어 종이를 꺼내더니 몇 자를 적어 주석에게 건넸다.

"잠깐만요." 주석이 한참을 발언 중이던 사람의 말을 끊었다. "화웨이선생이 또 다른 일이 있어 가봐야겠답니다. 그에게 몇 가지 의견이 있다 하니 먼저 발언하도록 하겠습니다."

화웨이선생은 고개를 끄덕이며 일어났다.

"주석!" 하며 그는 허리를 약간 굽히더니 "여러분!" 하고서 또 허리를 굽혔다. "이 아우가 우선 여러분의 양해를 구해야겠습니다. 회의에 늦게 온 제가 또 먼저 자리를 떠야겠습니다 ······."

이어서 그는 자신의 의견을 말했다. 그는 이 지도부는 지도기관으로서 언제나 지도중심의 역할을 담당해야 한다고 밝혔다.

"대중이란 복잡합니다. 특히 지금의 대중들은 성분이 매우 복잡합니다. 우리가 만약 지도역할을 제대로 해내지 못하면 대단히, 정말 대단히 위험합니다. 사실 이곳의 각 분야 사업도 지도중심이 없어서는 안 됩니다. 우리의 책임은 참으로 막중합니다. 그러나 우리는 어떠한 어려움이 닥치더라도 이 책임을 감당해야 합니다."

그는 지도중심 역할의 중요성을 거듭 설명하고는 바로 모자를 쓰고 연회에 가버렸다. 그는 매일 이렇게 바쁘게 지냈다. 류 주임을 찾아가 일을 처리해야 했고, 각 단체에 가서 회의를 열어야 했다. 뿐만 아니라 매일 다른 사람이 그를 초대하지 않으면, 그가 남을 청해 대접했다.

화웨이의 부인은 나를 만날 때마다 늘 화웨이선생을 대신하여 괴로움을 하소연했다.

"아이구, 그 양반은 정말 힘들어 죽을 지경이에요! 일이 어찌나 많던지 밥 먹을 시간도 없어요."

"간여하는 일을 좀 줄이고 한 가지 일에만 전념할 수 없나요?" 내가 물었다.

"어떻게 그럴 수 있어요? 그 양반이 지도해야 할 일이 많은데요."

그러나 언젠가 한번, 화웨이선생이 그야말로 크게 놀란 적이 있었다. 여성계의 몇몇 사람들이 전시영아보호회(戰時嬰兒保護會)를 조직했는데, 끝내 그를 찾지 않았던 것이다.

그래서 그는 여기저기 탐문하여 조사하기 시작했다. 그리고 수를 써서 책임자를 오게 하였다.

"당신들 위원회가 이미 선출된 걸 알고 있소. 몇 명을 더 추가해도 좋을 성 싶소."

그는 상대방이 주저하는 것을 보고 턱을 받쳐들고 말했다.

"문제는 당신들 위원이 이 사업을 제대로 지도할 수 있느냐의 여부요. 당신들 위원회에 불순분자가 없다고 나에게 장담할 수 있소? 당신들의 앞으로의 사업이 오류에 빠지지 않는다고 장담할 수 있소? 당신이 장담할 수 있다면, 서면으로 내게 보내주시오. 이후로 만약, 만약 당신들의 사업에 문제가 발생하면 당신이 전적으로 책임을 져야 하오."

이어서 그는 이건 자신의 뜻이 아니며 자신은 단지 집행인에 불과하다고 밝혔다. 그러면서 그는 집게손가락으로 상대방의 가슴을 지긋이 누르면서 말했다.

"만약 내가 방금 말한 것들을 당신들이 해내지 못한다면, 불법단체가 되는 것 아니겠소?"

이렇게 두 차례 담판을 거친 후 화웨이선생은 전시영아보호회의 위원이 되었다. 그래서 위원회가 개최되었을 때, 화웨이선생은 가죽가방을 끼고 가서 5분간 앉아 있다가 한두 가지 의견을 발표한 다음 곧 전용 인력거에 올라탔다.

어느 날, 그가 고향에서 말린 고기를 가져왔다고 나를 저녁식사에 초대했다.

내가 그의 집에 도착했을 때, 그는 학생티가 나는 두 사람에게 화를 내고 있었다.

"어제 왜 안 왔어, 왜 안 와?" 그는 고함을 쳤다. "내가 너한테 몇 사람 데려오라고 그랬지. 그런데 내가 단상에서 연설을 시작하고 보니 너마저 들으러 오지 않았어! 너희들이 뭘 했는지 정말 모르겠어."

"어제 저는 새로 조직한 난민독서회에 갔었어요."

화웨이선생은 놀라 펄쩍 뛰었다.

"뭐, 뭐라구! 새로 조직한 난민독서회? 왜 내가 모르고 있지? 왜 나에게 알려주지 않았지?"

"그날 의결되었습니다. 화선생님을 찾아왔었지만 댁에 계시지 않더라구요 ……"

"잘하는 짓이야, 너희들 아무도 모르게 했구만!" 그는 눈을 부라렸다. "사실대로 나에게 말해. 이 독서회의 배경이 도대체 무엇인지 사실대로 말해!"

상대방도 화가 치민 것 같았다.

"배경이 뭐냐구요? 다 중화민족이지요! 남모르게 한 건 아무것도 없어요. ……. 화선생님은 회의에 오지 않고, 참석해도 끝까지 자리를 지키지도 않고, 찾아가도 만날 수도 없고 …… 우리는 어쨌든 사업을 멈출 수야 없잖아요 ……"

화웨이선생은 담배를 내팽개치고 주먹으로 탁자 위를 사납게 내리쳤다. 쾅!

"망할 자식!" 그는 이를 악물고 입술을 바들바들 떨었다. "너희들 조심해! 너희들이, 홍, 너희들! 너희들이! ……" 그는 소파 위로 넘어졌는데, 입술이 고통스럽게 일그러져 있었다. "제기랄! 이, 이, 너희 젊은 놈들! ……"

5분이 지난 후 그는 고개를 쳐들더니 두려운 듯이 사방을 바라보았다. 두 손님은 이미 가고 없었다. 그는 한숨을 푹 내쉬고서 나에게 말했다.

"아이구, 보세요! 요즘 젊은것들을 어떻게 하죠? 요즘 젊은것들을요!"

이날 저녁 그는 죽어라고 술을 퍼마시면서 연신 투덜투덜 그 젊은이들을 욕했다. 그는 찻잔 하나를 깼다. 미쓰 황이 그를 부축하여 침대에 눕히자 그는 갑자기 몸서리를 치면서 말했다.

"내일 10시에 집회가 있어 ……"

사팅은 쓰촨성(四川省) 안현(安縣)에서 태어났다. 본명은 양자오시(楊朝熙), 별명은 양쯔칭(楊子靑). 1927년 여름에 중국공산당에 가입하였으며, 1931년에 처녀작 〈러시아석유(俄國煤油)〉를 창작하였다. 1932년에 좌익작가연맹에 가입하고, 이후 쓰촨의 농촌사회를 배경으로 하는 다수의 작품을 창작하였다. 대표작으로는 장편소설 ≪도금기(淘金記)≫, ≪곤수기(困獸記)≫와 ≪환향기(還鄕記)≫, 단편소설 〈치샹쥐 찻집에서(在其香居茶館里)〉 등을 들 수 있다.

이 책에 실린 〈치샹쥐 찻집에서〉는 1940년 12월 1일에 간행된 ≪항전문예(抗戰文藝)≫ 제6권 제4기에 발표되었다.

사팅

(沙汀, 1904~1992)

# 치샹쥐 찻집에서 在其香居茶館裏

치샹쥐(其香居) 찻집에 앉아있는 연보(聯保)주임 팡즈궈(方治國)는, 입을 한시도 가만히 있지 못하고 떠들어 대는 싱 떠벌이(邢么吵吵)가 동쪽에서 걸어오는 것을 보자 금세 반쯤 얼어붙었다. 몸이 금방이라도 버티고 앉아 있을 것 같지 않았다.

그에게 이처럼 기이한 증상이 나타나게 된 데에는 몇 가지 원인이 있다. 그가 여러 가지 얼빠진 조치를 취한 바람에 지금 진(鎭)내 모든 시민들의 포위공격을 받고 있던 터였는데, 이것이 한 가지 원인이었다. 다른 원인으로는 떠벌이의 둘째 아들이 병역 징집을 네 번이나 미루는 바람에 많은 사람들의 입방아에 올랐던 것이다. 게다가 이번에 새로 온 현장이 병역문제를 바로잡겠노라 큰소리를 쳐놓았기에, 그는 얼떨결에 밀고편지를 쓰고 말았던 것이다. 그래서 사흘 전에 병무과에서 떠벌이의 둘째를 시내로 붙잡아갔던 것이었다.

그런데 제일 중요한 것은 온 시내 사람들이 수군거리듯이 떠벌이는 이것저것 가리지 않고 아무 말이나 막 해대는 위인이라는 점이다. 본인이야 크게 두려워할 만한 자가 아니지만, 그의 큰형은 전 현(縣)에서 대단히 명망 높은 오랜 선비이며, 그의 처남은 재무위원으로서 현의 정무에서 활동하고 있다. 더구나 주임의 춘부장께서 생존해 계실 적에도 떠벌이의 그 입에 대해서는 골치 아프다고 말씀하신 적이 있었다.

아니나 다를까 떠벌이가 끝내 떠들어대기 시작하였다. 그는 정력이 왕성하고 세상사 어떤 일에도 대수롭지 않게 여기는 태도를 지닌 전형적인 마초였다. 이런 사람들에게서는 비관적이거나 의기소침한 모습을 찾아볼 수가 없다. 그는 항상 찻집에서 농지거리를 하면서 이렇게 자랑하곤 하였다.

"이 어른의 입은 그저 이렇네. 말은 하고 싶은 대로 다하고, 음식은 먹고 싶은 대로 다 먹어야 하네. 마음껏 말하고 집에 돌아가 술 두 잔 쭉 마시고 드러누우면 자는 거지! ……"

지금 그는 치샹쥐의 계단을 들어서서 팔걸이의자를 끌어당겨 앉은 채 목청을 돋우어 떠들어댄다.

"허허, 참! 도랑물에 배가 뒤집힐 때가 있군!"

그가 끼어 앉은 탁자에는 이미 세 사람이 있었는데, 모두 아는 사이였다. 십 년 전에 시학(視學)을 지낸 적이 있는 위(兪) 시학, 징수국의 전임 회계이며 지금은 이자로 먹고 사는 왕얼(汪二), 지물포 주인 황광루이(黃光銳).

그들과 옆에 있던 손님들이 모두 그에게 인사를 건넸다.

"차 한 사발 가져오게. 찻값은 내가 내겠네."

"앉으시지요." 위 시학도 인사를 차리면서 말했다. "여기가 편안합니다."

"내가 그리 편안한 데 앉아서 뭘 하겠소?" 뜻밖에도 떠벌이는 벌건 얼굴로 뇌까렸다. "당신은 알기나 하오? 난 윗자리에 앉으면 머리가 어지럽다오. 그런 자격이 없다니까!"

본분을 따지는 시학은 대뜸 얼굴이 벌게졌다. 그러나 그는 떠벌이가 연보주임을 빗대고 하는 말인 줄 금방 알아차렸다. 그것은 떠벌이가 말하면서 독기 서린 눈으로 뒤쪽 윗자리에 앉아있는 팡즈귀를 흘끔 흘겨보는 것을 보았기 때문이다.

그 탁자에는 주임 외에 장싼(張三) 감생나리가 앉아 있었다. 모두 그를 팡즈귀의 모사라고 하지만, 실제로 그는 주임과 술집에 한데 앉아 중요한 대목에서 몇 마디 충고나 할 수 있을 따름이었다. 하지만 이 또한 결코 특별한 게 아니다. 그는 본래 무슨 일에나 관심이 많아서 자신의 처지를 잊어버릴 때가 흔하다. 그러기에 그의 아내는 집에서 밥을 굶기 일쑤였다.

감생나리와 마주 앉아 있는 자는 황마오(黃毛) 소갈비라는 자인데, 한창 비밀리에 제조한 금연용 환약을 삼키고 있었다. 그는 주임의 중요한 조수로서 비록 남다른 재주는 없지만, 아무것도 거리낌이 없다는 것이 그의 특징이다. "지금의 일을 뭐 하러 신경을 쓰나?" 이러면서 그는 늘 이렇게 말하곤 하였다. "손에 넣을 수 있는 거라면 다 가져야지!"

이 세상에 남들이 다 대경실색하는 일에도 그는 그저 모르쇠의 태도를 취하였다.

"신경 쓰지 말고 내버려 두세요. 정신병이예요!" 그가 주임에게 속삭이듯 말했다.

"이번에 벌집을 건드려 놓았어." 주임은 쓴웃음을 지었다.

"내 보기엔 빨리 '봉'해버려야 할 것 같네." 감생나리가 시커먼 황동 물담배대를 받쳐들고서 중얼거렸다. "다른 사람을 찾아 '막는' 게 어떤가?"

"이젠 늦었네."

"내버려 두라니까요." 소갈비가 말했다. "그 사람 성미가 화포 같으니깐!"

이때 떠벌이는 이미 탁자를 두드리며 고래고래 핏대를 올리기 시작했다. 하지만 그의 전술은 아직 첫 단계에 머물러 있었다. 즉 공격받는 사람의 이름을 끄집어내지 않은 채 빗대어 말할 뿐이어서 마치 무턱대고 욕설을 퍼붓는 것 같았다.

"이 어른의 밑까지 들추려 하는구먼" 그는 농지거리를 하는 체하였다. "좋아! 이 어르신이 오늘은 좀 보아야겠어, 그 자식 물건은 뭐로 만들어졌는지. 사람 좇인지, 개 좇인지. 당신들 개 좇을 본 적이 있는가? 하하! 그거 참 재미있겠군!"

그리고는 또 손시늉까지 해가며 형용하는 것이었다. 비록 벌써 십 년 남짓 수염을 기르고 있지만, 그의 상소리는 유명했다. 하릴없이 심심한 사람들이 일부러 그를 꼬드겨 상스러운 말을 하게 할 때도 있었다. 그가 말하는 이른바 '개'란 그의 적인 팡즈귀를 가리키는 것이었다. 주임의 외조부가 관아에서 하인 노릇을 한 적이 있었는데, 이것은 팡씨 가문에서 가장 꺼리는 금기였기 때문이다.

그의 형용이 너무 난감한지라 시학이 말참견을 하였다.

"쌍욕일랑 하지 말게. 말하는 것도 도리가 있어야지."

"도리는 무슨 놈의 도리!" 떠벌이는 갑자기 정색하고서 대꾸했다. "도리가 있다면 나도 그 좆같은 주임질을 하겠네. 두 눈이 까매져 돈만 보면 챙겨보게."

"내 참, 싱 아저씨!"

성이 나서 얼굴이 시퍼래진 왜소한 체구의 주임 팡즈궈가 참다못해 벌떡 일어났다.

"싱 아저씨! 책임질 말씀만 하십시오!"

"책임은 무슨 놈의 책임! 난 몰라. 누가 네 아저씨야? 너 사람 잘못 봤어! 네 아저씨라면 네 놈이 날 잡아먹으려고 달려들지 말아야지!"

"그래요, 그래. 내가 잡아먹으려고 했어요." 주임은 변명하면서 자리에 앉았다.

"그렇잖아?" 떠벌이는 탁자를 탕 내리치며 외쳤다. "병무과 사람들이 직접 우리 맏이에게 말했어! 너의 보고가 아주 잘 되어 있다고! 오늘 내가 네놈이 도대체 불알을 몇 개나 찼는지 보겠다! ……"

그는 말을 할수록 웃자고 하는 일이 아님을 느꼈다. 이전에 무턱대고 떠들어댈 때처럼 그는 점점 격분하였다.

만약 일 년 혹은 반년 전만 하여도 그는 이렇게 애달 필요 없이 일을 잘 처리할 수 있었다. 그가 큰 형님에게 통지만 하면 둘째는 마음대로 돌아올 수 있었을 것이다. 게다가 이전에 병역을

네 번이나 모면했음에랴. 그런데 지금은 사정이 달라졌다. 모든 것이 다 규칙대로 한다고 한다. 더구나 무엇보다 중요한 것은 그의 둘째가 이미 시내로 잡혀갔다는 사실이다.

이전 경험에 비추어 일이 크게 벌어져 현장에게까지 올라가게 되면, 일을 처리하기가 어려워진다. 그는 이미 맏아들을 시내에 보냈는데, 보내온 전갈에 따르면 새 현장의 성미가 어떤지 아직 알지 못하고, 더구나 취임하자마자 병역문제를 정돈하겠노라고 선포하였으며, 그렇기에 그의 큰아버지와 외숙께서도 상황이 녹록치 않다고 말씀하셨다는 것이다. 아울러 전갈을 가져온 사람에 따르면, 장정들을 곧 성소재지로 보낸다고 한다.

무릇 싱씨 가문의 큰 나리들이 애를 먹는 일들이라면, 다른 사람들에게 무슨 수가 있겠는가? 이것은 결국 그의 둘째 아들이 대포밥이 된다는 것을 의미한다.

"네놈은 날 귀머거리로 여기는 모양이지?" 떠벌이가 잡아먹을 듯이 대들었다. "작년에 장(蔣)씨 과부의 아들을 돈 오백 원에 네가 놓아주고, 천얼쉐쯔(陳二靴子)도 이백 원에 네놈이 놓아주었지. 네놈은 토비두목 샤오(肖) 키다리보다 훨씬 못된 놈이야. 돈도 처먹고 모가지도 안 잘렸으니. 이 어른도 돈 있다! 처넣어 줄 테니 입을 벌려라! ……"

"함부로 말하지 마세요. 싱 나리!"

주임은 웅얼거리며 억지웃음을 지어보였다.

그는 어리석고도 겁이 많은 위인이다. 겁이 많은 것은 그가 부유하고, 또 이 외진 시골에서 지금까지 총포 따위를 만져본 적이 없기 때문이다. 이곳 사람들은 모두 수완이 뛰어나다. 그는 줄곧 조상으로부터 물려받은 가산으로 성실하게 살아왔다. 여러 해 전에 미리 징수할 게 너무 많자 아무도 공무를 맡으려 하지 않았다. 그 바람에 누가 꾸몄는지 그가 단총(團總, 지주무장조직의 우두머리를 가리킨다) 자리에 앉게 된 것이다.

그는 이것이 음모라는 것을 알았다. 그렇지만 지금껏 끽 소리 못하고 죽어지내온 나날들이 이 도전을 받아들이도록 그를 유혹했다. 그는 처음에는 늘 자기 돈을 밀어넣었으나 점차 단맛을 알게 되어 징수량을 떼어먹는다거나 사복을 채우는 등의 일을 저질렀다. 그리하여 찻집에 들어서서 찻값을 부르는 소리가 점점 우렁찼으며 또 자주 오게 되었다.

게다가 5년 전에는 그의 집 대문에 현장께서 주신 편액이 걸리게 되었다. 盡瘁桑梓(고향을 위해 온갖 수고를 다하다)!

그러나 어떻든 자신이 느끼고 있듯이 후이룽진(回龍鎭)에서는 아직도 누군가에게 눌리는 것만 같았다. 이 점을 잘 알고 있기에 그는 지금 자신이 얼빠진 일을 한 것을 몹시 후회하고 있었다. 그래서 그는 계속 억지웃음을 지은 채 아무렇지도 않다는 듯이 말하였다.

"아니 왜 화를 내십니까? 서로 남도 아닌데 ……"

"너도 남이 아닌 줄은 아느냐?" 떠벌이는 되물었다. "네가 남이 아닌 줄을 알았다면 나를 고발하지 말았어야지."

"한 마디만 묻겠습니다." 주임이 다시 자리에서 일어섰지만, 여전히 웃으면서 말했다. "한 마디만 말씀해주세요, 병무과의 누가 알려줍디까?"

"어쨌든 거기 사람이야!" 떠벌이는 기세등등하게 팔걸이의자에 퍼져 앉은 채 차가운 웃음을 흘리면서 한 마디 보탰다. "내가 꾸며낸 것 같은가?"

"아닙니다. 제게 알려주세요."

떠벌이의 화가 가라앉는 것을 보고 주임은 이치를 따질 때가 되었다고 여겼다. 그는 시학의 측면을 바라보면서 자기는 한평생 이따위 간 크게도 얼빠진 수작을 한 적이 없노라고 맹세하면서 변명하였다.

그는 떠벌이에게는 눈길도 주지 않은 채 시학과 일행들만 바라보면서 말을 이었다.

"여러분들 생각해 보세요." 그는 손을 펴보이면서 야위고 새까만 얼굴을 치켜들었다. "여러분 생각해 보세요. 저도 밥을 먹고 사는 인간입니다. 내가 뭐 하려고 저 사람의 자식을 잡아넣겠습니까? 그렇게 하면 ×××께서 나를 장원이라도 시켜준답디까? 말할 것도 없지만, 이 거리의 일이라면 지금껏 감쌀 수 있으면 뭐든 감싸주었습니다!"

"네가 그리도 잘 감싸주었구나!" 떠벌이는 한숨을 쉬며 한 마디 내쏘았다.

"그러면 제가 허풍을 떠는 거겠네요!" 주임은 별수 없다는 듯이 말했다. "다른 것은 차치하고 공채만 들어봅시다. 남들은 얼마라고 적고, 당신은 얼마라고 적었습니까?"

그는 다시 시학의 귀에 대고 소곤거렸다.

"딩바쯔(丁八字)조차도 500원이었습니다!"

그가 이처럼 비밀스럽게 말하는 데에는 두 가지 목적이 있었다. 하나는 일의 중요성을 충분히 드러내기 위함이고, 다른 하나는 그들의 말다툼을 구경하는 사람들이 많아져서 공개적으로 드러내는 건 어쨌든 떳떳치 못할 뿐더러 분쟁을 불러일으키기 쉽기 때문이다.

아마 시학은 그의 말을 믿었는지, 혹은 그의 성의에 감동된 듯하였다. 게다가 그는 좋은 게 좋다는 사람이 아닌가. 그래서인지 그가 나서서 말리기 시작했다.

"싱 형! 내 보기에 이렇게 하는 게 좋을 듯 싶습니다." 그는 점잖게 목청을 다듬고서 말했다. "사람을 붙잡지 않았어도 이미 붙잡아갔고, 어쨌든 나라를 위한 일이니 ……"

"말은 참 잘하는구먼!" 떠벌이가 벌떡 일어나 말했다. "그렇게 말한다면 당신의 아들은 어째서 보내지 않았소?"

"좋네! 나도 당신과는 말을 섞지 않겠소."

시학은 얼굴이 벌개져 일부러 고개를 떨군 채 차만 들이켰다.

"말해보구려!" 떠벌이는 다시 자리에 앉더니 이어 말했다. "정말 아이를 낳아보지 않았으니 뭐가 아픈 줄 모르는구만! 오늘 어떻게 해서 당신 같은 무골호인을 만나게 되었는지. 동과(冬瓜)로 술단지를 만들 수 있소? 만들 수야 있지만, 찌면 물러터질 게요. 당신도 정말 ……"

그의 말이 또 한바탕 웃음을 자아냈다. 그러나 그 자신은 웃지 않은 채 건장한 몸집을 움찔 하더니 수염을 쓰다듬으면서 말했다.

"쓸데없는 말은 그만두자구! 팡 주임나리, 똑똑히 말하지 않으면 못 갈 줄 아오!"

"좋습니다!" 주임도 맞장구를 치면서 슬금슬금 원래의 자리로 되돌아갔다. "후이룽진이야 겨우 이만한 크기인데, 내가 어디로 달아나겠습니까? 달아나려 해도 갈 곳이 없습니다."

그의 말투와 표정은 평소의 비웃는 투였다. 자기를 비웃는 건지 상대방을 비웃는 건지, 그건 제각기 짐작하기에 달려있다. 그는 항상 이 무기를 가지고 자신을 엄호해왔다. 그리하여 늘 완강한 적수들을 울지도 웃지도 못하게 만들었다. 그래서 사람들은 그를 능구렁이라 불렀던 것이다.

그가 제자리로 돌아갔을 때, 그의 조수가 금연 환약을 삼키면서 퉁명스럽게 지껄였다.

"나는 대답하기도 귀찮아요. 떠들라면 떠들라고 내버려두세요."

"그래서야 되나, 안 되지." 감생나리가 의미심장하게 말했다. "사안이 다르다니까!"

그가 줄곧 이렇게 자기 의견을 주장하는 데에는 그만한 까닭이 있었다. 그는 진(鎭)내에서 대규모의 고발바람이 불 것이라 확신했다. 그렇게 되면 싱씨 가문의 큰 나리가 좌지우지할 수 있을 터이니, 그가 이 일을 성공시킬 수도, 가라앉게 할 수도 있을 것이다. 그러니 싱씨 가문과 손을 잡는 것은 여전히 필요한 일이었다.

하물며 새로 온 현장의 성미가 어떤지 누가 알겠는가?

이때 찻집에 들어오는 손님들이 더욱 늘어났다. 평소 좀처럼 문밖출입을 하지 않던 천신(陳新) 나리까지 왔다. 천신 나리는 과거를 보던 시절의 마지막 수재(秀才)인데, 십 년이나 단총(團總)을 역임하고 십 년이나 가로회(哥老會) 우두머리를 지내다가 8년 전에야 은퇴하였다. 하지만 그의 말은 아직도 단총을 지내던 시절만큼이나 영향력이 있었다.

떠벌이가 한바탕 떠들어댈 안성맞춤의 자리가 마련된 셈이었다. 찻집은 떠들썩하였다. 찻집사환에게 차를 가져오라는 소리, 일어서서 자리를 양보하는 소리, 심지어 노기등등하여 욕설을 퍼붓는 소리도 있었다.

"함부로 돈을 받지 말라니까! 이런! 등신 같은 녀석, 내 말 들었어 못 들었어? ……"

그리고는 얼른 달려가서 사환에게 돈을 찔러준다.

이처럼 떠들썩한 소란 가운데 입씨름하던 양측은 이미 조용해졌다. 자신의 논리가 밀릴 거라는 걸 알고 있는 주임은 은근히 손님을 자기편으로 만들어 형세가 유리해지기를 바랐다. 반면 떠벌이는 잠자코 있었다. 자기의 둘째 아들이 잡혀갔으니, 이처럼 잘난 사람들 앞에서 체면을 구겼다는 느낌이 갑자기 들었기 때문이었다.

이 진에서는 이런 풍속이 유행하고 있었다. 규범대로 살아가는 사람들은 보통 사람들뿐이고, 주요 인물들은 모두 규범 너머에 있는 사람이다. 천신 나리를 보더라도, 그는 금전을 그리 아끼는 인물은 아니지만, 마을에서 초제(醮祭)를 지내는 사소한 일마저 그의 몫이 없다. 그렇지 않으면 사람들이 대경실색할 것이며, 천신 나리는 낯이 깎이고 재수 없는 일을 당하는 꼴이 되는 것이다.

체면이 이처럼 중요하기 때문에 떠벌이도 소태를 씹은 듯한 표정으로 무덤덤하게 인사만 건넬 뿐이었다. 천신 나리가 그에게 몸이 편찮은지 물어서야 그는 좀 정신을 차려 대답했다.

"저야 잘 지내지요." 그는 쓴웃음을 지으며 "그런데 눈썹이 금방 남에게 잘릴 판입니다!" 하고 무미건조한 웃음을 터뜨렸다.

"허튼 소리!" 천신 나리는 엄숙하게 머리를 가로저으며 그의 말을 끊었다. "쓸데없는 소릴 하고 있구먼!"

"정말입니다. 그렇지 않으면 어르신께 왕림해주시길 바라겠습니까?"

관심을 표명하기 위해 천신 나리는 한숨을 푹 내쉬고서 물었다.

"큰 형님께서 편지가 왔던가?"

"그도 별 수 없답니다!"

떠벌이가 신음을 토했다. 그러나 그의 큰 형님이 별 볼일 없는 인물로 되었나보다고 사람들이 오해할까봐 곧 한마디 보탰다.

"어르신께서도 생각해 보십시오. 새로 온 현장의 성미를 아직 알지 못하는데, 그도 어쩌겠습니까? 속담에 새로 부임한 관리는 세 개의 횃불처럼 기세등등하다는데, 그 현장이 또 병역을 틀어쥔다고 벼른답니다. 그에게 무슨 흠집이 있는지 누가 알겠습니까? 그저께 제가 장먼선(蔣門神)에게 부탁하여 알아보라고 했습니다만 ……"

"새 현장은 만만찮을 겁니다." 시내에서 온 행상이 말참견하였

다. "차림새를 보면 알 수 있지요. 그 검은 안경을 걸친 걸 보니
……"

그러나 무거운 침묵이 흐르는 분위기 속에서 행상도 더 말을
잇지는 못하였다.

여러 사람들은 자신의 감정을 어떻게 나타내야 할지 몰랐다.
기쁘다고 하자니 남에게 미움을 살 것이다. 상황은 확실히 심각한
듯하기 때문이다. 그렇다고 심각하다고 말하면 그것도 옳지 않을
듯하다. 그러면 싱씨 가문이 아주 무능하다는 이야기가 될 테니
까. 그래서 그들은 피차간에 애매모호하게 머리를 흔들면서 탄식
하거나 찻물만 홀짝거릴 뿐이었다.

주임이 초조하고 근심하는 기색을 본 소갈비는 무슨 꿍꿍이속
이었는지 환약을 싸면서 조용히 입을 열었다. "내버려 둬요. 이리
빨리 현장께서 그들의 돈을 처먹었을라구요!?"

"천신 나리를 찾아뵙는 것이 옳네!" 감생 나리가 말했다.

얼굴은 부은 채 스스로 지혜롭다고 자랑하는 이 몰락한 자의
건의가 주임의 마음에 들었다. 그도 이미 이 필요성을 고려하고
있는 중이었다.

그러나 그를 머뭇거리게 만드는 것은 그와 천신 나리의 관계
와, 천신 나리와 싱씨 가문의 관계의 비교였다. 그는 차이가 많이
난다고 느꼈다. 비록 돈을 할당하거나 양식을 거둘 때 천신 나리
에게 면목 없는 짓을 한 적은 없지만, 몇 번 사소한 일로 그에게
밉보인 적이 있었던 것이다.

예를 들면 언젠가 쩡부커(曾布客)가 천신 나리의 이름을 들먹이

면서 그를 제압하려고 이렇게 말한 적이 있었다.

"좋소! 우리 천신 나리 앞에 가서 말해보세!"

"자네 때를 잘못 만났군!" 주임도 화가 나서 되받아쳤다. "천신 나리라면 내가 겁낼 줄 알아!"

후에 일은 물론 천신 나리의 뜻대로 평화적으로 해결되었다. 하지만 그가 했던 말은 틀림없이 쫙 퍼졌을 터이고, 천신 나리도 마음속에 새겨두었을 것이다. 그러나 그는 마침내 자리에서 일어나 천신 나리 앞으로 다가갔다.

이 행동은 즉시 사람들의 관심을 불러일으켰다. 그들은 모두 새로운 발단과 진전이 있기를 기대하였다. 어떤 사람은 끓인 물을 가져오라고 큰소리를 질렀다. 아마 이렇게 해서 그들의 긴장된 마음을 좀 풀어보려 했을 것이다. 떠벌이도 당연히 주임의 공세에 주의를 기울였다. 그러나 그는 공세를 편다고 보지 않고 천신 나리에게 가서 중재를 요청한다고 보았다. 하지만 그는 어떻게 중재하려는지 짐작할 수가 없었다.

또한 그는 목전의 자기 처지에서는 어떤 화해도 받아들이기 어렵다고 여겼다. 이 일은 사죄한다거나 돈으로 배상한다고 해서 해결되는 일이 아니다. 그렇다면 남은 방법은 법정으로 가는 것뿐이다. 그런데 병역문제를 꽉 틀어쥐고 있는 현장 앞에서 그가 송사를 이길 수 있을까!

그는 머리가 찌근거렸으며 모든 것이 마음에 들지 않았다. 이 건장하고 낙관적인 사나이가 처음으로 번뇌의 습격을 받은 것이다.

그는 탁자바닥을 손으로 탕 치고서는 쓴웃음을 지으며 중얼거렸다.

"홍! 제멋대로 해보라지, 누구든 마음대로 해보라구!"

"또 시작인가?" 시학이 나서서 참견하였다. "그가 어쨌든 말이라도 꺼내보아야 할 게 아닌가!"

"그건 또 무슨 소리요? 형님은 어째 생각이 짧소? 그래 아무리 하느님이라도 무슨 면목으로 사람을 빼내준단 말이오?"

"그런 말이 아닐세. 빼내지 못하는 거야 방법이 틀렸으니까 그렇지."

"그러면 좀 알려주시우." 떠벌이가 분을 참으며 말했다. "무슨 방법이오?! 미안하다 한 마디 하면 될 일이오? 총에 맞아 죽으면 그가 대신 죽어주겠소? ……"

"그런 말이 아니고 ……"

"그러면 어쩌자는 겁니까?" 그는 성을 벌컥 냈다. "솔직하게 말하세요! 그에겐 아무 방법도 없어요! 우리는 마당 앞 큰 강에 가서 물이나 들이켜는 수밖에……"

그는 몹시 화가 치밀어 외쳤다. 마치 이것저것 따지지 않을 듯한 기세였다.

이 말은 또 한 차례 새로운 소동을 불러일으켰다. 많은 사람들은 마치 프로그램의 제일 재미있는 부분을 예감하는 듯하였다. 한 구경꾼은 층계 아래 사람들 틈에 서서 큰 소리로 친구의 가자는 재촉을 거절하였다. "자네 먼저 가게, 나는 더 놀다 가겠네!"

찻집 사환도 신이 나서 외쳐댔다.

"썩 비켜! 이런 빌어먹을 자식, 머리통을 데워버릴라!"

거리를 마주한 제일 끝의 탁자는 떠벌이가 있는 곳과 네 개의 탁자를 사이에 두고 있었는데, 비교적 평온한 분위기 속에서 담판도 거의 끝나가고 있었다. 그러나 효과는 아주 적었다. 그건 머리채를 길게 늘어뜨린 천신 나리가 갑자기 우거지상을 지으면서 일어섰기 때문이다.

그는 얼굴을 치켜들고서 고개를 외로 꼬더니 큰 소리로 말했다.

"자네 도대체 무슨 소릴 하는 거야!"

그러더니 곧바로 자리에 도로 앉더니 손가락으로 탁자바닥을 소리나게 두드렸다.

"동생!" 그는 줄곧 주임을 주시하면서 말했다. "내가 자네를 손해보게야 하겠나! 사람은 멀리 내다볼 줄 알아야 하네. 지금의 일은 누구도 짐작하지 못했던 일이네!"

"저도 압니다. 어르신께서 저를 손해보게야 하시겠습니까?"

"그러면 자네도 여러 사람의 권유를 들어야 할 게 아닌가?"

"밝혀지면 이렇게 됩니다. 어르신!"

그는 고통스럽게 말하면서 손으로 뒷덜미를 툭 쳤다. 목이 떨어지는 게 두렵다는 뜻이었다.

이것도 고려해야 할 바였다. 병역을 위반한 자는 엄격히 징벌하라는 명령이 이미 서너 차례나 내려왔던 것이다. 이대로 실행된다고는 할 수 없고 이곳은 상관과 멀리 떨어져 있긴 하지만, 현장은 우리의 사정과는 사뭇 다르다. 그는 마치 우리 코앞에 와 있는 것 같았다. 더구나 사람을 이미 붙잡아간 마당이니, 달리 사람을 사서 바꾸는 것도 아주 어렵게 되어버렸다.

게다가 전임 현장은 바로 병역문제로 인해 자리에서 물러났던 것이다. 새 현장은 취임하자마자 병역에서의 갖가지 폐단을 없애 겠노라고 선포했다. 다른 새 현장들처럼 말만 하고 넘어갈지, 아니면 정말로 제대로 시행할지 누가 알겠으며, 그의 성미가 또 어떠한지 누가 알겠는가?

이밖에도 그에게는 이 위험을 무릅쓰지 못할 또 다른 이유가 있었다. 그는 이미 나이 사십이 되었건만, 아직도 아버지 자격을 얻지 못했던 것이다. 그의 두 부인은 모두 쓸모가 없었다. 물론 남들은 이 책임을 그의 선천적인 결함으로 돌리면서, 마치 그가 앞으로 더 살아도 영원히 이 일만은 구제할 길이 없다고 보고 있었다.

어떻든 그의 겁 많은 성격으로만 보아 그는 이런 위험을 결코 무릅쓰지 않을 것이다. 그러므로 그는 잠시 침묵을 지키고 있다가 변명하기 시작했다.

"어르신! 이번 일만큼은 위험을 무릅쓸 수 없습니다. 어르신께 서도 제가 밀고했다고 말씀하시지만 ……"

그는 웃어 보이면서 아주 태연한 표정을 지었다. 떠벌이와 마찬가지로 그도 일이 여러 가지로 꼬여버렸다는 것을 알았다. 어쨌든 밀고한 책임을 인정해서는 안 된다고 생각했다. 그렇지만 자신이 천신 나리를 노엽게 한다는 것을 그는 깨닫지 못했다.

천신 나리는 그가 채 말을 끝내기도 전에 노기를 띠면서 그의 말을 잘라버렸다.

"자네 그럴듯하게 꾸밀 줄 아는구먼! 애석하게도 이 어른이 직접 병무과에서 해준 말을 들었네!"

"팡 주임!" 떠벌이도 끼어들었다. "제기랄, 버틸 걸 버텨야지! 내가 알려두지만, 빠져나가려 해도 빠져날 수 없을 걸세!"

"사람을 함부로 욕하지 마세요!"

주임도 정색하였다. 그러나 상대의 목소리가 더욱 높아졌다.

"그래, 내가 욕했다! 사람새끼라면 인정할 건 인정해야지!"

"좋아! 막 가는구나!"

"그래, 어쩔 테냐!"

"그래, 너 잘났다. 네가 어른 노릇 다 해 처먹어라. 하하!……"

연보주임은 비꼬아대면서 자기 자리로 돌아갔다. 그는 온 시내 사람들 앞에서 이처럼 모욕을 당했으니 끝까지 겨뤄야겠다고 마음먹었다.

그와 함께 앉아있던 친구들은 여전히 그를 걱정하고 있었다. 소갈비가 입을 열었다.

"당신이 양보하면 할수록 더 지독하게 구는군요. 그렇지 않나요?"

"안돼, 안되겠어! 보통일이 아니군!" 감생 나리가 한숨을 내쉬었다.

많은 사람들은 일이 뒤틀어졌으니 욕지거리가 오갈 것이고 그 다음은 흩어지는 것이라 여겼다. 그것은 말다툼을 벌이는 양측이 다 주먹을 쓸 줄 모르기에 불 보듯 뻔한 것이었다. 그래서 어떤 사람들은 집에 돌아가 점심이나 먹어야겠다고 생각했다.

그러나 차를 마시던 손님들은 누구도 자리를 뜰 수 없었다. 그러면 처신을 잃게 되고 남의 미움을 사기 때문이었다. 더구나 천신 나리께서 떠벌이를 오라고 하여 서로 체면을 살리는 방법을 이미 강구하고 있던 터였다. 비록 스무 살짜리 젊은이의 목숨이 체면치레와 똑같다고는 할 수는 없겠지만 ……

그러나 어쩔 수 없는 고충으로 인해 떠벌이는 끝내 양보하고 말았다. 그는 결연히 모든 것을 받아들이겠다는 표정을 지으면서 말했다.

"좋습니다. 나리께서 말씀하신 대로 하겠습니다!"

"그럼, 팡 주임!" 천신 나리가 일어서서 선포하였다. "이젠 자네가 어떻게 하는가에 달렸네. 모든 비용은 싱 어른이 내고, 사람은 자네가 찾아오게. 일은 자네가 성에 들어가서 처리하게. 잘 안 되면 또 큰 나리가 있지 않은가?"

"린(林)씨 어르신을 청하면 더 쉽지 않겠습니까?" 주임이 한 마디 끼어들었다.

"그렇지. 그 양반도 청하세. 그러나 책임은 자네가 져야 하네."

"전 책임질 수 없습니다."

"뭐라구?"

"생각해 보십시오. 제가 어떻게 책임을 질 수 있겠습니까?"

"좋네!"

짧게 말을 마친 천신 나리는 잔뜩 불만스러운 얼굴로 자리에 앉았다. 상대 때문에 그는 아주 불쾌했던 것이다. 한참 침묵을 지키다가 그는 성을 꾹 눌러 참고 입을 열었다.

"자네는 들어간 비용이 자네에게 안겨질까봐 두려운 모양이지?"

"별말씀 다 하십니다. 제가 무얼 두려워하겠습니까? 제 일도 아닌데 ……"

"그럼 누구의 일이란 말인가?"

"전들 압니까!"

주임은 이 말을 할 때까지도 줄곧 대수롭지 않은 태도로 비웃듯이 웃음을 지었다. 아무것도 모르니 아무것도 무서울 게 없다는 듯하였다. 하지만 떠벌이가 덮쳐들 줄은 몰랐다. 독이 오를 대로 올라 수염을 부들부들 떨던 사나이는 그를 꼭 움켜잡았다.

떠벌이는 그의 목깃을 움켜쥐고서 거리 쪽을 향해 끌고 가면서 고함쳤다.

"난 네 놈이 능구렁이란 걸 잘 알아! 네 놈이 능구렁이란 걸 말이야!"

"말로 하라구!" 사람들이 뜯어말렸다. "다 알고 지내는 사이에 ……"

한쪽에서는 말리고 한쪽에서는 슬그머니 빠져나가는 사람도 적지 않았다. 찻집 사환은 찻잔을 거두어들이느라 바빴다. 감생 나리는 사방의 사람들에게 구원을 청하였다.

"이건 정말 말도 안 돼!" 그는 머리를 저으면서 외쳤다. "모두 어서 저들을 떼어놓으라구!"

"난 가만 있겠네." 시학은 미소를 지으며 말했다. "보게. 피가 내 몸에 튀었어."

소갈비는 금연 환약을 싸면서 중얼거렸다.

"이러면 좋지! 누구든 손 없이 태어났나? 잘하는 짓이야!"

하지만 그가 수습하려고 했을 때에는 그의 친구가 이미 손해를 많이 보고 있었다! 주임은 코피를 흘리고 왼쪽 눈이 퍼렇게 부어 있었다. 그는 이미 천신 나리의 도움으로 구출되어 한 손으로 눈을 어루만지면서 소리소리 질러댔다.

"너 싱가 놈, 좋다! 날 때렸겠다! ……"

"저 놈의 주둥이를 콱! ……" 떠벌이는 입에서 피를 내뱉으며 숨을 헐떡였다. "주둥이만 살아가지구!"

소갈비가 주임에게 즉시 의사에게 가자고 하였지만 거절당하였다. 주임은 빨리 가마를 얻어오라 하였다. 그는 시내로 들어가 관공서에 고소할 작정이었던 터라, 아무래도 가만 두는 게 낫다고 생각했다.

그의 가족, 특히 그의 어머니와 인색하기로 소문난 작은 첩은 주임의 꼬락서니를 보고 아우성을 쳐 댔다.

"아이고! 이렇게 사람을 패다니! 그 눈깔은 사람도 못 알아보는가?"

떠벌이의 아내도 남편의 귀에 대고 소곤거렸다.

"눈탱이가 호두알만큼이나 부었어요!"

"걱정말라구!" 떠벌이는 잇몸의 피를 내뱉으며 말했다. "때려 죽이고 내가 대신 죽으면 돼."

구경나온 다른 아녀자들도 많았다. 온 시내가 발칵 뒤집혔다. 말다툼과 치고받고 싸우는 거야 볼만한 구경거리인데, 체면치레하는 사람끼리 치고받고 싸웠으니 더욱 볼 만했던 것이다.

한창 분위기가 달아오르고 있을 때 왼쪽 다리를 약간 절고 온 얼굴이 털복숭이인 땅딸보가 사람들 틈을 비집고 나섰다. 쌀장수인 이 사람은 어리숙해서 사람들에게 장면선(蔣門神)이라 불리는 위인인데, 전날 떠벌이가 성에 들어가 수소문하도록 시켰던 자이다. 그는 즉시 사람들의 시선을 끌었다. 제일 먼저 그를 붙잡은 사람은 떠벌이의 아내였다.

가발을 쓴 이 뚱보 여인은 말솜씨도 좋고 꾸미는 것도 좋아하므로 사람들은 구미호라 불렀다. 그녀는 걱정으로 인해 떨리는 목소리로 물었다.

"어찌 되었나? 앉아서 말해보게!"

"어떻기는 뭐?" 절름발이는 쌀쌀맞게 대꾸했다. "사람이 이미 풀려나왔어요."

"정말이야?" 많은 사람들이 물었다.

"내가 어찌 거짓말을 하겠어요? 내가 떠날 때까지도 사거리 노름판에 있었는데. 어젯밤에 이름을 부를 때에 인원숫자 구령도 제대로 못 붙였다오. 그래서 대장이 싸움터에 나갈 자격이 없다고 해서 제명시켰답니다. 곤장 백 대를 때려서 ……"

"곤장을 백 대나?" 수많은 목소리가 일제히 물었다.

"낯이 넓지 않다면 곤장 백 대를 맞아도 나오지 못할 걸! 처음에는 모두 새로 온 현장이 엄하다고 했는데, 사실은 아주 말이 잘

통하는 분이라오. 그제 큰 나으리께서 대접하였는데, 혼자 일찍 오셨다더군요. 그 빌어먹을 검은 안경을 끼고 ……"

한창 신나게 떠들어대던 그는 그제야 떠벌이와 연보주임에게 시선을 돌렸다. 비록 둔한 사람이기는 하지만, 그들의 꼬라지에 그도 조금은 놀라는 눈치였다.

"당신들, 무슨 일 있었어요?" 그가 물었다. "당신은 이가 아픕니까? 당신 눈은 왜 퉁퉁 부었어요?"

자오수리는 산시성(山西省) 진청시(晉城市) 친수이현(沁水縣)에서 태어났다. 본명은 자오수리(趙樹禮). 1930년대 초부터 각지를 떠돌면서 창작활동을 시작하였으며, 1937년에 중국공산당에 가입하였다. 1941년 타이항(太行)지구 선전부에서 일하면서 본격적으로 창작활동에 나섰으며, 마오쩌둥(毛澤東)의 옌안문예강화의 정신을 가장 잘 구현한 인민예술가로 평가받았다. 이후 1950년대에는 민족화, 대중화된 예술풍격으로써 농촌사회생활을 묘사함으로써 산약단파(山藥蛋派)의 창시자로 널리 알려졌다. 대표작으로는 단편소설 〈샤오얼헤이의 결혼(小二黑結婚)〉, 중편소설 ≪리유차이 판화(李有才板話)≫, 장편소설 ≪이씨 마을의 변천(李家莊的變遷)≫ 등을 들 수 있다.

이 책에 실린 〈샤오얼헤이의 결혼〉은 1943년 9월 화베이(華北) 신화서점(新華書店)에서 간행되었다.

자오수리

(趙樹理, 1906~1970)

# 샤오얼헤이의 결혼 小二黑結婚

## 1. 신선의 금기

　류자쟈오(劉家峧)에는 두 명의 신선이 살고 있는데, 인근 마을에서 모르는 사람이 없다. 한 사람은 앞마을에 사는 이제갈(二諸葛)이고, 다른 한 사람은 뒷마을에 사는 삼선고(三仙姑)이다. 원래 이름이 류슈더(劉修德)인 이제갈은 당시 장사를 했는데, 일거수일투족마다 음양팔괘(陰陽八卦)를 따지고 황도(黃道)와 흑도(黑道)를 살폈다. 삼선고는 뒷마을의 위푸(于福)라는 사람의 마누라인데, 매달 초하루와 보름만 되면 머리에 붉은 천을 뒤집어쓰고 흔들거리면서 천신(天神)으로 분장했다.

　이제갈의 금기는 '씨뿌리기에 마땅치 않아'라는 것이고, 삼선고의 금기는 '쌀이 썩는다'라는 것인데, 여기에는 다음의 두 가지 사연이 있다. 어느 해 봄에 큰 가뭄이 들었다가 음력 오월 초사흘이 되어서야 그런대로 제법 비가 내렸다. 그러자 초나흘에 사람들은 모두들 다투어 씨를 뿌리는데, 이제갈은 역서를 보고 손가락을 꼽아보더니 "오늘은 씨뿌리기에 마땅치 않아"라고 했다. 초닷새 날은 단오인데, 그는 해마다 단오날에는 아무 일도 하지 않았으며 씨를 뿌린 적도 없었다. 초엿새는 황도일(黃道) 길일인데 애석하게 도 땅이 말라버렸다. 비록 간신히 네 마지기의 땅에 씨를 뿌렸지 만, 반도 넘기지 못했다. 그 후로 보름이 되어 또 비가 내린 덕에 남들은 땅에서 김을 매는데, 이제갈은 두 아들을 데리고 패인 곳 을 메우고 있었다. 이웃에 사는 한 젊은이가 밥 먹을 때에 길거 리에서 이제갈을 만나 물었다. "영감님! 오늘은 씨뿌리기에 어떤 가요?" 그러자 이제갈은 그를 힐끗 쳐다보더니 고개를 획 돌리고 돌아가버렸다. 사람들이 '하하' 하고 크게 웃으면서 우스개 이야 기로 전해졌다.

삼선고에게는 샤오친(小芹)이라는 딸이 있다. 어느 날 진왕(金旺) 의 아버지가 삼선고에게 와서 진찰을 받았다. 삼선고는 향로가 놓 인 탁자 뒤에 앉아서 노래를 부르고, 진왕의 아버지는 그 탁자 앞 에 꿇어 앉아 듣고 있었다. 그 해 겨우 아홉 살이던 샤오친은 정 오 무렵이라 밥을 짓기 위해 쌀을 솥에 안치고는 엄마가 흥얼거 리는 소리에 빠져 탁자 앞에 서서 잠시 듣다가 그만 밥 짓는 것도 잊어버렸다. 잠시 후에 진왕의 아버지가 소변보러 나간 틈에 삼선 고가 샤오친에게 말했다. "어서 밥을 짓거라. 쌀 썩을라!" 그런데 뜻밖에도 이 말을 진왕의 아버지가 듣고는 돌아가서 전했다. 이후 로 우스개소릴 좋아하는 몇몇 사람들은 삼선고만 보면 일부러 다 른 사람에게 "쌀이 썩었어?"라고 물었다.

## 2. 삼선고의 내력

　삼선고에게 신이 내린 지는 장장 30년이나 되었다. 그때 겨우 열다섯 살이었던 삼선고는 위푸에게 막 시집 왔던 터였는데, 앞뒤 마을을 통틀어 제일 예쁜 새댁이었다. 위푸는 착실한 젊은이로 말이 별로 없었고, 죽어라 농사일만 할 뿐이었다. 위푸의 어머니는 일찍 돌아가시고 아버지만 혼자 계셨는데, 부자가 함께 일하러 나가면 집에는 새댁 한 사람만이 남게 되었다. 그러자 마을의 젊은 이들은 새댁이 너무 외롭다고 느껴서 한 명 두 명 제 발로 와서는 새댁과 어울리더니, 며칠이 채 되지 않아 한 무리가 모여들어 매일 웃고 떠들어대 꽤나 시끄러웠다. 위푸의 아버지는 같잖은 꼴에 하루는 화가 나서 한바탕 크게 꾸짖었다. 비록 외부 사람들은 못 오게 막았지만, 새댁이 오히려 소란을 피웠다. 새댁은 하룻낮, 하룻밤을 울더니, 머리도 안 빗고, 세수도 안 하고, 밥도 안 먹고, 자리에 누운 채 아무리 불러도 일어나지 않으니, 두 부자는 어쩔 도리가 없었다. 이웃집에 사는 한 노파가 새댁을 위해 무당을 불러다가 그녀 집에서 굿을 했는데, 삼선고가 그 무당을 따라 신이 들렸는지 내 신이 어쩌고저쩌고 하면서 혼자 흥얼거렸다. 이로부터 매달 초하루와 보름이 되면 신이 내렸고, 다른 사람들도 그녀에게 향을 피워 재물이나 병에 대한 점을 치니, 삼선고의 점 치는 탁자가 이때부터 마련되었던 것이다.

　청년들이 삼선고에게 가는 것은 점을 치러 간다기보다는 무당 모습을 보러 간다는 것이 더 맞는 말이다. 삼선고도 속으로 여러 젊은이들의 마음을 꿰뚫어 보고는 옷도 더 깔끔히 입고, 머리도 더 정갈하게 빗고, 장신구도 더 밝게 닦고, 분도 더 골고루 발라 청년들이 그녀를 따르지 않을 수 없게 만들었다.

이것은 30년 전의 일이다. 그때의 청년들은 지금은 이미 수염을 기르고, 집에서는 대부분 자식과 며느리를 거느리고 있다. 그래서 몇몇 늙은 홀아비들을 빼고는 거의 모두가 한가롭게 삼선고에게 가는 일이 없다. 하지만 삼선고는 보통 사람들과는 달랐다. 비록 나이는 벌써 마흔다섯이었지만 나이 먹어도 치장하기를 좋아했다. 그래서 작은 신발에 꽃을 수놓고 바짓가랑이에 테를 둘렀으며, 정수리의 머리가 몽땅 빠지자 검은 손수건으로 덮었다. 다만 안타깝게도 울퉁불퉁한 얼굴의 주름살에 분을 발라놓으니, 마치 노새 똥 위에 서리가 내린 것처럼 보였다.

오랫동안 친했던 사람들은 아무도 오지 않고, 몇몇 늙은 홀아비들로는 삼선고를 만족시킬 수가 없었다. 그런데 삼선고가 한 무리의 아이들을 모아놓고는 옛날에 친했던 그 사람들보다도 더 많이, 그리고 더 재미나게 놀아나는 것이었다.

삼선고가 무슨 재주가 있어서 이 청년들을 모이게 하겠는가? 이 비밀은 바로 그녀의 딸인 샤오친에게 있었다.

## 3. 샤오친

삼선고는 차례로 모두 여섯 아이를 낳았는데, 다섯은 일찍 하늘로 보내버리고 샤오친이라는 딸 하나만 남았다. 샤오친이 두세 살이 되었을 때 어찌나 영리하고 깜찍하던지, 삼선고의 친구들은 이 사람도 안아보고 '내 것'이라 하고, 저 사람도 안아보고 '내 것'이라 했다. 후에 샤오친이 대여섯 살이 되자 이게 좋은 말이 아니라는 것을 알고 삼선고는 샤오친에게 이렇게 가르쳤다. "누가 또 너에게 그렇게 말하거든 그 사람에게 '네 고모란다'라고 말하거라." 샤오친이 어머니가 시킨 대로 몇 번 말하자, 과연 다시는 그렇게 말하는 사람이 없어졌다.

샤오친은 올해 열여덟인데 마을의 호들갑 떠는 사람들은 그녀 어머니가 젊었을 때보다 훨씬 더 예쁘다고 말한다. 젊은 녀석들은 일이 있든 없든 언제나 샤오친과 말을 나눠보고 싶어했다. 샤오친이 빨래하러 가면 젊은이들도 금방 모두 빨래하러 가고, 샤오친이 산으로 나물 캐러 가면 젊은이들도 금방 캐러 갔다.

식사 때가 되면, 이웃 사람들은 밥그릇을 받쳐 들고 삼선고네 집으로 놀러가기를 좋아했다. 앞마을 사람들은 1리 길을 오가면서도 결코 멀다고 느끼지 않았다. 이것은 이미 30년 동안 늘 해오던 일이지만, 젊은 애들이 이렇게 열심인 것은 최근 이삼 년간의 일이다. 삼선고는 처음에는 자기에게 아직도 청년들을 호리는 재주가 있는 줄 알았는데, 시간이 흐르자 청년들이 결코 진정 자기한테 접근하는 것이 아니라는 걸 차츰 깨닫게 되었고, 사람들이

오는 까닭은 바로 샤오친 때문이라는 것을 알게 되었다.

그러나 샤오친은 오히려 삼선고와는 달랐다. 겉으로는 비록 남들과 떠들고 웃어댔지만 실제로는 남들과 함부로 굴지 않았다. 요 이삼 년간 샤오얼헤이와만 조금 사이가 좋았을 뿐이다. 재작년 여름, 어느 날 오전에 위푸는 일하러 밭에 나가고 삼선고는 마실을 간 바람에 집에는 샤오친 혼자만 남게 되었는데, 진왕이 와서 히죽거리면서 샤오친에게 집적거렸다.

"이번이야말로 기회라 할 수 있겠군?"

그러자 샤오친이 정색을 하며 말했다.

"진왕 오빠! 앞으로는 말 좀 점잖게 해요! 당신도 아내가 있는 어른이잖아요!"

진왕은 입을 삐죽거리며 말했다.

"에이! 내숭 떨기는? 샤오얼헤이가 오기만 하면 나긋나긋해지더라! 재미는 같이 봐야 탈이 없는 거야. 얌전한 고양이가 부뚜막에 먼저 오르는 법이지!"

이렇게 말하면서 진왕은 샤오친의 팔을 끌며 조용히 속삭였다.

"너무 빼지 마!"

그런데 뜻밖에 샤오친이 큰소리로 외쳤다.

"진왕!"

진왕은 급히 손을 놓고 달아나면서 투덜거렸다. "너 두고 보자!" 이렇게 말하면서 그는 살금살금 빠져나갔다.

## 4. 진왕 형제

진왕에 대해 말하자면, 류자쟈오에서 그를 미워하지 않는 사람이 없다. 단지 집안의 동생인 싱왕(興旺)이라는 자만이 그와 죽이 잘 맞았다.

진왕의 아버지는 비록 농사꾼이지만 류자쟈오에서는 호랑이와 같은 존재였다. 그는 수십 년간 마을의 조합장을 지내면서 사람을 묶고 때리는 것이 그의 장기다. 진왕은 나이 열일고여덟이 되자 그 아버지의 훌륭한 조수가 되었고, 싱왕도 그 호랑이에게 붙어먹는 것을 배웠다. 이때부터 진왕의 아버지는 묶어오고 싶은 사람이 있으면 자신이 직접 나설 필요가 없었다. 명령만 내리면 진왕과 싱왕이 알아서 대신 처리했다.

항전(抗戰) 초에는 매국노, 간첩, 패잔병, 지방의 비적(匪賊) 등이 도처에서 횡행했다. 그 당시 진왕의 아버지는 이미 죽었다. 진왕과 싱왕 두 형제는 패잔병들을 위해 지하활동을 하고 길 안내를 하고 사람을 인질로 잡아 값을 흥정하여 풀어주었으며, 무당노릇, 귀신노릇 등 별의별 짓을 다하면서 겉으로는 어느 쪽에나 좋은 사람인 양 꾸몄다. 나중에 팔로군(八路軍)이 와서 패잔병과 비적들을 소탕하자, 그들 두 사람은 다시 류자쟈오로 돌아왔다.

산골 사람들은 본래 담이 작은 편이어서, 몇 달 동안의 대혼란을 겪으면서 많은 사람이 죽자 더욱 앞에 나서려들지 않았다. 다른 큰 마을들은 모두 마을 사무소, 구제회, 무장위원회 등이 설립되었지만, 류자쟈오 마을만은 현청(懸廳)에서 파견되어 온 촌장 한 사람 외에는 아무도 간부를 맡으려 하지 않았다. 얼마 후 현청에서 류자쟈오에 사람을 파견하여 마을 간부를 뽑고자 하였다. 진왕과 싱왕 두 사람은 이거야말로 권력을 잡을 좋은 기회라 여겼고, 또 모두들 누군가가 일을 맡아 해주기를 몹시 바라던 터였다. 그래서 싱왕을 무장위원회 주임으로, 진왕을 촌정위원(村政委員)으로 선출했다. 진왕의 마누라도 부녀구국회 주석으로 선출되었고, 그 밖의 간부들은 몇몇 늙은이들을 억지로 끌어다가 충당했다. 다만 청년항일선봉대 대장만은 늙은이로 채울 수 없었다. 그래서 싱왕이 샤오얼헤이란 아이가 반듯하게 생기고 잘 노는 것을 보고는 되는 대로 그 애 이름을 들먹이자 그대로 통과되고 말았다. 그의 아버지 이제갈은 원치 않았지만, 진왕의 성질을 건드릴 수 없어 아무 말도 하지 못했다.

촌장은 외지인이라 마을 사정에 대해 썩 잘 알지는 못했다. 그래서 이때부터 진왕과 싱왕은 전보다 더 지독해져서, 촌장 한 사람을 속이기만 하면 마을사람들은 누구나 두 사람이 시키는 대로 해야만 했다. 요 몇 년 동안 마을의 다른 간부들은 몇 명이 바뀌었지만, 이들 두 사람의 천하는 오히려 철통처럼 끄떡없었다. 마을 사람들이 이들 두 사람에 대해 비록 원한이 뼈에 사무쳐 있었지만 입도 뻥끗 못하였으며, 그들을 거꾸러뜨리지 못하면 자신들만 당할 거라고 두려워했다.

## 5. 샤오얼헤이

샤오얼헤이는 이제갈의 둘째 아들인데, 언젠가 일본군의 소탕에 맞서 싸우다가 두 명의 적을 죽이고 특등 사수의 영예를 안은 적이 있다. 그가 잘생긴 것을 말하자면, 류자쟈오에서만 유명한 게 아니었다. 매년 정월에는 마을에서 연극을 공연하였는데, 어느 마을에 가든지 아녀자들의 눈길은 모두 그를 따라다녔다.

샤오얼헤이는 학교에는 다닌 적이 없고 다만 아버지한테 몇 글자를 배웠을 따름이었다. 그가 여섯 살 때 아버지가 그에게 글자를 가르쳤는데, 글 배우는 책들은 오경, 사서가 아니고, 상식 국어도 아니며, 천간(天干), 지지(地支), 오행(五行), 팔괘(八卦), 64괘명(六十四卦名) 등으로부터, 나아가 백중경(百中經), 옥갑기(玉匣記), 증산복역(增刪卜易), 마의신상(麻衣神相), 기문둔갑(奇門遁甲), 음양택(陰陽宅) 등의 책들을 배웠다. 샤오얼헤이는 어릴 적부터 총명해서 띠를 따지거나 육임(六壬, 골패 등으로 길흉을 점치는 방법)을 보거나, 일 년 운수보기나 갑자을축해중금(甲子乙丑海中金) 등의 구결(口訣)을 며칠 만에 줄줄 외웠다. 그래서 이제갈도 자주 그를 사람들 앞으로 끌어내 자랑하였다. 그가 영리하고 귀엽게 생겼기 때문에 어른들까지도 그와 놀기를 좋아했다. 한 사람이 "얼헤이, 열 살이면 무슨 띠인지 맞춰봐라!"라고 하면, 다른 사람이 "얼헤이, 내 점 한 번 쳐봐라!"라고 했다. 나중에 이제갈이 "씨뿌리기에 마땅치 않아"라고 하여 농사를 망치는 바람에, 그의 마누라도 그를 원망했고, 다헤이(大黑)도 원망했으며, 마을 사람들에게도 우스갯거리로 전해져서, 샤오얼헤이마저도 이 일 때문에 놀림을 많이 받았다. 그 당시 샤오얼헤이는 열세 살이어서 이미 좋고 나쁜 것을 알 만한 나이였다. 그렇지만 어른들은 여전히 그를 어린 아이로 여겨 놀려댔는데, 이제갈과 농담을 주고받는 사람들은 그의 집에 오기만 하면 늘 이제갈을 마주한 채 샤오얼헤이에게 물었다. "얼헤이! 오늘은 씨뿌리기에 마땅한지 점 쳐볼래?" 샤오얼헤이 또래의 아이들은 샤오얼헤이에게 화가 나면 "씨뿌리기에 마땅치 않아. 씨뿌리기에 마땅치 않아……"라고 연거푸 소리쳐댔다. 샤오얼헤이는 이 일 때문에 몇 달이나 사람만 보면 피해 달아났다. 이때부터 그의 어머니와 의논해 뜻을 모아, 더 이상 아버지의 팔괘 따윈 믿지 않기로 했다.

샤오얼헤이와 샤오친이 서로 좋아한 지는 벌써 이삼 년이나 되었다. 그때 그의 나이 열여섯이었는데, 긴 겨울밤 일 없이 한가한 사람들을 따라 삼선고네 집에 모여 떠들고 놀다가, 후에 샤오친과 친해져서 하루라도 안 보면 안 되는 사이가 되었다. 뒷마을 사람 중에 샤오얼헤이와 샤오친을 위해 중매 서겠다는 사람이 있었지만 이제갈이 원치 않았다. 원치 않는 이유는 세 가지였다. 첫째는 샤오얼헤이는 오행이 금명($金命$)이고 샤오친은 화명($火命$)이어서 화와 금은 상극이라는 것이고, 둘째는 샤오친이 액운이 낀 10월에 태어났다는 것이며, 셋째는 삼선고에 대한 평판이 좋지 않기 때문이었다. 이때 마침 장더부($彰德府$)에서 한 떼의 난민이 몰려 왔다. 그 중에 이($李$)씨라는 사람이 데려온 여덟아홉 살 먹은 계집애가 있었는데, 먹을거리가 없어 남의 집에 보내 목숨이나마 부지하게 하려고 하였다. 이제갈은 손해볼 게 없다고 여기고는 먼저 그 아이의 팔자(八字)를 묻고 나서 한참이나 따져보더니 "인연만 있으면 천 리 밖에서도 맺어진다"라고 말하고 곧장 샤오얼헤이를 위해 민며느리로 거둬들였다.

비록 이제갈은 말할 수 없이 딱 어울린다고 했지만, 샤오얼헤이는 인정하려들지 않았다. 부자간에 며칠이나 말다툼이 있었지만, 결국 이제갈이 맡아 기르지 않으면 안 되었다. 샤오얼헤이는 "기르고 싶으면 아버지가 기르세요. 아무튼 난 필요 없어요!"라고 말했다. 결국 어린 여자아이를 집에 남겨두게 되었지만, 어떤 관계가 될지 끝내 명확히 결말짓지 못했다.


## 6. 투쟁회


진왕은 샤오친에게 거절당한 이후 매일 그녀에게 원한을 품고서, 어떻게든 복수를 꾸미고 있었다. 한번은 무장위원회가 촌간부들을 훈련시키는 일이 있었는데, 이때 마침 샤오얼헤이가 학질에 걸려 가지 못했다. 훈련이 끝난 후에 진왕이 싱왕에게 말했다.

"샤오얼헤이가 꾀병을 부리는데, 사실은 샤오친의 꾐을 받은 거야. 한 번 혼내줘야겠어!"

무장위원회 주임인 싱왕 역시 언젠가 샤오친에게 거절당한 적이 있는지라 진왕의 의견에 적극 찬성했다. 게다가 또 진왕에게 돌아가서 그의 마누라에게 말해 부녀구국회에서도 샤오친을 한바탕 혼내주라고 시켰다. 현재 부녀구국회 주석인 진왕의 마누라는 진왕이 샤오친에게 자주 가는 것을 알고 있던 터라 진즉부터 샤오친을 몹시 미워하고 있었다. 그런데 지금 진왕이 그녀에게 샤오친을 혼내주라고 하니, 이것이야말로 절호의 기회라고 여겨 하던 일도 제쳐놓고 곧바로 일을 꾸미기 시작했다. 이튿날 마을에서는 두 개의 투쟁회가 열렸는데, 하나는 무장위원회가 샤오얼헤이를 비판하는 것이고, 다른 하나는 부녀구국회가 샤오친을 비판하는 것이었다.

샤오얼헤이는 잘못이 없었으므로 당연히 자기 잘못을 인정치 않은 채 자기 입장을 끝까지 굽히지 않았다. 그러자 싱왕은 그를 묶어 정권기관(政權機關)에 넘겨 처리하라고 명령을 내렸다. 다행히 촌장이 머리가 똑똑한 사람인지라 싱왕에게 이렇게 권했다.

"샤오얼헤이가 학질을 앓았던 것은 사실이고, 꾀병이 아니오. 남과 연애하는 건 법을 어긴 게 아니니 묶어서는 안 되오."

싱왕이 말했다.

"그는 이미 여자가 있는 사람이오."

그러자 촌장이 말했다.

"마을에서 샤오얼헤이가 그의 민며느리를 인정치 않는다는 것을 모르는 사람이 없소. 그가 인정하지 않는 것은 옳은 일이요. 남자가 열여섯을 넘지 않고 여자가 열다섯을 넘지 않으면 정혼할 수 있는 나이가 못 됩니다. 열 살이 채 안된 여자 아이도 커서 이일을 인정치 않을 것이요. 샤오얼헤이는 남과 연애할 자격이 충분히 있어요. 아무도 간섭해서는 안 되오."

싱왕은 할 말이 없었다. 샤오얼헤이가 도리어 이렇게 물었다.

"까닭 없이 사람을 묶어 가는 것은 법을 어기는 게 아닙니까?"

촌장이 쌍방의 화해를 권한 다음에야 일이 마무리되었다.

싱왕이 아직 마을 사무소를 떠나기 전인데, 샤오친이 부녀구국회 주석을 잡아끌고서 촌장을 찾아왔다. 그녀는 문에 들어서자마자 이렇게 말했다.

"촌장어른! 도둑을 잡으려면 장물이 있어야 하고, 간통한 놈을 잡으려면 상대가 있어야 합니다. 부녀구국회 주석 자리에 있으면 이치를 따지지 않아도 된답니까?"

싱왕은 진왕의 마누라가 끌려온 것을 보더니, 이 일이 자기와 관계있다고 그녀가 말할까봐 얼른 자리를 빠져나갔다. 나중에 촌장은 사연을 다 묻고 나서 한바탕 입씨름을 하고서야 그녀들을 화해시켰다.


## 7. 삼선고가 결혼을 허락하다

두 개의 투쟁회가 열린 이후, 일은 감추려 해도 감출 수 없게 되었다. 샤오얼헤이도 이 일이 합리적이고 또 합법적이라는 것을 알게 된지라 아예 샤오친과 터놓고 의논하였다.

그러자 삼선고가 도리어 다급해졌다. 그녀와 샤오친은 모녀간이긴 하지만, 요 몇 년간 사이가 좋지 않았다. 삼선고가 좋아하는 것은 청년들이지만, 청년들이 좋아하는 사람은 샤오친이었다. 샤오얼헤이라는 아이는 삼선고가 보기에 신선한 과일 같은 존재인데, 샤오친이 붙어있는 바람에 자기 몫이 없어진 셈이었다. 그래서 짝을 찾아 집에서 밀어내려고 했지만, 자기에 대한 평판이 좋이 않아 그녀와 사돈 맺기를 원하는 이가 없었다. 투쟁회가 끝난 다음에 샤오얼헤이와 샤오친이 자유결혼한다는 소문이 나돌았다. 정말 그렇게 되면 앞으로는 샤오얼헤이와 농담도 주고받지 못하게 된다고 생각하니, 이 얼마나 안타까운 일인가? 그래서 이집 저집 돌아다니면서 샤오친의 짝을 구해달라고 부탁했다.

'병사를 모으는 모병기(募兵旗)를 꽂으면, 식량을 먹으러 응하는 사람이 있는 법'이다. 우(吳) 선생이라는 자는 옌시산(閻錫山, 중국의 군벌 정치가) 아래에서 여단장을 지낸 퇴역군관인데, 돈이 많은 부자에 아내를 여읜 지 얼마 되지 않았다. 그는 삼신할미사당의 제사에서 그녀 얼굴을 한 번 보고는 재취로 맞아들이고자 했다. 중매쟁이가 삼선고에게 말하자 삼선고는 물론 찬성이었다. 며칠이 안돼 예단 목록이 오면서 혼인이 결정되자, 삼선고는 한시름 놓았다고 생각했다.

샤오친은 이미 샤오얼헤이와 얘기가 거의 다 되어가던 터였으니, 어찌 어머니 말을 들으려 하겠는가? 예단 목록이 오던 그 날 샤오친은 어머니와 다투었고, 우 선생이 보내온 장신구와 비단 등을 땅에 내동댕이쳤다. 중매쟁이가 떠난 후 샤오친은 어머니에게 말했다.

"난 상관하지 않겠어요! 남의 물건을 받은 사람이 그 사람에게 가요!"

삼선고는 시름이 깊어졌다. 한나절을 자고 저녁밥을 먹은 뒤, 신이 내렸다면서 하품을 두어 번 하더니 노래를 부르기 시작했다. 그녀는 처음에는 위푸가 집안을 제대로 다스리지 못한다고 책망하고, 나중에는 샤오친과 우 선생은 전생의 인연이라 하더니, '전생의 인연은 하늘이 정한 것이니, 하늘의 뜻을 따르지 않으면 살아날 수 없으리 ……'라는 따위의 노래를 불렀다. 위푸는 땅바닥에 꿇어앉아 신께 샤오친을 한바탕 야단쳐달라고 애걸했다. 이 말을 듣던 샤오친은 신들린 체 행동하는 어머니와는 아무 말도 할 수 없다는 것을 알고, 아예 자리를 피해 그녀 어머니 혼자 멋대로 지껄이게 내버려두었다.

샤오친은 혼자서 살그머니 앞마을로 샤오얼헤이를 찾아가다가, 마침 길에서 그녀를 찾아오던 샤오얼헤이를 만났다. 두 사람은 손을 잡고 남몰래 땅굴로 들어가 삼선고에 대처할 방법을 의논했다.


## 8. 둘을 잡다


샤오친은 그녀의 어머니가 어떻게 혼사를 주관하고 어떻게 신들린 체하고 무엇을 노래했는지 처음부터 끝까지 자세하게 샤오얼헤이에게 말해 주었다. 그러자 샤오얼헤이가 말했다.

"네 어머니를 상대할 필요 없어! 내가 구청의 동지에게 알아봤는데, 남녀 본인이 원하기만 하면 구청에 가서 등록할 수가 있대.

어느 누구도 다른 사람이 마음대로 결정할 수 없대."

이렇게 말하고 있는데 밖에서 발자국 소리가 났다. 샤오얼헤이가 머리를 뻗어 내다보니, 검은 그림자 속에 네다섯 명이 서 있었다. 그 중의 한 사람이 말했다.

"둘 다 잡아!"

두 사람은 진왕의 목소리임을 알았다. 샤오얼헤이가 화가 나서 큰소리로 외쳤다.

"잡는다고? 법을 어기지도 않았는데!"

싱왕도 와서 명령을 내렸다.

"잡아라, 붙잡아! 네가 법을 어기는지 어쩌는지 보았지. 너 때문에 여러 날 애를 태웠다!"

샤오얼헤이가 말했다.

"네가 가자는 데로 가마. 변구정부(邊區政府)에 가면 너도 날 어쩌지 못할 거야! 가자!"

싱왕이 말했다.

"가자고? 네 맘대로! 저 놈을 묶어라!"

샤오얼헤이는 잠시 몸부림을 쳤으나, 여러 사람이 합세하는 통에 끝내 묶이고 말았다. 싱왕이 말했다. "안에 계집애가 또 있어! 그 애도 묶어라! 간통한 놈을 잡으려면 상대가 필요하다고 제 입으로 말했어!" 이리하여 샤오친도 묶였다.

앞마을 사람들은 아직 잠들기 전인지라 사람들의 다투는 소리를 들었다. 그중 몇몇 사람이 뛰어나와 삼대를 묶어 만든 횃불 아래에 묶여있는 두 사람을 보았다. 사람들은 묻지 않고도 대강의

사정을 알아챘다. 이제갈도 나와 샤오얼헤이가 묶여있는 것을 보고는 싱왕의 면전에 무릎을 꿇은 채 애걸하였다.

"싱왕! 우리 두 집 사이에는 아무런 원한이 없어요! 이 늙은이 얼굴을 봐서 여러 어른들께서……."

싱왕이 말했다.

"이 일은 우리가 관여할 수 없으니 상급 기관에 보내놓고 봅시다!"

샤오얼헤이가 말했다.

"아버지! 괜찮아요. 어디로 가든 법을 어기지 않았으니 두려울 게 없어요!"

싱왕이 말했다.

"네 이 놈! 버틸 테면 끝까지 버텨봐라!" 그리고는 세 명의 민병에게 다그쳐 말했다.

"그놈들을 데리고 가!"

그러자 민병 한 명이 물었다.

"마을 사무소로 데려갈까요?"

싱왕이 말했다.

"마을 사무소로 가봐야 뭘 하겠어? 지난번에 촌장이 풀어주지 않았나? 구의 무장위원회 주임에게 보내 군법으로 처리해야지!"

이렇게 말하면서 그들 두 사람을 에워싸고 갔다.

## 9. 이제갈의 점괘

이웃 사람들은 싱왕 형제들이 사람을 묶는 것을 보고서도 아무도 샤오얼헤이를 위해 말해줄 엄두를 못 내다가 그들이 떠난 뒤에야 이제갈을 불러냈다.

이제갈은 연신 고개를 흔들며 말했다.

"에이! 요 며칠 사이에 일이 터질 줄 알았어! 그저께 아침에 밭에 가다가 고개에 이르러서 당나귀를 탄 아낙네와 마주쳤는데, 상복을 입고 있더라구. 그래서 재수 없다는 것을 난 알았지. 내가 올해 나후성(羅睺星)이 비치는 운세거든! 상복을 입은 사람이 운세를 망칠까봐 어디고 함부로 가지 않았는데, 피하려 해도 피할 수 없다는 것을 누가 알았겠는가? 어제 저녁에 사당에서 노래하는 걸 얼헤이 엄마가 꿈에서 봤지. 그런데 또 오늘 아침에는 까마귀 한 마리가 동쪽 집채에 내려와 십여 차례 울더라구 …… 에잇! 아무튼 시운은 피하려고 해도 피할 수가 없는 것이야!"

그가 한바탕 중얼중얼 읊조리는 소리를 듣기 지겨워, 이웃사람들은 잠시 달래고는 모두 흩어졌다.

걱정거리가 있는 사람이 어찌 잠을 이룰 수 있겠는가? 사람들이 흩어진 후에 이제갈의 집에서는 민며느리를 빼고 세 사람은 아무도 잠을 이루지 못했다. 이제갈은 얼굴을 쓰다듬더니, 동전 세 개를 꺼내 점을 쳤다. 점을 치고 나더니 그의 안색은 놀라서 흙빛이 되었다. 그는 말했다.

"야단났군, 야단났어! 축토(丑土)의 부모가 오화(午火)의 관귀(官

鬼)를 건드렸어. 화(火)가 여름보다 성하니 아무래도 위험할 것 같구나! 에이! 사람들이 그 애를 청년대장으로 뽑았을 때 내가 맡지 말라고 했는데, 썩을 놈이 억지로 사람의 머릿수를 채운다고 하더니만! 군법에 의해 처리된다고 하던데, 대장을 맡지 않았으면 군법을 어길 일이 있었겠어?"

그의 마누라도 손뼉을 치고 발을 동동 구르며 말했다.

"아이고 아버지! 네가 이런 큰일을 벌일 줄 누가 알았겠니?"

다헤이가 말했다.

"걱정 마세요! 일은 이미 벌어졌으니 그에게 맡겨야지요! 이 일이 목숨과 관련된 사건도 아니고, 또 무슨 엄청난 죄를 지은 것도 아니잖아요? 그들이 구(區)로 보냈으니 제가 우선 구로 가서 알아볼게요. 모두들 주무세요!" 이렇게 말하면서 등롱에 불을 밝혀 나갔다.

이제갈은 다헤이를 내보낸 뒤에도 여전히 고개를 숙인 채 방금 친 그 점괘를 골똘히 연구하고 있었다. 잠시 후에 멀리서 어떤 여인의 울음소리가 들려오더니 울음소리가 점점 가까워졌다. 얼마 후에 누군가 창 밑에까지 오더니 문을 밀고는 곧장 들어오는 것이었다. 이제갈이 채 누군지도 파악하지 못했는데, 이 여인이 덥석 그를 붙들고서 울면서 소리쳤다.

"류슈더! 내 딸을 내놔! 네 아들놈이 내 딸을 꾀어 어디로 데려갔어? 내 놔!"

이때 이제갈의 마누라는 화가 머리끝까지 치밀어 있는 참이었는데, 들어온 자가 삼선고라는 것을 알고는 더욱 화가 치밀어 온

돌에서 뛰어내려와 그녀를 잡아당기며 말했다.

"너 잘 왔다. 널 찾아가는 수고를 덜게 되었구나! 네 모녀 두 년이 멀쩡한 내 아들을 꾀어 망쳐놓고는 무슨 낯짝으로 날 찾아 와! 우리 둘도 구청에 가서 따져보자!"

두 여인이 한데 엉키자 이제갈 혼자서는 말릴 수가 없었고, 또 그의 점괘도 더 이상 연구할 수 없게 되었다. 삼선고는 이제갈의 마누라가 목숨을 내놓고 덤비는 것을 보고는 먼저 겁이 덜컥 나서 싸울 생각이 달아나버렸다. 그래서 잠시 소란을 피우다가 슬그머니 빠져 나오고 말았다. 대문까지 쫓아온 이제갈의 마누라는 이제갈에게 가로막히긴 했지만, 그래도 그치지 않고 욕을 퍼부어 댔다.

### 10. 은혜를 베풀어주시오

이제갈은 밤새 한숨도 잠을 자지 못한 채 같은 말만 되풀이 중얼거렸다.

"다헤이 이 녀석이 왜 아직까지 안 돌아오지? 왜 안 돌아오는 거야 ……."

이튿날 날이 채 밝기도 전에 그는 구로 떠났다. 반쯤 가는 중에 멀리 바라보니, 다헤이와 민병 세 명이 돌아오고, 또 구의 보조원과 통신원도 와 있었다. 그는 멀리서 고함을 질렀다.

"다헤이야! 어떻게 됐어? 괜찮대?"

다헤이가 대답했다.

"아무 일 없어요! 걱정 마세요!" 이렇게 말하면서 그가 앞으로 다가왔다. 보조원과 민병 세 사람은 먼저 떠났다. 다헤이는 통신원에게 말했다.

"이 분이 바로 제 아버지입니다." 그리고는 다시 이제갈을 향해 말했다.

"구에서 아버지와 위푸댁 아주머니에게 알려드리라고 했어요. 가보세요. 아무 일도 없어요! 얼헤이와 샤오친 두 사람은 구에 가자마자 곧 풀려났어요. 구에서는 벌써부터 싱왕과 진왕 두 사람이 못된 놈들이라는 소리를 듣고는 그 둘을 구금시켰어요. 그리고 보조원을 우리 마을에 파견하여 회의를 열어서 그들이 저지른 흉악무도한 행위에 대한 증거를 조사하게 했어요. 저는 그곳 사람들에게 급히 가서 물어봐야 해요. 듣자 하니 구에서 얼헤이와 샤오친의 결혼을 허락했대요."

이제갈이 말했다.

"죄를 짓지 않은 건 좋지만, 결혼은 안 돼. 궁합이 맞지 않아! 나에게 뭘 하라고 알려주는 말은 없더냐?"

다헤이가 말했다.

"모르겠어요. 아마 큰일은 없을 거예요. 어서 가보세요. 전 먼저 돌아가 어머니께 알려드릴게요."

통신원이 말했다.

"어르신! 이렇게 만나 뵙게 되었네요. 어서 가보세요. 저는 또 다른 사람에게 전하러 가야겠어요." 말을 마치자 그는 다헤이를 따라 함께 가버렸다.

이제갈이 구에 도착하니 샤오얼헤이와 샤오친이 긴 걸상 위에 앉아 있는 것이 보였다. 이제길은 샤오얼헤이를 가리키며 꾸짖었다.

"말썽꾸러기 같으니라구! 풀려났으면 어서 돌아가지 않고? 애비를 놀라 죽일 뻔하다니! 못난 놈!"

구장이 말했다.

"무엇 하는 짓이오? 구 사무실이 사람 욕하는 곳이오?"

이제갈은 입을 다물었다. 구장이 물었다. "당신이 류슈더요?"

이제갈이 대답했다. "네!"

"당신이 류얼헤이에게 민며느리를 맞아주었소?"

"예!"

"올해 몇 살이오?"

"원숭이 띠니까 열두 살이지요."

"여자가 열다섯을 넘지 못하면 정혼할 수 없소. 그 애를 제 친정으로 돌려보내시오. 류얼헤이는 이미 샤오친과 정혼했소!"

"그 애는 애비만 있는데, 어디로 피난 갔는지 모르니 돌려보내고 싶어도 보낼 곳이 없어요. 여자가 열다섯이 넘지 못하면 정혼할 수 없다지만, 그건 어디까지나 관청에서 정한 규정일 뿐, 사실 시골에서는 일고여덟 살에 정혼한 사람도 많아요. 구장님께서 은혜를 베푸시어 봐주십 ……."

"불법적인 정혼은 한쪽에서 원치 않으면 죄다 물려야 합니다!"

"이건 두 집에서 모두 원하는 거예요."

구장이 샤오얼헤이에게 물었다. "류얼헤이! 자네도 원하는 가?"

샤오얼헤이가 말했다. "원치 않습니다."

이제갈은 화가 다시 치밀어 올라 샤오얼헤이를 부릅뜬 눈으로 째려보면서 말했다.

"네 맘대로?"

구장이 말했다. "그의 정혼을 그 사람 뜻이 아니라 당신 마음 대로 하려고? 영감님, 지금은 혼인을 당사자가 결정하는 시대에 요. 당신이 마음대로 할 수 없어요! 당신이 집에서 키우는 어린 여자애가 정말로 제 집이 없다면 당신 딸로 삼으면 좋겠소!"

이제갈이 말했다.

"그것도 좋지만, 구장님께서 은혜를 베풀어 주십시오. 그 애와 위푸의 딸은 정혼해선 안 됩니다!"

구장이 말했다.

"그건 당신이 관여할 수가 없소!"

이제갈은 다급해져 말했다.

"제발 구장님께서 은혜를 베풀어 주십시오. 궁합이 맞지 않아 요. 이건 평생의 일입니다." 이어 또 샤오얼헤이에게 말했다.

"얼헤이야! 어리석은 짓 하지 마라! 이건 네 평생의 일이야!"

구장이 말했다.

"영감! 당신이야말로 어리석은 짓 그만하시오. 열아홉 살 된 아이에게 억지로 열두 살짜리 여자아이를 아내로 맞게 한다면 아 마 한평생 화를 낼 거요! 나는 단지 당신에게 권할 뿐이오. 사실

두 사람이 원하기만 하면, 당신이 원하든 말든 아무 상관이 없어요. 돌아가시오! 민며느리를 돌려보낼 곳이 없으면 당신 딸로 삼으시고!"

이제갈은 그래도 구장에게 은혜를 베푸시라고 통사정했다. 통신원 한 사람이 그를 밖으로 밀어냈다.


## 11. 삼선고를 보라


삼선고가 이제갈을 찾아갔던 것은 첫째는 화가 났다는 본때를 한번 보이기 위함이었고, 둘째는 외부 사람들의 이목을 막기 위함이었다. 사실 샤오친이 고생하는 것이 그녀로서는 몹시 기뻤기 때문에, 이제갈의 마누라와 한바탕 싸우고 난 후 돌아오자마자 잠이 들었다. 이튿날 아침, 그녀는 느지막이 일어났다. 위푸는 그녀보다 더 조급했지만, 자기에게 무슨 뾰족한 수가 있는 것도 아니고 또 그녀를 깨울 수도 없어 먼저 밥을 짓는 수밖에 없었다. 밥이 거의 되어갈 쯤에 삼선고가 천천히 일어나서 머리를 빗고 화장을 하였다. 위푸가 그녀에게 물었다.

"샤오친이 어떻게 됐나 알아보러 안 가나?"

"알아보면 뭘 해요? 그 애 재주가 얼마나 좋은데?"

위푸는 더 이상 아무 말도 못한 채 밥과 반찬을 화롯가에 놓아두고는 그녀가 화장을 마칠 때까지 기다렸다가 밥을 먹기 시작했다.

식사를 마치기도 전에 구의 통신원이 그녀에게 소식을 전하러 왔다. 그녀는 의기양양하게 목청을 길게 뽑으면서 말했다.

"딸이 나이 먹으면 우리 말을 듣나요? 구장더러 우리 대신 그 애 버릇 좀 고쳐달라고 하세요!"

그녀는 밥을 다 먹고 나더니 새 옷, 새 머릿수건, 수를 놓은 꽃신, 테 두른 바지 등으로 갈아입고 한바탕 분을 바르고 장신구를 몇 개 꽂은 후, 위푸에게 당나귀를 준비시켜 당나귀에 올라탔다. 위푸는 당나귀를 몰고 구로 향했다.

구에 도착하자 통신원이 그녀를 구장의 방으로 데려갔다. 그녀는 넙죽 엎드리더니 머리를 땅에 조아리고 연신 소리쳤다.

"구장 어른, 잘 처리해 주십시오!"

이때 마침 탁자에 엎드려 글을 쓰고 있던 구장은 고개를 숙인 채 땅바닥에 꿇어앉아 있는 그녀의 머리에 온통 은으로 된 장식이 꽂혀 있는 걸 보고서, 이틀 전에 시어머니와 다투던 그 젊은 며느리인 줄 알고 말했다.

"네 시어머니는 보증인이 있지 않느냐? 왜 보증인을 데려오지 않았느냐?"

삼선고는 어리둥절하며 머리를 들어 구장의 얼굴을 빤히 쳐다보았다. 구장은 분을 바른 할머니인 것을 알고서 그제서야 사람을 잘못 보았다는 사실을 깨달았다. 통신원이 말했다.

"사람을 잘못 보셨습니다! 이 사람이 바로 위샤오친의 어머니입니다."

구장은 그녀를 다시 한번 힐끗 보더니 말했다.

"당신이 바로 샤오친의 어머니요? 일어나시오! 속임수 쓸 생각은 아예 마시오! 나는 모든 걸 다 알고 있소! 일어나시오!"

삼선고가 일어서자 구장이 물었다.

"당신 올해 나이가 몇이오?"

"마흔다섯이에요."

"당신 스스로 화장한 당신 모습이 사람꼴인지 아닌지 보시오."

문가에 서 있던 열 살이 채 안 된 시골 계집애가 킬킬 웃어댔다. 통신원이 말했다.

"밖에 나가 놀아라!"

계집애가 뛰어나갔다. 구장이 물었다.

"당신 신이 들렸다는데, 그렇소?"

삼선고는 감히 대답하지 못했다. 구장이 다시 물었다.

"당신 딸이 시집 갈 상대를 정했다면서요?"

"정했어요!"

"얼마나 돈을 받았어요?"

"삼천오백이요."

"또 무얼 받았소?"

"장신구와 옷감이요!"

"당신 딸하고 상의했소?"

"아니요!"

"당신 딸이 원합니까?"

"모르겠어요!"

"내가 딸을 불러올 테니 당신이 직접 물어보시오!" 그리고는 통신원에게 말했다.

"가서 위샤오친을 불러와요!"

방금 뛰어나갔던 그 계집애가 밖으로 뛰어나가더니 고소하러 온 할머니가 마흔다섯인데 분을 바르고 꽃신을 신었다고 떠들어 댔다. 이웃의 여인들이 모두가 달려와 뜰의 절반이나 북적거리면 서 쉴 새 없이 소곤거렸다.

"저것 좀 봐! 나이가 마흔다섯이래!"

"어머, 저 바지통 봐!"

"저 신발 좀 봐!"

삼선고는 평생 얼굴을 붉혀본 적이 없었는데, 이번만큼은 부끄 러움을 참을 수 없었다. 한 줄기 뜨거운 땀이 얼굴에 흘러내렸다. 통신원이 샤오친을 데리고 오자 짐짓 이렇게 말했다.

"뭘 봐? 사람 처음 봐? 비켜!"

한 떼의 여인들이 '하하' 크게 웃어댔다.

샤오친이 불려오자 구장이 말했다.

"당신 딸이 원하는지 어떤지 당신이 물어보시오!"

삼선고는 마당 안의 사람들이 "마흔다섯이래", "꽃신을 신었 네"라고 비웃는 소리에 너무나 부끄러워 땀만 연신 닦느라고 입 을 열 수가 없었다. 마당 안의 사람들이 갑자기 화제를 바꾸고 는 "저 아이가 저 사람의 딸이래", "딸은 엄마만큼 화장할 줄 모 르네!"라고 말했고, 또 어떤 사람은 "듣자 하니 신을 내릴 줄 안 대!"라고 말하기도 하고, 또 내막을 잘 아는 사람이 있어 떠듬떠 듬 '쌀이 썩는다'는 이야기를 하기도 했다. 이때 삼선고는 머리를 처박고 죽고 싶은 마음뿐이었다.

구장이 말했다.

"당신이 묻지 않으니 내가 대신 묻겠소! 위샤오친, 네 어머니가 네 결혼상대를 정했다는데, 그 사람에게 시집가기를 원하느냐?"

샤오친이 말했다.

"원치 않아요, 저는! 그 사람이 누군지도 알고요."

구장이 삼선고에게 말했다.

"당신 들었지요?" 그리고는 그녀에게 혼인은 당사자가 결정한다는 법령을 설명하고 샤오친과 샤오얼헤이의 정혼은 완전히 합법이라는 것을 얘기해 주었다. 그리고 그녀에게 우씨 집에서 보내온 돈과 물건을 원상대로 돌려보내도록 하고, 샤오친과 샤오얼헤이를 결혼시키라고 명령했다. 그녀는 부끄러움 속에서 일일이 그렇게 하겠노라 대답했다.


## 12. 결말은 어찌 됐나?


류자샤오로 돌아온 세 사람의 민병이 구에서 싱왕과 진왕 두 사람을 구금시켰고, 또 보조원을 파견하여 그들의 죄악을 다 조사한다고 말하자, 사람들은 모두 손뼉을 치면서 환성을 질렀다. 점심 식사가 끝난 뒤, 사당에서는 군중대회가 열렸다. 촌장은 개회의 취지를 보고하고서 사람들에게 그들 두 사람의 악행을 말해보라고 했다. 처음에는 사람들이 그들을 거꾸러뜨리지 못하면 돌아와 보복할까 두려워서 한참 동안 말하는 사람이 없었다. 몇몇 겁이 많은 사람들은 남들에게 몰래 말했다.

"참는 사람이 마음 편한 법이야." 그런데 그들 두 사람에게 몹시 짓밟혔던 한 젊은이가 말했다.

"전에는 참지 않았나요? 참으면 참을수록 더욱 무사하지 못했어요. 당신들이 말을 하지 않는다면 내가 말하지요!"

그는 먼저 진왕이 비적들을 데리고 자기 집에 와서 납치해간 일로부터 연이어 네댓 가지를 이야기하고서 말했다.

"나는 좀 쉬었다가 이따 할 테니, 먼저 다른 사람이 몇 가지 말하세요!"

그가 말문을 트자 해를 입었던 수많은 사람들이 다투어 이야기하기 시작했다. 이 중에는 그들에게 돈을 쓴 사람도 있고, 그들의 핍박으로 목을 맨 사람도 있으며, 또 그들에게 재산을 빼앗긴 사람도 있고, 마누라가 그들에게 강간당한 사람도 있었다. 그들 두 사람은 또 민병을 보내 자기네들의 땔감을 베게 하였고, 백성을 동원해 자기네 땅을 갈게 하였다. 또한 곡식을 규정보다 많이 거둬들였고, 사사로이 분담금을 물리고 민병에게 사람을 잡아오도록 강요했다. …… 이렇게 너 한 마디 나 한 마디씩 하다 보니 한낮부터 해질녘까지 모두 오륙십 가지나 되었다.

구에서는 이러한 죄상들을 근거로 해서 두 사람을 현으로 압송했다. 현에서는 이 죄상들을 하나하나 입증한 후, 그들에게 손해를 배상하게 하는 것 외에도 15년의 징역형을 판결하였다.

이번 대회를 거치고 나자, 마을 사람들도 이제 기를 펼 수 있게 되었다. 얼마 후에 마을 간부가 모두 선거를 거쳐 다시 뽑혔는데, 마을 사람들은 다시는 나쁜 사람에게 마구 표를 던지지 않게 되었다. 이런 분위기 속에서 진왕 마누라도 물론 낙선하였다. 그녀는 말투를 바꿔 이렇게 말했다.

"나도 이제부터는 더 나아질 거야!"

두 명의 신선에게도 변화가 일어났다.

삼선고는 그 날 구에서 한 떼의 아낙네들에게 한나절이나 둘러싸인 채 정말 부끄러워 죽는 줄 알았다. 그래서 돌아가 거울을 마주한 채 곰곰이 생각해보니, 정말로 말도 되지 않는 화장이었다. 딸이 곧 결혼하려는 참에 이 무슨 주착이란 말인가? 이에 마침내 결심을 내렸다. 자기의 치장을 머리 위에서부터 발끝까지 싹 바꾸어 어른 나이에 어울리는 모습으로 하고, 30년 동안 잔재주를 부렸던 그 점치던 탁자도 살그머니 치워버리기로 했다.

이제갈이 그 날 구에서 돌아와 또 자기 마누라에게 얼헤이와 샤오친의 궁합이 맞지 않는다는 소리를 꺼냈다가 아내에게 이렇게 야단을 맞았다.

"이제 당신의 그 팔괘 따윈 집어치워요! 당신, 얼헤이에게 이번에 큰일이 생긴다고 말했지요? 당신은 평생 방귀만 뀌어도 점을 치곤 했는데, 결국 무슨 소용이 있던가요? 내가 보기에 샤오친은 정말 훌륭한 아이에요. 우리 얼헤이와 함께 할 수 있다니 정말 좋아요! 무슨 궁합이 맞느니 안 맞느니! 당신 '씨뿌리기에 마땅치 않아'란 말 기억 안 나요?"

이제갈은 아내조차 자신의 음양술을 믿지 않는 걸 보자, 다시는 남의 앞에 가서 그것을 자랑하기가 창피해졌다.

샤오친과 샤오얼헤이는 각자의 집에 돌아와 어른들의 성질이 조금 바뀌었다는 것을 알고서, 이 틈에 잘 이야기해 달라고 이웃들에게 부탁했다. 그러자 두 신선도 물 가는 길에 배 띄우듯 순순히 그들의 결혼에 동의하였다. 나중에 양가에서는 결혼 준비를 하고 곧 혼인을 성사시켰다. 결혼 후 두 사람은 매우 흡족했으며, 이웃 사람들은 모두들 마을에서 제일 멋진 부부라고 말했다.

이 부부는 자기들 침실에 누워 이따금 우스갯소리를 하곤 하였다. 샤오얼헤이는 삼선고가 신이 내렸을 때 부르던 '전생의 인연은 하늘이 정한 것'이라는 노래를 즐겨 흉내냈고, 샤오친은 이제갈이 말한 '구장님 은혜를 베푸십시오. 궁합이 맞지 않아요'라는 소리를 즐겨 흉내냈다. 개구쟁이 아이들이 몰래 창 밑에서 이 소리를 엿듣고서 이 두 마디 말을 배우자, 두 분 신선에게는 새로운 별명이 붙었다. 삼선고는 '전생의 인연', 이제갈은 '궁합이 맞지 않아'였다.

1943. 5 태항(太行)에서 쓰다.

캉줘는 후난성(湖南省) 샹인현(湘陰縣)에서 태어났다. 본명은 마오지창(毛季常). 1938년 10월에 항일투쟁을 위해 옌안(延安)에 도착하여 루쉰예술학원 문학계 제1기생으로 수학하였으며, 같은 해 11월에 중국공산당에 가입하였다. 항일전쟁기에 그는 변구 인민의 항일투쟁을 반영한 단편소설을 주로 창작하였는데, 그 가운데에서도 농촌여성이 혼인의 자유를 쟁취하는 이야기를 담은 〈나의 두 집주인(我的兩個房東)〉이 가장 유명하다.

이 책에 실린 〈나의 두 집주인〉은 1947년에 저우얼푸(周而復)가 주편하여 해양서옥(海洋書屋)에서 간행한 ≪북방문총(北方文叢)≫ 제3집에 수록되었다.

캉줘

(康濯, 1920~1991)

# 나의 두 집주인 我的兩家房東

    내일 나는 아랫마을에서 윗마을로 이사를 한다. 오늘 집을 보려고 윗마을에 갔었는데, 내게 분배된 방은 윗마을 서쪽 한길쪽이었다. 주인집 영감은 천융녠(陳永年)이라는 사람이었다. 아랫마을로 돌아오니 옛주인 솬주(拴柱)가 내게 집을 살펴본 상황을 묻고 나서 내일 나를 바래다주겠노라고 하였으나 나는 응낙하지 않았다.

    "짐도 많지 않은데요! 당신네 간부들은 몹시 바쁜 터인데다 또 겨울학습도 갓 시작되었으니 업무에 지장을 주지 마시오!"

    그는 나의 말에 별로 신경 쓰지 않은 채 대꾸했다.

    "5리길인데요. 뭐! 내일 장 보러 가는 김에 겸사겸사 가보지요. 겨울학습 동원도 그럭저럭 되었는데 지장이야 있겠습니까?"

    이튿날 나는 그의 고집을 꺾지 못했다. 그는 나의 짐을 나귀 등에 싣고 '이랴이랴' 나귀를 몰았다. 우리는 강바닥을 따라 걸었다.

    이날은 초겨울의 맑은 날로, 햇빛이 따뜻했다. 강바닥이 얇게 얼어붙었던 개울은 녹아서 작은 징을 울리듯 강물이 졸졸 흐르는 곳도 있었다. 길에는 장 보러 가는 사람들이 제법 있었는데, 서둘러 앞서 나아갔다. 나는 솬주와 나란히 말을 주고받으면서 천천히 그들의 뒤를 따랐다. 그는 나귀에게 전혀 신경 쓰지 않았다. 나귀는 세상물정을 안다는 듯이 우리 앞에서 느릿느릿 걷다가도 때로 걸음을 멈추고 코를 벌름거리면서 다른 짐승들의 똥덩어리를 킁킁 맡기도 하고 주둥이를 땅바닥으로 내밀어 마른 풀을 뜯어먹기도 했다. 그리고 또 때로는 마치 우리를 기다리듯이 몸을 옆으로 돌려 우리를 바라보다가 솬주가 '이랴이랴' 고함을 치면 황급히 몇 걸음을 뛰고는 금방 천천히 걸음을 내딛었다.

솬주가 내게 가장 많이 이야기했던 것은 자신의 학습문제였다. 내가 이사하는 걸 그는 정말 섭섭하게 여겼다.

"앞으로 학습을 잘하긴 글렀어요! 또 어디 가서 당신 같은 선생을 찾는단 말이오?"

"학습은 아무래도 자신에게 의지해야지요! 그리고 동무는 괜찮은 편이니 나름대로 방법을 강구할 수 있을 겁니다."

그는 앞으로 어쩔 수 없이 나를 찾아올 테니 자신을 잊지 말고 이전처럼 잘 가르쳐달라고 부탁했다. 그리고 또 아직 ≪진찰기일보(晉察冀日報)≫를 읽어내지 못한다고 하면서 나에게 부탁을 한 가지 했다.

"절대 잊지 마시오, 캉(康) 선생! 소사전을 사다주세요, 꼭 명심하세요!"

"잊을 리가 있겠소."

"참, 사전이 있으면 얼마나 좋겠소!"

그는 걸음을 멈춘 채 나의 어깨를 다독이면서 감탄하는 눈으로 나를 바라보았다. 이곳 청년들은 언제인지는 모르지만 구(區) 청년구국회 주임 집에서 포켓형 소사전을 보고, 또 청년구국회 주임의 설명을 듣고부터, 만나는 학습적극분자들마다 글공부 이야기만 나오면 사전을 사려고 안달이었다. 나는 그들을 위해 여기저기 수소문해보았지만, 적들이 우리를 봉쇄하고 있는 처지인지라 살래야 살 수가 없었으며, 많은 기관에서도 낡은 것조차 구할 수가 없었다. 나와 한 기관에서 일하는 동지들은 모두 사전을 지닌 적이 있었지만, 농촌출신간부들에게 진즉 주어버렸거나 '소탕전'에 맞서 싸우다가 잃어버렸다.

우리 앞에서 걸어가던 작은 나귀가 마주 오는 수나귀와 마주쳤다. 두 나귀는 서로 좋다고 씩씩거리며 비벼댔다. 그 수나귀는 주인에게 옆으로 끌려가면서 '워어어' 소리를 질렀다. 쏸주는 달려가 나귀를 떼어놓았다. 우리는 계속 걸었다. 한참 동안 묵묵히 걷다가 갑자기 쏸주가 혼자 킥킥 웃으면서 얼굴을 나의 어깨에 대더니 실눈을 뜨고서 물었다.

"캉 선생, 선생은 아직 정말 상대가 없어요?"

"내, 내가 언제 거짓말한 적 있습니까?" 그의 말뜻을 알아차린 나는 저도 모르게 낯을 붉히면서 얼른 되물었다. "당신은 분명 있지요?"

"아니, 없어요." 그는 낯을 벌겋게 물들인 채 얼른 옆으로 물러서서 머리를 숙이고 웃더니, 영리하게 '이랴이랴' 나귀를 재촉했다. 이때 나는 불현듯 그를 주목하게 되었다. 그러고 보니 오늘 그는 새 솜저고리를 입고 헌 솜바지 대신에 겹바지를 입었으며, 발목에는 가지런히 각반을 차고 허리에는 백단대전(百團大戰) 때 그가 대오를 따라 전선에 나가 받은 혁대를 두르고 머리에는 하얀 새 수건을 걸치고 있었다. 무슨 큰일이 없다면야 무슨 이유로 이렇게 공들여 치장했을까? 그는 나보다 한 살이 더 많아 올해 스물두 살이었다. 시골의 풍습에 따른다면 장가들기 딱 좋은 나이였다. 그에게 정말 상대가 있어서 데이트하러 가는 게 아닐까? 나는 퍼뜩 그런 생각이 들어 뛰어가 그의 어깨를 붙잡고 물었다.

"쑨주, 틀림없이 사귀는 사람이 있지요? 놀리지 말고 말해봐요."

"아니, 아니요!" 그는 낯을 벌겋게 붉히면서 손에 쥔 채찍을 나귀 등에 내리쳤다. 그는 얼버무리면서 입을 열었다. "어서 …… 어서 …… 멀지 않으니 어서 가기나 합시다!"

정말 얼마 지나지 않아 윗마을에 들어섰다. 나는 짐을 거두느라고 정신이 없었다. 내가 천융녠의 집 마당에서 나와 나귀 등에서 짐을 부릴 때, 웬일인지 쑨주가 우물쭈물하는 것이었다. 그는 나의 짐을 메려고 하면서도 메지 않았다. 내가 짐을 메자 그는 얼른 받쳐주기만 했다. 그는 마당으로 들어갈까 말까 궁리하는 듯 가만히 마당 안을 들여다보더니, 마침내 나의 짐을 메고 들어갔다.

주인집 아주머니는 "왔소?"라고 소리치더니 종종걸음으로 집 안에 들어가 빗자루를 손에 쥐고서 벌떡 구들에 올라가 무릎을 꿇은 채 구들을 쓸었다. 주인집 아이는 문에 기대어 서먹서먹한 표정으로 방 안을 보더니만 나의 멜가방에 매달려 있는 사기 찻잔을 발견하고 뛰어들어와 나의 얼굴을 빤히 쳐다보았다. 내가 웃어보이자 아이는 용기를 내어 찻잔을 만져보았다. 나는 솬주와 함께 잎담배를 태우는데, 어쩐지 솬주가 몸이 불편한지 방금 두어 번 빨았던 잎담배를 탈탈 털어버리고 머릿수건을 풀어 땀을 닦았다가 또 나를 부르더니 아무 말이 없었다. 나는 무의식적으로 눈을 돌리다가 문어귀에 서 있는 두 젊은 아가씨를 보았다.

문밖에 기대어 서 있는 아가씨는 어제 보았던 이였는데, 내가 그녀를 쳐다보자 그녀는 머리를 숙이고 옷자락을 만지작거리면서 나직이 말을 건넸다.

"이사 오셨어요?"

문 안쪽에 기대어 있는 좀 더 나이 들어 보이는 아가씨는 나를 보고 웃으면서 신발밑창을 누비고 있었다. 나는 솬주를 쳐다보았다. 그는 머릿수건을 어깨에 걸치고서 말했다.

"난 …… 난 가겠소."

"이 분을 모시고 오셨나요?"

내가 미처 말을 꺼내기 전이었는데, 누군가 솬주에게 물었다. 문밖에 서 있던 그 아가씨였다. 이번에 그녀는 문 안쪽에 서 있는 아가씨를 밀치면서 문 안쪽에 기댔다.

"난 …… 장 보러 오는 길에 동지의 짐을 가져온 거요."

"당신들은 서로들 아는 사이요?"

그녀들은 아무도 나의 말에 대꾸하지 않은 채 그저 웃기만 했다. 솬주는 또 수건을 꺼내 땀을 훔쳤다. 이때 그 아이가 몸을 돌이키면서 말했다.

"저 사람은 아랫마을 청년구국회 주임이에요. 누나, 그렇지?"

"그래, 그렇지!" 신발밑창을 누비던 아가씨가 말했다.

주인집 아주머니는 구들을 다 쓸고 바닥에 내려와 옷을 털고서는 두어 마디 솬주에게 물었다. "자네는 아랫마을 사람인가? 아랫마을 어느 집? 자네가 이 분을 모시고 왔나? ……"

"그 분은 아랫마을의 큰 간부에요! 청년구국회 주임에다 또 청년항일선봉대 대장이에요!" 문어귀의 젊은 아가씨가 솬주 대신 자기 어머니에게 대꾸했다. 그녀는 낯을 치켜들고서 마당을 내다보면서 말했다. "어머니, 장에 가서 살 게 있나요?"

"네 아버지가 방금 갔는데 또 뭘 부탁하겠니?"

"저 분도 장 보러 간다는데!"

"그, 그럼, 난 …… 나는 가봐야겠소 ……"

솬주는 이렇게 말하면서 얼른 고개를 돌려 그 아가씨를 힐끔 쳐다보더니 뭔가 중얼거렸다. 그가 방문어귀에 갔을 때 나는 그 젊은 아가씨가 낯을 붉힌 채 머리를 가슴팍에 닿도록 수그리고 있는 것을 보았다. 나는 또 솬주가 마당에 가서 뒤를 돌아다보는 것도 보았고, 그 젊은 아가씨가 남몰래 눈을 비켜뜬 채 솬주를 바라보는 것도 보았다. 신발밑창을 누비던 아가씨는 곁에 선 아가씨에게 눈을 꿈벅거리더니 그녀를 밀고 나갔다.

모두들 갔다. 나는 천천히 나의 짐과 사무용품을 늘어놓았다. 책상마저 없었다! 주인집 아이가 앉은뱅이책상을 가져왔다. 이윽고 주인집 아주머니는 빳빳이 마른 대추를 한 줌 가져와 먹으라고 하면서 내게 말을 건넸다.

알고 보니 이 주인집은 다섯 식구인데, 영감은 쉰 살이고 아주머니는 영감보다 세 살이 많았다. 아이의 이름은 진쉬(金鎖)이고, 그 두 아가씨는 자매간으로 여동생의 이름은 진펑(金鳳)이었다. 아주머니는 머리가 희끗희끗하고 키가 좀 큰 편이며, 얼굴은 야윈 편이 아니고 누르스름한 피부에 약간 붉은 빛이 돌았다. 영락없는 솜씨 좋고 말주변이 좋은 살림꾼이었다. 아이는 열세 살인데, 나의 사무용품, 세면도구나 외투를 보고 신기하게 여기는 듯 했다. 그러다가 나의 칫솔을 제 입에 대다가 어머니가 눈치를 주었는데도 개의치 않더니, 다시 나의 치약을 들고서 밖으로 내달리면서 외쳤다.

"누나, 누나! 이것 좀 봐 ……"

오후에 회의를 마치고 돌아온 나는 신문 한 장을 들고서 문턱에 앉아 읽고 있었다. 내 방은 동쪽에 있고 서쪽 칸은 외양간이었다. 북쪽 방 섬돌에서는 그 두 아가씨가 바느질을 하고 있었다. 여동생 진펑은 기껏해야 스무 살 남짓으로 보이는데, 키가 호리호리하고 얼굴이 널찍하였다. 눈동자는 노란빛에 까만색을 띠고 있어서 까마반지르한 눈은 아니었지만, 눈동자를 굴릴 때마다 총기가 있어 보였다. 아쉽게도 이 산골마을은 가난한지라 무명이나 옥양목을 구하기란 쉽지 않았다. 그래서 그녀도 여느 아가씨들과 마찬가지로 까만 천의 바지저고리를 입고 있었다. 바지는 몇 군데 기웠지만 위아래는 단정해 보였다. 그녀가 깁고 있는 작은 솜바지는 동생의 바지인 듯 했다. 그의 언니는 서른 살 남짓 되어 보이는데, 동그란 얼굴, 흰 살결에 붉은 빛이 났지만 눈가와 이마에는 주름살이 많았다. 그리고 솜바지 바지통에는 띠를 맸는데, 영락없는 중년여성 차림새였다. 그녀는 여전히 신발밑창을 누비고 있었다. 나는 신문을 읽다가도 호기심에 그녀들을 슬쩍 쳐다보았는데, 진펑 역시 가만히 나를 훔쳐보는 눈치였다. 나는 온몸이 스멀거리는 느낌이 들어 방 안으로 들어와 버렸다.

저녁식사를 하고 나서 나는 서둘러 기관 동지들의 처소를 돌아보고 살림도구를 타가지고 오는 바람에 저녁 늦게야 돌아왔다. 나는 불을 켜놓고 좀 쉬고 싶었다. 그 당시 우리는 석유등을 켰는데, 이것이 집주인의 시선을 끌었던 모양이다. 아주머니는 진쒸를 데리고 들어왔고 큰 딸은 그냥 문에 기대어 신발밑창을 누비고 있었다. 진펑은 대추를 넣어 찐 떡 두 개를 사발에 담아 들어와 상에 놓으면서 내게 먹으라 권하고는 내가 쓴 글을 등불 아래에서 뒤적이며 보았다. 나는 어쩔 줄 몰라 하는데 영감도 연신 머리를 끄덕이며 웃으면서 들어와 곰방대로 대추떡을 가리키며 말했다.

"드셔보우 …… 드시라니까. 여긴 색다른 게 없소! 요 위아래 35리 안에 우리 마을만 대추가 나오니 드물게라도 먹는 거라오. 허, 허!"

나는 한참을 사양하다가 영감에게 물었다.

"장에 다녀오셨지요? 무슨 물건을 사셨습니까?"

"돌아온 지 얼마 되지 않았소! 어, 오늘은 기장쌀 몇 되에다 천을 좀 사왔소."

"동지! 이야기하긴 뭐 하지만 …… 우리 집 식구들은 삼 년이 되어도 새 옷 하나 변변히 못 입었소! 이번에 천을 좀 사왔는데, 이불, 신발바닥, 양말을 깁고, 옷은 바꿀 것은 바꾸고 기울 것은 기울 작정이오! 어이구! 이게 우리 사는 꼴이라오!"

영감은 구들바닥에 쪼그려 앉아 내게 어서 들라고 재촉하고는 부시를 쳐서 담배를 피우면서 아주머니의 말을 이었다.

"올해는 그래도 나은 편이지! 초가을에 민주운동을 하지 않았소? 좋은 촌장으로 바꾸고 농회에서도 힘을 써주어 내 소작료를 감해 주었소! 빚도 갚지 않아도 되고! 그래서 살림살이가 나아지게 된 거라오."

"좀 나아진들 무슨 소용이 있겠어요!" 아주머니는 입을 삐쭉이면서 영감을 흘겨보더니 내게 말했다. "이 집은 이 늙은이를 의지하고 있소. 그저 앉아먹는 것들뿐이라 일손이 없다오."

"내년부턴 나도 밭에 나가겠어요!" 진평이 끼어들어 말하자 진쒀도 어머니 품에 매달리면서 말했다.

"나도 두엄 줍고 땔나무하면 안 돼? 엄마!"

"그래라! 네게 그런 재주가 있을지 모르겠다!"

"온 집안이 힘을 합치면 잘 살 수 있을 겁니다."

나는 이렇게 말하고서 떡을 집어 먹었다. 진쒀가 아버지에게 연필을 달라고 하자, 진평이 얼른 호주머니에서 붉은색 자루의 연필을 꺼내 흔들어보였다.

"진쒀야, 이걸 보렴!"

누나와 동생이 서로 연필을 빼앗겠다고 다투자, 어머니가 그들을 나무랐다. 문어귀에 기대있던 아가씨가 내 일을 방해하지 말라고 소리치자 영감이 자리에서 일어났다.

"진쒀! 네게도 한 자루 있잖니? 네 엄마 반짇고리에 있으니 다투지 마라!"

진쒀는 연필을 가지러 뛰어나갔다. 다른 사람들도 하나둘 자리에서 일어났다. 진펑은 마지막에 나가다가 흰 신문지로 묶어 만든 공책을 끄집어내더니 이름을 써 달라고 하고 앞으로 틈나는 대로 글을 가르쳐달라고 했다. 이렇게 한참 이야기하고서야 나갔다. 나는 문어귀로 나가 북쪽 방으로 돌아가는 이 집 식구들을 바라보면서 좋은 주인집을 만났구나 하고 기뻐했다. 하지만 솔직히 말해 나는 아랫마을의 주인집 솬주와 헤어지기도 섭섭했다!

그 이후로 나는 아랫마을에 있을 때와 마찬가지로 낮에는 일에 파묻혀 살았기 때문에 아무도 건드리지 못했다. 밤이면 진펑과 진쒀가 이따금 찾아와 글자를 물어보거나 나의 등불 아래에서 글자를 쓰기도 했다. 또한 나는 이 마을 겨울학습반에서 정치과목을 맡아 가르치면서 마을사람들과 차츰 친숙해지게 되었다. 때로 진펑이 다른 아가씨들을 데리고 와서 글자를 물었는데, 내게 이렇게 말했다.

"캉 선생님! 아무쪼록 잘 가르쳐주세요! 저, 아랫마을에서 저…… 솬주네를 가르치던 것처럼요!"

"내가 아랫마을에서 그 사람들을 가르쳤다는 걸 어떻게 알았어요?"

"왜 모르겠어요?"

다른 두 아가씨가 서로 귀엣말로 무어라 수군거리더니 깔깔 웃었다. 진평은 그녀들을 꼬집고 때리면서 '죽일 년! 죽일 년!'하고 욕하더니 슬그머니 나가버렸다.

쏸주도 이후 자주 왔다. 언젠가 쏸주가 왔는데, 천융녠 노인은 외출하고 아주머니는 진쒀를 데리고 방아를 찧으러 갔던 터였다. 쏸주는 전과 다름없이 혁대를 두르고 각반을 차고 있었다. 그는 내게 몇 마디 건네고 몇 글자 물어보더니 자신이 쓴 일기를 보여주었다. 그 공책 역시 흰 신문종이를 묶어 만든 것인데, 어디선가 꼭 보았던 것만 같았다. 나는 그의 일기를 읽어가면서 고쳐주었다. 그리고 그의 진보를 칭찬해주었다. 이러는 사이에 주인집 언니와 여동생이 들어왔다. 그런데 쏸주가 온몸에 두드러기가 난 양 어쩔 줄을 모르는 것이었다.

오늘 언니는 구들가의 큰 궤짝에 기대어 이전처럼 말없이 머리를 숙인 채 양말을 짓고 있었다. 진평은 아버지 신발의 볼을 만들다가 히죽히죽 웃으면서 탁자 곁에 다가와 쏸주가 쓴 일기를 쳐다보았다.

"이거 네가 쓴 거야? 쏸주!"

"그럼!"

"벌써 반 너머 썼네!"

쏸주는 진평이 자신의 일기를 보는 게 언짢은 듯 손으로 덮으려 했지만, 내가 기어이 진평에게 보여주려고 하자 더 이상 말리지는 않았다. 쏸주는 손바닥으로 낯을 어루만지면서 구들가를 떠나 집 안을 왔다 갔다 했다. 내가 진평에게 말했다.

"쏸주의 교양수준이 당신보다 높네요!"

"큰 간부니까 당연하지요!"

"그만 둬요!" 쏸주는 자기 일기장을 빼앗으며 진펑에게 물었다. "네 학습상황은 어때? 네 공책을 보여줘!"

"조급하긴! 이제 매일 캉 선생님께 세 글자씩 배우는데, 널 따라가지 못할까봐?"

"쏸주, 진펑에게 공책이 있다는 걸 어떻게 알아?"

내가 이렇게 묻자 쏸주는 낯을 붉히면서 얼른 말머리를 돌려버렸다. 나중에 또 한참이나 잡담을 나누다가 내게 사전을 샀느냐고 묻고는 밖으로 나갔다. 진펑이 그를 뒤따라나가며 말했다.

"쏸주! 돌아가서 물어보세요. 당신네 마을 부녀구국회 ……"

이어지는 말은 똑똑히 들리지 않았지만 마당에서 한참 소곤거렸다. 진펑의 언니는 나를 보다가 마당을 내다보더니 갑자기 소리 없이 한숨을 내쉬고는 밖으로 나갔다.

"당신은 왜 글을 배우지 않아요?" 내가 아무 뜻 없이 진펑의 언니에게 물었더니 그녀는 또 한숨을 내쉬었다.

"아이구, 하루 종일 근심뿐이니 그럴 생각이 나겠어요! ……나이도 들었구!"

그녀는 내게 슬쩍 웃어 보이고는 나갔다. 그녀에게 무슨 걱정거리가 있을까? 그녀의 웃음은 마치 이루 말할 수 없는 괴로움처럼 느껴졌다. 그녀가 나이들었나? 이사 온 이후 여러 차례 보았지만, 그녀 자매가 마을의 아가씨들과 함께 웃고 떠들 때면 그녀도 한창 나이인 스물대여섯밖에 안되어 보였다. 그녀가 …… 부인처럼 보이는데 시집은 갔을까?

그때는 1940년으로, 진찰기변구(晉察冀邊區)에서는 이 해에 민주 대선거를 치렀고, 팔로군은 또 백단대전(百團大戰)을 벌여 적과 맞서 싸웠으며, 중국공산당 진찰기분국(分局)은 이 해 8월 13일에 변구에 대한 시정강령 20조를 공포하였다. 겨울학습반의 정치수업은 이 '쌍십(雙十)강령'을 사람들에게 풀이해주기 시작하였다. 변구의 백성들은 이 강령에 매우 관심이 많았다. 나는 매회 한 조목의 강령을 강의하고 나면, 이튿날이나 그 다음날 밤이면 진평이 와서 강의한 조목을 다시 한번 들려달라고 졸랐다. 그의 아버지도 매번 들으러 왔고, 아주머니와 진쒀도 빠지지 않았으며, 학습에 그토록 냉담하던 주인집 큰딸도 간혹 들으러 왔다. 그들은 들으면서 때로 많은 문제를 제기하였다. 밤 깊도록 이야기를 나누어도 그들은 피곤치 않은 듯했다. 때로 진쒀는 듣다가 엄마 품에 안겨 잠이 들기도 하였으며, 어떤 때에는 구들에 서서 나의 목을 끌어안고 질문을 연거푸 던지기도 하였다. "공산당은 어떻게 생겼나요? 공산당을 보았나요? 왜 공산당이 좋아요 ……" 이럴 때마다 내 앞에 앉은 진평은 눈을 부릅뜨고 동생을 노려보았다. 아주머니가 진쒀를 데려가고서야 다시 조용히 나를 쳐다보며 눈을 깜박이면서 한참 듣다가도 탁자에 엎드려 무언가를 공책에 적어 넣곤 하였다.

이 집은 평온한 가정이었다. 겨울 농한기에 여인들은 바느질을 하고, 영감은 돼지를 키우고 거름을 모았다. 아이들은 아버지를 따라 비탈에 가서 땔나무를 하였으며, 아주머니는 밥을 짓고 방아를 찧고 닭을 쳤다. 변구의 민주가 이루어져서 소작료가 줄어든 덕에 형편이 괜찮은 편이었다. 한 달에 두어 번 밀가루를 먹게 되었으니!

그런데 내 짐작이 옳다면, 이 집에도 무슨 문제가 있어 온 가족이 몇 번 말다툼을 벌인 것 같았다. 다만 집 안에서만 말할 뿐 크게 떠들지 않았으므로 나는 자세한 내막을 알 길이 없었다. 그 집 사람들에게 물어보았지만 다들 모른다고 시치미를 떼는데, 진쒀만 한 마디 했다.

"누나 일 때문이지요!"

"누나 일이라니?"

"난 몰라요."

언젠가 나는 그들이 한참 말다툼을 벌이는 것을 들었는데, 갑자기 영감이 마당으로 달려나와 소리를 질렀다. 내가 급히 달려나가보니, 천융녠 영감이 북쪽 방에 대고 발을 구르면서 욕을 퍼붓는데 입에서 침방울이 튀어나왔다.

"나, …… 난 너희 일에 상관하지 않겠다! 너 …… 너네들 마음대로 해라. 더 이상 속 태우지 않을 테니!"

이렇게 말하고는 나의 물음에 대꾸도 하지 않은 채 노기등등하게 밖으로 나갔다. 북쪽 방에서 무슨 일이 있을까? 진쒀에게 물었더니 그의 큰 누나가 운다는 것이었다. 나는 더 이상 물어보기가 거북하여 방에 돌아와 잠자코 있었다.

그런데 이 집에서는 더 이상 아무 일도 없었다. 다시 평소의 모습을 되찾았으며, 나도 마음을 놓았다.

이날 정오에 나는 부녀겨울학습반에 가서 '쌍십강령'을 강의했는데, 저녁에 주인집 식구들이 일찍 찾아왔다. 나는 다른 일이 있으니 내일 이야기하면 안 되겠는지를 물었다. 큰딸이 여느 때와는 달리 웃음을 지어보이며 입을 열었다.

"지금 해요! 이야기하면 우린 ……"

"그래요, 캉 선생님!" 진펑도 재촉했다. 주인 영감이 오지 않은 걸 보고 영감님도 들어야 하지 않느냐고 물었지만, 모두들 괜찮다는 바람에 나는 입을 열지 않을 수 없었다.

오늘은 '쌍십강령'의 14조에 대해 이야기했다. 나는 사나흘 간격으로 한 조목씩 강의했는데, 강의한 날짜도 벌써 제법 되었다. 이때는 이미 음력 섣달 초인데, 겨우내 산골은 날이 추웠다. 오늘 아침 눈발이 좀 날리고 나중에는 해도 나지 않아 나는 온몸이 찌뿌둥하였다. 나는 탁자를 밀어놓고 그 집식구들을 구들에 올라와 숯불화로를 둘러앉게 하였다. 주인집 큰딸은 손에 쥐었던 일감을 큰 궤짝 위에 올려놓고는 구들에 올라오지 않고 구들가에 서서 머리를 숙인 채 조용히 듣고 있었다. 아주머니는 줄곧 나를 바라보면서 내가 몇 마디 말하면 '아하! 아하!' 했다. 진펑은 묻고 싶은 말이 많았다. 내가 오늘 이야기한 것은 여성문제에 관한 것이었는데, 여성의 사회적 지위, 혼인, 민며느리, 이혼과 결혼 등이었다. 진펑이 잇달아 물음을 던졌다. "어떤 게 민며느리인가요? 왜 남자는 스무 살, 여자는 열여덟 살이래야 결혼할 수 있나요?……" 그녀의 언니도 자주 머리를 치켜들어 나를 슬며시 바라보았다.

창밖에서 바람이 휘잉휘잉 불었다. 꽉 닫히지 않은 방문이 활짝 열리는 바람에 탁자 위의 석유등불이 펄럭였다. 나의 외투에 누워자던 진쒀는 내 몸에 달라붙어 '엄마, 엄마'하며 잠꼬대를 했다. 창문 밖에서 어느 노인이 바람에 쓸려 기침을 하는 것 같았다. 급히 누구냐고 묻고, 진평 역시 "아버지!" 하고 불렀지만 아무 대답이 없었다. 주인집 큰딸이 문을 닫았다. 나는 이야기를 계속했다.

오늘은 오래 이야기했는데 진평이 제기한 문제가 특히 많았다. 모두들 돌아갔다. 나는 아주 피곤했지만 밤새워 일을 마치지 않으면 안 되었다.

이튿날 나는 늦게야 일어났다. 아침을 대충 먹고 회의하러 나갔다. 돌아와 보니 주인집에서는 점심을 마친 상태였다. 주인집 큰딸은 북쪽 방 바깥에서 풀무질을 하고, 아주머니는 방 안에서 누군가와 이야기를 나누고 있었다. 큰딸이 풀무 자루를 갑자기 내밀면서 멈추더니 방 안에 대고 말했다.

"어머니! 어머닌 그렇게 고집부리지 마세요! 머잖아 저도 숨막혀 죽을 지경인데, 진평까지 죽게 만들 작정이에요? 어머니도 좀 세상 돌아가는 걸 보세요."

방 안에서 뭐라 대꾸하는지 들리지 않았다. 그리고서 요 며칠 나는 일이 바빠 그들의 일에 대해 신경 쓸 짬이 없었다.

우리 기관에서는 사흘 동안 꼬박 회의를 했다. 회의를 마치고 나자 나는 한숨이 놓였다. 아침을 먹고 날씨가 좋아 몇몇 동지들과 마을 남쪽에 있는 운동장으로 공을 차러 갔다. 가는 길 어귀에서 천융녠 영감이 나귀를 타고 남쪽으로 가는 게 보였다. 요새 그는 언짢아 죽을 지경인 듯했지만, 나는 며칠간 그와 이야기를 나누지 못했다! 그래서 나는 달려가 말을 건넸다.

"어디 가십니까?"

"아아, 친척집에 가오!"

그는 여전히 기분 좋은 낯이 아니었다. 도대체 어찌된 일일까! 내가 공을 한참 차고 돌아와 마당에 들어서자, 주인집 큰딸이 환한 웃음으로 나를 맞았고, 진펑은 얼른 언니의 옷자락을 잡아당겼다. 하지만 그의 언니가 나를 보고 웃는 바람에 나 역시 저도 모르게 웃음을 짓고 말았다. 무슨 일인가 물었더니 진펑은 머리를 숙인 채로 집 안으로 뛰어들어갔다.

"아저씨네는 요즘 무슨 밥을 드시나요?" 진쒀가 나에게 물었다.

"내일 맛있는 거 드시지 않아요?" 그의 큰 누나가 물었다.

"요 며칠 좁쌀밥만 먹었는데 ……"

대체 무슨 일이며 왜 이걸 묻는지 나는 영문을 알 수 없었다. 요 며칠 사이에 주인집 큰딸은 평소와 달리 내게 이상야릇한 웃음을 던졌지만, 진펑은 나를 보기만 하면 머리를 숙인 채 뺑소니를 쳤다. 진펑은 요즘 한 마디도 말을 건네지 않았고 글자를 묻지도 않았으며, 학습도 하지 않았다. 겨울학습반에서 강의할 때 나와 시선이 마주치면 그녀는 낯을 붉히곤 했는데, 정말 알고도 모를 일이었다.

이튿날 보니 진펑이 암탉을 잡고 집 안에서는 만두를 빚고 있었다. 무슨 일이 있나? 게다가 이날 진펑은 나를 보자 낯을 붉히며 달아났고, 그의 언니는 그저 나만 보면 웃음을 머금었다. 나는 너무나 답답하여 숨이 막힐 것만 같았다. 오후에 아주머니가 나를 잡아끌면서 자기 집으로 밥 먹으러 가자고 했다. 나는 깜짝 놀라 죽어라고 사양했지만, 그녀는 억지로 끌고 진쒀도 잡아당겼다.

"그렇게 하면 제가 비판을 받습니다!"

"비판은 무슨! 매를 얻어맞더라도 가야 돼요! 특별히 정당한 일로 당신을 위한 일인데!"

나는 낯을 붉힌 채 답답한 마음으로 북쪽 방으로 들어갔다. 방 안에는 깨끗이 닦인 탁자 위에 젓가락과 술잔이 차려져 있었다. 진쒀가 술주전자를 들고 들어오자, 아주머니가 나에게 술을 따랐다. 나는 당황하여 말이 나오지 않는데, 창밖의 부뚜막 양쪽에서 두 여자가 가느다란 목소리로 다투고 있었다.

"너 들어가!"

"난 싫어."

"싫으면 관둬! 내 일도 아닌데, 킥킥킥 ……" 소리 죽여 웃는 사람은 진평의 언니인 듯했다.

진평의 목소리가 들려왔다. "언니, 내가 언니에게 빌게!"

"빌긴? 다른 사람에게나 빌지, 킥킥킥 ……"

"그만 해!"

진평이 머리를 푹 숙이고서 요리 한 쟁반과 만두를 들고 들어왔다. 그녀는 얼굴을 저쪽으로 돌린 채 쟁반을 내려놓고서는 낯이 빨개져서 달아났다. 밖에서 또 킥킥거리며 웃는 소리가 들렸다.

주인집 아주머니는 억지로 술을 권하고 닭다리를 뜯어주고서 진쒀를 내보낸 다음 나에게 이야기를 꺼냈다.

"그날 저녁 캉 선생이 말하지 않았수? 이제는 여자들도 제 짝을 마음대로 찾을 수 있다고? 둘이 사이가 틀어지면 그만 두구 ……. 저, 아이구 또 잊었군. 거, 뭐라더라 …… 아, 이혼한다구 했지? 그 일 때문이라우! 캉 선생, 당신은 내 속이 새카맣게 타는 걸 모를 거요!"

밥상을 사이에 두고 나와 마주 앉아 있던 아주머니가 몸을 내 쪽으로 기울이면서 두어 마디 하고서는 옷자락으로 눈물을 훔쳤다. 눈물을 훔치고 나서도 눈물은 그치지 않고 흘러내렸다. 그녀는 눈을 꼭 감은 채 몸을 내 쪽으로 더욱 기울이며 말했다.

"우리 큰딸은 열여섯 살 때 시집을 보내 벌써 8년이 되었소! 저 애 남편은 열 살이나 더 먹었다오. 저 애는 시집간 날부터 시부모의 시집살이가 어찌나 호된지 밤낮 두들겨 맞았어요! 밥도 먹이지 않구! 아이구, …… 저 애가 온종일 슬피 지낸 건 말할 나위가 없지. 이야기하다 보니 또 열불이 나네! 내 딸도 귀한 자식인데!"

주인집 아주머니는 흐느끼며 말을 잇지 못했다. 그녀가 고작 스물네 살밖에 되지 않다니, 놀라지 않을 수 없었다.

"큰따님은 언제 돌아왔습니까?"

"그해 초가을에 돌아와서 가지 않았지요. 시집에서 올해 한 번 찾아왔었는데, 그 후로는 종무소식이요. 듣기로는 저 애의 남편이란 작자가 몰래 다른 여자를 얻었다고 합디다만. 저 애는 죽어도 안 가겠다는 거예요. 시댁이 또 적 치하에 있기도 하지만!"

"그렇다면 이혼해야지요! 조건이 됩니다."

나는 이런 사정과 아주머니의 울음소리로 인해 마음이 조급한

터인데, 아주머니가 또 이런 말을 했다.

"캉 선생! 아니, 먼저 둘째 딸의 일을 말하는 게 낫겠군! 큰딸이 저렇게 됐는데 둘째 딸도 형편이 비슷하다오! 진펑은 올해 열아홉 살인데, 열네 살 때 정혼했다오! 남자는 저 애보다 일곱 살 많은데, 그리 진보하지 못해서 초가을에 선거를 할 때 투쟁대상이 되었다네요! 그 사람을 나도 본 적이 있는데, 아니 …… 어서 드시오, 캉 선생!"

아주머니는 나에게 술을 가득 따르고 닭고기 한 점을 집어주었다.

"사람 노릇을 못하고 농사일도 안 하면서 헛소리나 해대고 먹고 놀기만 좋아하지요. 듣기로 못된 여자를 얻었다고 합니다! 지난 9월에 어디선가 우리 진펑을 보고는 올 가을에 결혼식을 올리자고 재촉한다오. 그런데 진펑은 죽어도 싫다 하고 저 애 언니도 그만두라고 하니, 우리는 이러지도 저러지도 못하고 있는 형편이라오. 그래서 지금까지 미루고 있었더니, 남자쪽에서 내년 봄에 데려가겠다고 해요. 캉 선생, 이걸 어쩌면 좋소? 아이구, 우리 운수도 ……"

"파혼할 수 있습니다!"

"어떻게?

"그저 말로 정한 거잖아요? 지금 진펑이 싫다 하고, 남자는 나이가 많고 진보적이지 않으니 주겠다는 약속을 깨고 파혼하면 됩니다."

"그렇게 해도 되는 거요?"

"되구 말구요."

아주머니는 가슴을 누르던 바위를 내려놓은 듯 눈을 크게 뜨고 숨을 훅 내쉬면서 또 술을 권했다. 나는 두어 모금 마시고서 문어귀를 내다보았다. 문지방을 보니 아주머니의 큰딸이 앉아 있는 듯한데, 문짝에 가려 제대로 보이지 않았다. 문득 뒷문 창밖에 그림자가 창문너머로 엿듣는 것 같아 얼른 돌아다보니 그림자가 금세 사라졌다. 내가 고개를 돌려 아주머니와 이야기를 다시 나누자, 창문 너머의 그림자가 되돌아오는 것 같았다. 나는 그날 밤을 떠올렸다. 내가 이혼문제를 꺼냈을 때 진펑의 언니가 나를 빤히 쳐다보았었지. 나는 까맣게 잊어버린 채 '쌍십강령'에서 왜 파혼문제를 제기하지 않았는지를 이야기하지 않았다. 진펑은 그날 밤 떠날 때까지도 무슨 문제를 물어볼 듯하면서도 끝내 꺼내지 않았었지……

"캉 선생! 우린 이렇게 하기로 의논했소. 먼저 진펑의 일을 처리한 다음에 큰딸 문제를 처리하겠소. 이혼은 조항에서도 할 수 있다고 하지 않았소? 그날 밤부터 우리 큰딸은 기뻐 야단이오! 그러나 그건 좀 서서히 하구! 아이! 그날 밤 진펑의 문제도 된다고 말하지 않았소. 그래서 우리 집에서 또 한바탕 말다툼이 벌어졌었지!"

주인집 아주머니는 입을 오므린 채 나를 책망하듯 하다가 다시 웃음을 띠었다.

"생각해 보십시오. 결혼했다가도 이혼할 수 있는데, 결혼하지 않은 사람이 왜 파혼을 못한단 말입니까?"

"우리 시골 무지렁이들이야! 아니, ······ 그래도 말이 나왔으니 하는 말인데, 나는 괜찮소만 우리 영감 좀 보세요! 고집을 피우는 데 방법이 없소. 진펑의 남자네 집에 알아보러 갔다오! 돌아오거든 봅시다!"

"좋습니다! 문제없습니다! 조건만 된다면 촌정부에 가서 말해 처리할 수 있습니다."

마당에서는 두 아가씨가 무어라 수군수군 떠들썩했다. 진쒀가 방으로 들어오자, 아주머니가 그를 구들 위에 앉혀 놓고 밥을 먹였다. 나는 구들에서 내려와 밖으로 나갔다. 내가 마당에 나서자 진펑의 언니가 손뼉을 치면서 웃었다. 내가 그녀들에게 들어가 밥을 먹으라고 하자, 진펑은 낯을 붉히면서 내 곁을 스쳐 북쪽 방으로 얼른 들어갔다. 그녀의 언니는 나를 보고 웃더니 동생을 뒤쫓으면서 말했다.

"아하, 됐다, 됐어."

이후 이들 가족은 모두들 기뻐하는 것 같았는데, 천융녠 영감이 돌아온 후로 또다시 아무 소리도 나지 않았으며, 며칠간 내게도 아무 말이 없었다. 천융녠 영감은 매일 거리에서 볼 수 있었는데, 이 구석에 쪼그려 앉아 몇몇 늙은이들과 무슨 이야기를 나누거나, 그렇지 않으면 저 구석에서 촌간부들과 무슨 이야기를 나누고 있었다. 며칠 지나지 않아 촌간부들이 나에게 진펑의 일을 꺼내면서 진펑의 상대가 확실히 낙후되고 문제가 있다고 알려주었다. 며칠 후 나는 촌간부들에게 물어보았는데, 구청에서 진펑의 파혼을 이미 비준했다고 했다. 나는 집에 돌아와 진펑의 언니에게 물어보았더니, 그녀는 그대로 나에게 말해주고 봄에 자기도 이혼 수속을 밟겠노라고 했다.

뜻밖에도 이 자그마한 일이 나를 무척 기쁘게 했다. 진평이 수줍어함에도 불구하고, 나는 진평에게 농담을 건넸다. 이렇게 하여 진평은 훨씬 활달해져 글자도 배우고 학습을 하였으며, 낮에는 혼자서 나의 방에 드나들면서 학습하고 때로는 장난을 치기도 했다. 이렇게 하는 게 썩 보기 좋은 것 같지는 않았지만, 적당히 제지할 말이 없어 그냥 어물어물 몇 마디 받아주었더니 진평의 언니가 나를 놀렸다.

"아이구, 캉 선생님도 부끄러움을 타시나요?"

"캉 선생님은 우리 백성들의 교육사업을 이끌고 있는데, 캉 선생님도 봉건인가요?"

나는 저도 모르게 낯을 붉혔다. 다행히 이렇게 말해준 덕에 그 후로 진평이 낮에 오는 일이 없어졌으며, 밤에 올 때에는 어머니나 동생 혹은 언니 혹은 다른 아가씨와 함께 왔다.

시간은 살같이 흘렀다. 눈이 두 번 내리고 거센 바람이 불어닥쳤다. 어느덧 음력 설이 다가왔다. 이날 오전에 업무를 보고 있는데, 솬주가 갑자기 뛰어왔다. 아마 그를 못 만난 지도 거의 이십 일쯤 되었을 것이다! 오늘도 그는 혁대를 매고 각반을 찼는데, 머리에는 자기가 까만 베로 만든 군모를 썼고 손에는 무슨 작은 보자기를 들고 있었다.

"뭐 별 거 아닙니다. 캉 선생, 달걀 두 꾸러미인데 설이나 쇠시오!"

나를 정말 그를 야단치고 싶었다! 또 무얼 가져온단 말인가! 그는 일기장을 꺼내 내게 보여주더니, 탁자 위에 놓인 방금 인쇄한 '앙가춤(秧歌舞) 극본'을 보고 손에 들었다.

"이야! 오락거리가 없는 참인데, 아주 잘 됐군!"

내가 일이 바빠 오늘은 일기를 봐줄 시간이 없다고 하자, 그는 괜찮다면서 며칠 후에 가지러 오겠노라고 했다. 방문 밖에 누군가 왔는데, 쏸주가 그와 말을 주고받았다. 진펑이었다! 두 사람이 무얼 소곤거리지? 나중에는 두 사람이 함께 나의 방에 들어와 궤짝에 기댄 채 이야기를 나누었는데, 나는 글을 쓰느라 정신이 없어 한 마디도 듣지 못했다.

설을 쇤 후 쏸주가 더욱 부지런히 드나들었는데, 사나흘에 한 번, 혹은 이레나 여드레마다 한 번은 꼭 왔다. 올 때마다 늘 내가 점심에 쉬는 틈을 타서 마당으로 들어와서 나를 불렀다. 내가 들어오라 해도 그는 들어오지 않았다. 그는 마당에서 일기를 나에게 건네주고는 몇 마디 나누고서 곧장 떠났다. 나중에 알게 되었지만, 진펑네 자매는 낮에 늘 북쪽 방 섬돌에 앉아 바느질을 하였는데, 쏸주가 오면 언제나 진펑은 곧장 금방 북쪽 방으로 들어가 버렸다. 그들은 며칠째 아는 체도 하지 않았고 말을 건네지도 않았다. 어떻게 된 영문인지 알 길이 없었다. 마을에서는 진펑과 쏸주가 자유연애를 한다느니, 사랑한다느니 하는 소문이 떠돌았다. 내가 진펑의 언니에게 물어보자, 그녀는 이렇게 대꾸했다.

"그들은 진작부터 서로 좋아했지요! 요즘은 웬일인지 진펑에게 물어보아도 말을 하지 않아요. 쏸주에게 물어보세요!"

쑨주도 내게 아무것도 말해주지 않았다. 내가 물어볼 때마다 그저 낯을 붉히면서 웃기만 할 뿐 때가 되면 안다고만 했다.

이후 마을에는 소문이 더욱 자자했다. 촌간부들과 우리 기관의 동지들도 나에게 물었다. 내가 무얼 안다고? 내가 기껏 알고 있는 것이란 쑨주가 늘 나를 찾아와 무얼 학습해야 하는지를 묻고 내 방에 들어오지도 않고 진펑과 말을 주고받지도 않으며 쑨주가 오면 진펑은 곧장 북쪽 방으로 들어가 버린다는 것뿐이다. 이 밖의 일이라면 요즘 진펑이 자주 바깥나들이를 하는 것을 보았을 뿐이다. 한번은 진쒀가 밖에서 급히 달려들어와 떠들어댔다.

"아, …… 둘째 누나와 쑨주가 대추나무숲속에 갔어. 아, 아……"

"웬 소란이야?" 영감이 진쒀에게 눈을 부라리자, 진쒀가 다시 입을 열었다.

"내가 봤다니까요!"

"보긴 뭘 봤다는 게야!"

영감은 발을 구르며 북쪽 방으로 가서 욕을 마구 퍼부었다. 나는 진쒀를 잡아끌어 물어보았지만, 그 내막을 알아내지는 못했다. 마을에 소문이 더욱 퍼져 나가자 천융녠 영감은 불같이 화를 냈다. 그는 며칠째 나에게 말을 건네지 않은 채 식구들에게 욕을 퍼부어댔다. 하지만 진펑이 들어오면 진펑을 야단치지는 않고 노기등등하여 나가버리곤 했다.

날이 따스해졌다. 봄이 왔다! 버들꽃이 날리고 대추나무에는 야들야들한 잎사귀가 돋아났으며, 연두빛 작은 꽃송이들이 삐죽

피어났다. 마을 사람들은 두엄내기에 바빠졌다. 이날 오후 나는 저녁을 먹은 후 삽을 메고 마을 서쪽의 우리 기관에서 짓는 텃밭에 가서 땅을 갈아엎었다. 해질녘에 내가 돌아올 때 어느 동지가 나를 찾았다. 우리는 길가 홰나무 아래에 앉았다. 맞은편 멀지 않은 한길 저쪽에는 저녁 햇빛이 내가 거처하는 집 뜨락문을 비추고 있었다. 그 문어귀 밖에는 아낙네들이 떼 지어 모여 앉아 군화를 만들면서 수군거리고 있었다. 솬주가 삽을 메고 한길 북쪽에서 나오는 것을 본 나는 그의 감자밭 한 마지기가 윗마을 뒷골에 있다는 걸 떠올렸다. 바로 이때 나의 주인집 문어귀에 있던 아낙네들이 그에게 보일까봐 서로 밀치면서 살금살금 쪽걸상을 대문 안으로 들여놓고 있었다. 솬주도 갑자기 온몸이 편치 않은 듯 비틀거리며 천천히 걸어갔다. 문밖에는 진평만이 혼자 남았다. 그녀는 아무것도 모르는 양 뒤를 돌아다보고는 머리를 숙이고 입을 꼭 다문 채 바느질만 하고 있었다. 나는 내 곁에 앉은 동지를 제쳐놓은 채 앞만 바라보고 있었는데, 솬주는 나를 보지 못하고서 한 걸음 한 걸음 앞으로 나아갔다. 그는 대문어귀에서 제법 먼 곳까지 가서 굽이를 돌 때에야 걸음을 멈추고 몇 번이고 문어귀를 쳐다보았다. 대문 이쪽의 모습을 나는 똑똑히 보았는데, 진평 역시 머리를 숙인 채 힐끔힐끔 그를 내다보았다!

이날 밤 나는 잠을 제대로 이룰 수가 없었다. 이튿날 아침 일찍 나는 윗마을로 솬주를 찾아갔다. 솬주는 아직 일어나지 않았다. 그의 어머니와 형, 형수가 나를 맞아 밥을 권하면서 말했다.

"솬주는 요즘 어찌된 일인지 모르겠어요! 맥없이 말도 잘 안해요. 아프냐고 물어보면 괜찮다고는 하는데, 밥을 먹고는 밭에 나가 일만 해요!"

"괜찮을 겁니다. 제가 이야기해볼게요."

나는 쏸주를 잡아 일으켜 함께 밥을 먹고 밭에 나갔다. 밭머리에 앉아 내가 물었다.

"어떻게 된 거야? 속 시원히 말이나 해봐요."

그는 좀처럼 입을 열지 않았다. 내가 한참 동안 말을 붙였지만, 그는 그저 머리만 수그리고 있었다. 조급해진 나는 벌떡 일어서면서 말했다.

"왜 이렇게 낙후되어버렸소? 당신은 중요한 간부인데!"

그제서야 그는 웃으면서 나를 끌어 앉히며 말했다.

"시원하게 말해드리지요, 그렇지 않아도 도와달라고 하던 참이었소."

"그야 두말하면 잔소리지! 도와줄 테니 말해보시오."

"나와 진평은 서로 좋아했소! 우리 두 사람은 진즉 합의를 보았소!"

"그런데 왜 공개하지 않았소?"

"에이, 부끄러워서 어떻게 말하나. 또 누구에게 말해야 좋을지도 모르겠고 ……"

"요즘 두 사람은 왜 말을 하지 않고 지내오?"

"아이구 …… 말이야 많이 했지."

쏸주는 나의 목을 끌어안고 웃었다. 알고 보니 그가 나를 찾아오는 건 진평을 만나기 위함이었으며, 그들은 대추나무숲 으슥

한 곳에서 이야기를 나누었던 것이다. 솬주가 매번 마당에 들어서면 진펑은 북쪽 방으로 가서 옷을 깁던 바늘로 신호를 남겼다. 만약 창문 동쪽 다섯 번째 칸 창호지에 구멍 세 개를 뚫어놓으면 사흘 후에 만나자는 것이고, 네 개를 뚫어놓으면 나흘 후에 만나자는 것이었다. 그리고 일곱 번째 칸에 세 개를 뚫어놓으면 오전이고, 다섯 개를 뚫어놓으면 오후에 만나자는 것이었다. 그의 이야기를 듣고서 나는 주먹으로 그를 한 대 치고는 앙천대소했다. 솬주는 얼굴이 벌게져 두 손으로 낯을 가린 채 킥킥 웃었다. 나는 그를 놀렸다.

"너희들 허튼짓 하지는 않았겠지?"

"아니 어떻게! 그저 당신들 남녀동지가 만나는 것처럼 악수를 했지!"

내가 또 한 대 쥐어박자, 그는 부끄러워하면서 일하러 갔다. 나는 꼭 성공시키겠다고 그에게 장담했다. 나는 그의 집으로 돌아갔다. 나의 설명을 들은 그의 어머니와 형은 별다른 의견이 없었다. 윗마을로 돌아와 주인집 아주머니와 진펑의 언니에게 말하자 다들 좋다고 하는데, 처리하기 가장 어려운 사람은 천융녠 영감이었다. 저녁에 나는 그를 오시라 하여 자세히 설명해드렸다. 그는 아무 말 없이 나의 말을 다 듣고 나서 말했다.

"이 일은 나도 반대하진 않소. 어쨌든 캉 선생, 사실대로 말하겠소. 우리 늙은이들을 쓸모없다 여기지 마시오. 마음은 꿋꿋한데 머리가 그리 트이지 않을 뿐이라오. 허허" 그는 나를 쳐다보고 웃으면서 곰방대를 빨았다. "우리 이 머리는 젊은이들의 신식머리에 비하면 한참 멀었지! 내 그 집 노인네들과 의논해 보고 다시 이야기하는 게 어떻겠소? 하하 ……"

그 후 나는 일의 마무리를 보지 못한 채 하향하고 말았다. 나는 이 일을 촌간부들에게 맡기고, 구의 청년구국회와 여성구국회에 편지를 써보낸 다음 업무차 이현(易縣)으로 떠났다.

하향할 때 나는 이 일이 마음에 걸렸다. 20일이 지나자 나는 급히 돌아왔다. 돌아오는 길에 북촌 큰 시장을 지나다 바오딩(保定)에서 나온 '학생포켓소자전'을 발견하고 샀다. 아쉽게도 딱 한 권뿐이었다! 집에 돌아오자 진펑이 사전을 보더니 빼앗듯이 가져가버렸다. 이것은 솬주가 나에게 사달라고 한 지가 일 년이 되었으니 안 된다고 말했지만 그녀는 막무가내로 책값만 물었다. 나는 화가 나서 대꾸도 하지 않았다.

이틀 후 내가 사업보고를 마치고 나자, 촌간부들이 솬주와 진펑의 일은 성사되었다고 알려주었다. 양가에서 동의하고 구에서도 동의하여 정식으로 약혼했다는 것이었다. 나는 기쁜 나머지 집에 돌아와 진펑을 불렀다. 진펑은 어머니와 함께 방아를 찧으러 갔다고 진펑의 언니가 알려주었다. 나는 그녀에게 물었다.

"진펑이 약혼했어요?"

"했어요, 나도 이혼하고!"

나는 뛸 듯이 기뻤다. 그녀가 말을 이었다.

"그들은 전날 물물교환을 했어요. 솬주는 수건 두 장, 양말 두 켤레, 또 공책과 연필을 주었고, 진펑은 동무에게서 빼앗은 그 작은 책, 바닥을 두텁게 누빈 양말, 그리고 공책과 연필을 솬주에게 주었어요."

"무슨 이야기를 나눠요?" 진평이 뛰어들어왔다. 나는 큰 소리로 웃으면서 두 손을 마주 잡아 그녀에게 인사를 했다. 그녀는 얼굴이 빨개졌다. 그녀의 언니가 호주머니에서 하얀 수건을 꺼내 흔들면서 여동생에게 말했다.

"너 이 수건 캉 선생님께 드리지 않을 거야? 캉 선생님이 온걸 보고 꺼냈는데! 어때요? 괜찮지요?"

"그거야 모를 일이지!" 어머니가 들어오면서 말했다.

진평은 언니 손에서 수건을 빼앗고서 나를 힐끔 바라보았다.

"선생님 것은 따로 있어! 솬주가 오후에 와서 흰 수건 하나, 그리고 내가 바닥을 누빈 양말을 드리겠대! 그 수건이 이것보다 훨씬 좋은데!"

진쒀도 돌아왔다. 모두들 웃고 있는 참이라 그도 뛰어오르며 소리쳤다. 천융녠 영감은 마당에 들어서서 이 모습을 보고 '허허' 웃음을 터뜨리더니 조금 쑥스럽다는 듯이 우리 쪽을 바라보다가 곧장 북쪽 방으로 들어갔다.

1946년 5월 23일 장가구에서

마펑은 산시성(山西省) 샤오이시(孝義市)에서 태어났다. 본명은 마수밍(馬書銘), 필명으로는 옌즈우(閻志吾), 쿵화롄(孔華聯), 모윈(莫韻), 스잉(時英), 샤오마(小馬) 등이 있다. 1938년 봄에 항일유격대에 참여하여 전사로서 활동하였으며, 같은 해에 중국공산당에 가입하였다. 1942년 9월 ≪해방일보(解放日報)≫에 최초의 단편소설 〈첫 번째 정찰(第一次偵察)〉을 발표한 이래 주로 단편소설을 창작하여 발표하였다.

이 책에 실린 〈진바오 엄마(金寶娘)〉은 1949년 2월 28일부터 3월 3일까지 ≪진수일보(晉綏日報)≫에 4회에 걸쳐 연재되었다.

마펑

(馬烽, 1922~2004)

# 진바오 엄마 金寶娘

1

1947년 겨울에 나는 토지개혁을 지도하러 뎬터우촌(店頭村)으로 파견되었다.

뎬터우촌은 삼사십 가구가 모여 사는 조그마한 마을로 한길가에 자리잡고 있는데, 시내에서 한 정거장 거리여서 남북으로 오가는 사람들은 모두 이곳에서 묵었다. 마을에는 말 가게가 두 곳, 여인숙이 서너 곳, 그리고 자그마한 잡화점 한 곳과 간식을 파는 행상인 몇몇이 있었다. 번화한 마을은 아니지만, 산골마을치고는 제법 번듯한 곳이었다.

나는 중농(中農)인 류솬솬(劉拴拴)의 집에 묵고 있었다. 류솬솬은 농담을 잘하는 스무살 남짓의 젊은이인데, 이삼 일만에 나와 친해져서 일 없이 내 방에 자주 놀러 왔다.

어느 날 오후, 나는 구들 평상에 엎드린 채 자료를 정리하고 있었고, 솬솬은 뒤 구들 위에서 털실을 꼬고 있다. 갑자기 그의 말소리가 들려왔다. "아이구! 부엉이가 들어오니 심상치 않구만?" 문어귀에서 여인의 목소리가 들렸다. "공작단(工作團)의 마선생님이죠?" 내가 고개를 돌려 바라보니, 젊은 아낙이 들어오고 그 뒤를 열두세 살 된 아이가 따르고 있었다. 그 아이는 내가 갓온 지 며칠 만에 알게 되었는데, 진바오(金寶)라는 이름의 아주 영리한 꼬마였다.

그 아낙은 들어오자마자 부뚜막에 앉아 나를 마주보았다. 그제서야 나는 그녀가 젊은 여자가 아니라는 걸 알았다. 거의 마흔에 가까운 삼십대 후반으로 보였다. 창백한 얼굴에는 주름이 많고 눈언저리가 거무스름했다. 짧은 머리에 넓은 바짓가랑이, 그리고 낡은 빨간 신발을 신고 있었다. 나이와 어울리지 않는 차림새가 역겨운 느낌을 불러일으켰다. 한 눈에 봐도 음전한 여자가 아니었다.

나는 계속 자료를 보면서 그녀를 거들떠보지도 않았다. 류솬솬만 그녀와 이것저것 잡담을 늘어놓을 뿐이었다. 여인의 나지막한 목소리가 들려왔다. "허튼소리 하지 마. 나 진즉에 그만 두었어!"

진바오는 구들에 올라와 나의 만년필을 들고 말했다. "엄마, 마 선생님 펜 좀 봐! 글씨가 정말 가늘어!" 그 여인이 말했다. "내려놔, 진바오. 망가지겠다." 진바오가 얌전히 내려놓았다. 나는 이 여인이 바로 진바오 엄마인 것을 알았다. 문득 한 가지 일이 떠올랐다.

이 마을에 도착한 이튿날이었다. 나는 거리에서 몇몇 사람들과 한담을 나누고 있었고, 한 떼의 조무래기들은 순이네 가게(順義店) 입구에서 돌치기를 하고 있었다. 진바오가 거름 광주리를 들고서 다가오다가, 무슨 일론가 말다툼이 벌어져 조무래기들이 노래를 부르듯 욕을 했다. "갈보 아들이 부끄러움도 모르고! 네 엄만 보루에서 양갈보짓을 한다고!" 진바오가 몇 마디 되받아치자, 몇몇 아이가 말했다. "갈보년 자식 주제에 욕을 해!" 다른 아이가 말했다. "흙을 뿌려주자!" 그러자 조무래기들은 흙을 집어 들어 진바오에게 던졌고, 진바오는 큰 소리로 울음을 터뜨렸다. 내가 몇 마디 훈계한 후에야 조무래기들은 달아났다. 갑자기 순이네 가게 이웃에 있는 낡은 문에서 여자가 머리를 내밀더니 큰 소리로 외쳤다. "진바오! 어서 돌아오잖고! 거름을 주우라는데 말을 안 들어! 정신이 있는 거야 없는 거야!" 진바오는 눈을 비비면서 들어 갔다. 대문이 "꽝"하고 닫히자 진바오는 큰 소리로 울기 시작했다. 틀림없이 엄마한테 몇 대 맞았을 것이다.

그날 조무래기들이 진바오에게 퍼부은 욕설이 떠오르자, 나는 그녀가 음전치 못한 여인이라고 더욱 확신했다. 마음속에 역겨운 느낌이 들었기에 줄곧 그녀를 상대하지 않았다. 류솬솬만 그녀와 잡담을 나누었다. 솬솬이 그녀에게 묻는 말이 들렸다. "마 선생께 무슨 볼일이 있어요?" 진바오 엄마가 나를 흘끗 보고 입술을 달싹거리더니 말투를 바꿨다. "중요한 일이야 있겠어? 마 선생님이 공무로 바쁘시구먼! 네 엄마에게 빌릴 게 있어서 왔어." 그러고는 그냥 가버렸다. 두 다리를 양쪽으로 제치면서 걸었다. 그녀가 떠난 뒤에 류솬솬이 나에게 말했다. "마 선생님, 저 여자 어때

보여요?" "얌전한 여인은 아니네요! 나이가 몇인데 아직도 화장을 그렇게 하다니!" 류솬솬이 대꾸했다. "예전에는 연지도 바르고 분도 발랐어요! 토지개혁이 시작되고 나서야 화장을 하지 않는 걸요." "남편은 있어요?" "원래는 있었는데 지금은 아마 죽었을 겁니다." "뭘 먹고 살아?" 류솬솬이 웃으면서 말했다. "뭘 먹고 살아요?! 밭도 갈지 않고 씨도 뿌리지 않지만, 허리에 쌀독이 있지요. 이 여자는, 어이구 말도 마요. 전에는 일본인 경비대를 상대하더니 나중엔 진수군(晉綏軍)을 상대했지요. 매음녀에요!" 잠시 말을 멈추었다가 그가 다시 입을 열었다. "예전에는 양가의 규수였는데 집이 가난해져 그런 일을 했다고 합니다. 그런데 무슨 일을 해서든 밥을 먹지 못할까. 이런 낯부끄러운 일로 먹고 살아야 하나요? 정말 사람 같지 않아요!" "못하게 말릴 사람은 없어요?" "왜 없겠어요? 작년 봄 해방된 이후부터 간부들이 얼마나 그러지 말라고 가르쳤는데요. 여자 건달로 판정해서 조리돌림도 하고 구금도 해보았지만, 오전에 풀어주면 오후에 손님을 받았어요. 누가 늘 따라다닐 수 있겠어요?!"

이야기를 나누는 사이에 문이 삐걱 열리더니 진바오가 다시 들어와 내게 말했다. "마 선생님, 우리 엄마가 집에 놀러 오시래요!" 내가 입을 열기도 전에 류솬솬이 끼어들어 말했다. "니네 엄마가 눈이 멀었지! 마 선생님은 그런 사람이 아니거든!" 나도 화가 나서 내 기억에 손을 휘두르면서 말했다. "썩 꺼지거라." 진바오는 깜짝 놀라 달아났다. 류솬솬이 웃으면서 말했다. "마 선생님, 보세요. 당신까지 유혹하네요!" 내가 대꾸했다. "당신 보기에 내가 그런 사람으로 보이나요?!" "그러실 분이 아니란 걸 알지요. 웃자고 한 소리에요!" 그는 이렇게 말하고서 물통을 메고 나갔다.

나는 대표자 회의에 가려고 자료를 정리했다. 해는 서산에 걸려 있고, 서쪽 하늘이 반쯤 붉어져 있었다. 거리에는 가축을 몰고서 가게로 들어서는 행인들이 많았다. 순이네 가게 문어귀에는 여러 명의 여인들이 서 있고, 류솬솬 어머니와 진바오 엄마도 거기에 있었다. 여관에 묵는 짐꾼들은 문어귀에서 길마를 정리하고 있었다. 내가 다가가자 진바오 엄마가 나를 불렀다. "마 선생님!" "왜 그러십니까?" 진바오 엄마가 쑥스러운 표정으로 말했다. "틈나시는 대로 우리 집에 놀러 오시……" 나머지 여자들이 나를 쳐다보았고, 짐꾼들도 하던 일을 멈췄다. 마침 물을 길어 다가오던 류솬솬이 나를 향해 익살맞은 표정을 지어보였다. 이러한 상황에서 나에게 자기 집에 놀러오라는 음전치 못한 여인에 대해 나는 정말 화가 치밀었다. 기억하기에 그녀에게 화를 내면서 말했다. "못된 여자로 보이는데 나를 불러 어쩌려고?" 뭐라고 또 욕도 했을 텐데, 지금은 기억이 또렷치 않다. 아무튼 나는 그때 몹시 화가 났고, 대표자 회의에 가서도 화가 가라앉지 않았다.

대표들이 내 안색이 좋지 않은 걸 보고서 왜 그러느냐고 묻자 얘기를 꺼냈다. 대표주임인 톈(田) 아저씨가 말했다. "내가 보기에 공작단을 꼬실 배짱은 없네. 아마 정말로 할 말이 있을지도 몰라!"

회의 참석자들이 아직 다 도착하지 않은지라 모두들 진바오 엄마의 신세를 이야기하기 시작했다. 나는 그제서야 그녀가 어떤 여자인지 알게 되었다.

2

진바오 아빠의 이름은 리건위안(李根元)이다. 리건위안 양친은 아들 하나만 두었는데, 집안이 가난하여 마을의 지주 류서우중(劉守忠)의 땅 20여 마지기를 소작했다.

건위안이 세 살 때에 쑤이위안(綏遠)에서 도망나온 난민 가족이 덴터우촌에 와서 계집아이를 낳았는데, 키울 여력이 없어 남에게 주려고 했다. 건위안 엄마는 쌀 5되로 그 계집아이를 샀다. 아이를 젖 먹여 키워서 건위안에게 주어 며느리로 삼을 요량이었다. 피난민은 쌀 다섯 되를 받고 떠난 이후로 다시는 찾아오지 않았다.

건위안 엄마는 딸이 없었던 터라 민며느리를 자신의 친딸처럼 진자리 마른자리 갈아주면서 정성껏 키웠다. 아이에게는 추이추이(翠翠)라는 이름을 지어주었다.

추이추이가 열대여섯이 되었을 때 정말 꽃같이 예쁘게 자랐고, 손재주가 좋고 눈치가 빨랐다. 새하얗고 동그란 얼굴에 반짝거리는 큰 눈, 까맣게 윤나는 땋은 머리. 온 덴터우촌에서 으뜸가는 훌륭한 처녀였다. 한번은 마을 한 청년이 고기 두 근을 들고 건위안네 문 앞을 지나갔는데, 마치 추이추이가 문 앞에 서 있었다.

추이추이를 본 청년은 얼이 빠져 개가 고기를 낚아채가는 것도 알지 못했다. 이 일이 일어난 후로 추이추이의 미모는 더욱 유명해졌다. 하지만 추이추이는 여태껏 남자들과 말을 섞는 일이 거의 없었다. 어릴 적에는 건위안과 함께 장난치고 놀았지만, 나이가 들어서는 장차 자신의 남편될 사람이라는 것을 알고서는, 비록 가족이 한 구들에서 자고 한솥밥을 먹었지만 수줍어서 건위안과 별로 이야기도 나누지 않았다. 때로 건위안이 일부러 그녀에게 말을 시키면 그녀는 금방 얼굴을 붉혔다. 건위안이 스무 살 때, 추이추이가 벌써 열여덟이 되었다. 양친이 보기에 다 컸는지라 그 해 가을에 두 사람을 결혼시켰다. 하루 전에 추이추이를 건위안의 둘째 이모네 댁에 보냈다가, 이날 당나귀 등에 붉은 담요를 두른 채 끌고 돌아오게 했다. 돌아와 하늘과 땅에 절을 하고 흰떡을 먹는 걸로 결혼의 예를 차렸다. 비록 어려서부터 이 마을에서 자란 처녀이지만, 신부를 보러 온 사람들이 많았으며 모두들 "정말 좋은 며느리야. 우리 마을 류서우중 같은 부자도 이런 며느리를 보진 못했어!"라고 칭찬을 아끼지 않았다.

청년들은 건위안과 함께 있을 때면 모두들 부러운 투로 말했다. "건위안이 전생에 덕을 많이 쌓아서 이리 좋은 마누라를 맞았다!" "이렇게 좋은 색시가 있다면 한 달만 살아도 여한이 없겠다!"라고 말한 사람도 있었다.

지주 류서우중의 아들은 이름이 류구이차이(劉貴財)이고 나이는 건위안과 같았다. 구이차이는 진즉부터 추이추이에게 반해 있었으며, 추이추이가 결혼하고 나서 처녀 적보다 더 예뻐져 얼굴이 복사꽃처럼 피어난다고 느꼈다. 류구이차이는 늘 추이추이와 시시덕거리고 싶었다. 일이 있든 없든 건위안집에 놀러갔다가 건위안과 그의 아버지가 밭일하러 간 틈에 수작을 부리곤 하였다. 금반지가 얼마나 무거운지 추이추이에게 보여줄 때도 있고, 손수건이 실크인지 마인지를 추이추이에게 건네줄 때도 있었는데, 추이추이는 거들떠보지도 않았다. 때로 류구이차이가 오면 방을 쓸고 바닥을 쓸면서 일부러 먼지를 털어내기도 하였다. 언젠가 그녀의 시어머니가 "도련님이 오면 그러지 말아라. 밉보이면 안 된다"라고 말하자, 추이추이가 대꾸했다. "착한 구석이라곤 눈 씻고 봐도 없는 놈이에요!"

건위안이 결혼한 이듬해에 건위안의 아버지가 돌아가셨다. 그해 겨울에 추이추이가 아들을 낳았고, 손자를 본 시어머니는 몹시 기뻐하면서 진바오라는 이름을 지어주었다. 건위안은 여전히 류서우중의 땅 20여 마지기를 소작했다. 추이추이가 아이를 낳았는데도 류구이차이는 단념하지 않고 여전히 하릴없이 건위안의 집에서 빈둥거렸다. 때로는 팔꿈치로 추이추이를 건드리기도 하고, 때로는 추이추이와 손과 키의 크기를 비교하기도 했다. 추이추이는 여전히 거들떠보지 않고, 이 일을 건위안에게 알렸다. 건위안은 류구이차이를 건드릴 수 없다는 것을 알고 있었기에, 그저 추이추이에게 "그 녀석을 상대하지 마!"라고 달랠 뿐이었다.

그해 가을에 결국 일이 벌어지고 말았다. 건위안이 밭에서 곡식을 베고 돌아왔는데, 추이추이가 집 안에서 고함치는 소리를 들었다. 그가 급히 뛰어들어가 보니, 추이추이는 구들 구석에 움츠

려 있고 류구이차이는 한 손으로 추이추이를 붙들고 다른 손으로
는 은화 두 개를 들고 있었다. 건위안은 젊은 혈기에 이 광경을
보자 더 이상 참지 못해 큰 소리로 외쳤다. "뭐 하는 거야?" 구
이차이가 말했다. "소작료를 받으려고!" 그는 대꾸를 하면서 구
들에서 뛰어내렸다. 건위안이 "소작료를 받으러 구들에 올라오
냐?"라고 말하면서 낫자루로 때렸다. 구이차이는 두 대를 얻어맞
고 허둥지둥 도망가면서 욕을 해댔다. "감히 날 때려? 두고 봐!"
추이추이가 한바탕 눈물바람을 하였다. 얼마 후에 진바오를 안고
돌아온 시어머니가 이 일을 듣고는 씨근덕거리면서 말했다. "구
이차이가 오전에 와서 자기 엄마가 아이를 보고 싶다면서 나보고
진바오를 데리고 자기 집에 가달라고 하는 게 이상하더라니. 못된
생각을 품었었구만." 뒤이어 건위안에게 말했다. "쫓아낸 건 잘
했다만, 때려서는 안 돼. 남의 논을 소작이라도 붙이려면 눈 밖에
나선 안 된다!"

아니나 다를까, 얼마 지나지 않아 구이차이는 소작을 거두어갔
다. 건위안이 말했다. "세상에 지주가 그 집만이 아니고, 우리가
고생할 곳이 없을까봐, 돼지머리를 들고 사당을 못 찾을까봐?"
구이차이는 소작을 거둬들였지만 분이 아직 덜 풀렸다. 그 해는
민국 24년(1935년), 겨울에 각 마을마다 '방공보위단(防共保衛團)'이
결성되었고, 뎬터우촌에도 만들어졌다. 류구이차이는 돈이 있고
권세가 있어서 마을 단장이 되었다. 이듬해 봄에 각지에서 공산당
을 잡아들이자, 구이차이는 건위안을 공산당이라고 잡아갔다. 구
이차이는 건위안을 직접 고문하여 몇 번이나 기절하도록 두들겨

팼지만, 끝내 자백을 받아내지 못했다. 마을 사람들은 모두 어찌 된 영문인지 알고 있지만, 감히 입을 여는 사람은 없었다. 그날 건위안을 마을 사무소의 창고에 가두어 놓고, 공문서가 준비되면 다음날 현으로 압송할 예정이었다.

오후에 추이추이가 건위안에게 밥을 가져다주었는데, 건위안이 엎드려 있는 창문 구멍으로 들여다보니 얼굴빛이 누렇게 떠 있고 얼굴에 몇 줄기 핏자국이 흘러 있었다. 추이추이가 슬프게 "여보 ……" 하고 한 마디를 내뱉은 순간, 간수가 그녀를 제지하면서 말했다. "외부인이 공산당과 말하지 못하도록 단장의 명령을 받았다." 추이추이는 멍하니 건위안을 몇 번 쳐다보고 울면서 돌아왔다. 그녀는 집 앞에 이르러 눈물을 훔쳤다. 그녀는 시어머니가 슬퍼할까봐 괜찮다고만 말했다.

밤에 추이추이는 한숨도 자지 못했다. 공산당이 되는 순간 살 길이 없다는 것을 알고 있었다. 그녀는 보름 전에 시내 건위안의 고모부가 죽었을 때를 떠올렸다. 건위안과 함께 문상하러 갔다가 마침 시내에서 공산당을 총살하는 걸 목격했던 것이다. 총살당한 사람은 모두 넷인데, 셋은 농삿꾼이고 하나는 학생이었다. 네 방의 총성이 울리고 네 무더기의 핏물이 흘렀다. 마지막에 그들의 가족들이 시신을 수습하러 왔다. 할머니도 있고, 젊은 며느리도 있고, 어린 아이들도 있었는데, 모두들 서럽게 울었다. 어떤 할머니는 시신에 엎드려 미친 듯이 울부짖었다. 구경하던 사람들이 모두 울었고, 추이추이도 울었다.

추이추이는 이 비참한 광경을 떠올리고서 건위안의 운명에 생각이 미치자, 자신도 모르게 울음이 솟구쳤다. 눈물이 베개를 적셨다. 그녀는 울면서 생각에 잠겼다. "목숨을 걸고 건위안을 구해야 한다!" 그녀는 마음을 다잡고 조용히 일어나 옷 몇 벌과 호미를 들고서 거리로 나갔다. 당시는 한밤중이라 컴컴한데다 찬바람이 정면에서 불어왔다. 그녀는 마을 너머로 에둘러 마을 사무소 뒤쪽으로 가서 창고의 뒷담을 찾아내고서 호미로 파기 시작했다. 다행히 그 벽은 흙으로 만든 것이라 얼마 안 되어 굴을 파내어 건위안을 끄집어냈다. 들판에서 바람이 휙휙 휘몰아치고 마른 나뭇가지는 뿌지직 소리를 냈다. 건위안은 추이추이의 손을 잡은 채 말했다. "나는 죽지 않을 거야. 이 원수를 꼭 갚을 거야! 당신은 아직 젊으니 일찌감치 임자를 찾으시오. 도망 다니는 몸으로 생사를 알 수 없으니, 날 죽은 사람으로 생각해주오!" 추이추이는 울면서 말했다. "난 살아서는 당신 집안사람이고, 죽어서도 당신집의 귀신이니, 죽어도 마음이 변치 않을 거에요 ……" 추이추이는 목이 메도록 울었다. 젊은 부부는 세찬 바람 속에서 서로 끌어안고 한바탕 울었다. 추이추이는 가져온 옷을 건위안에게 주어 피 묻은 옷과 바꿔 입게 하고, 노잣돈으로 쓰도록 은팔찌 두 개를 건네주었다. 건위안은 집이 있는 곳을 향해 절을 하고 일어나 떠났다.

추이추이는 피 묻은 옷을 안고 몰래 집으로 돌아왔지만, 그녀의 마음은 이미 건위안을 따라 가버렸다.

이튿날 구이차이는 건위안이 도망간 것을 알았지만, 공산당이 도망한 것을 상부에서 알게 되면 자신 또한 연루될까봐 떠들어대지도 못했다. 하지만 추이추이를 갖고 싶은 마음은 더욱 간절해졌다. 그래서 뒤이어 "건위안이 도망쳤다가 붙잡혀 총살당했다"는 헛소문을 꾸며냈다. 그리고 "추이추이가 그에게 시집만 오면 아내를 쫓아버리겠다"고 말했다.

며칠 후에 구이차이는 순이네 가게 류순이(劉順義) 할멈을 중매쟁이로 추이추이에게 보냈는데, 그 여자는 남의 등을 쳐먹는 뚜쟁이로 유명했다. 그녀는 먼저 추이추이를 자기 집으로 불러들여 의중을 떠보았다. "건위안은 이미 죽었어. 자네처럼 젊은 나이에 새로 서방을 얻어 살 궁리를 해야지. 자네 같은 인물이야 원하기만 하면 부잣집에서도 두 손 들고 환영할 거야." 추이추이가 대꾸했다. "순이 아주머니, 나는 살아서는 리가네 사람이고 죽어도 리가네 귀신이에요. 리가네가 아니더라도 진바오라는 혈육이 있고, 진바오가 없더라도 시어머니를 홀로 남겨둘 순 없어요. 그 분은 말이 시어머니지 친어머니와 마찬가지에요. 난 양심을 저버릴 수는 없어요." 순이 할멈이 말했다. "두 여자와 어린애가 가산이랄 것도 없는데 뭘 먹고 살려고? 참 걱정스럽구먼!" 추이추이가 대꾸했다. "설사 빌어먹는 한이 있더라도 진바오를 키우고 시어머니를 모실 거에요!" 순이 할멈은 싹수가 노랗다고 보고 더 이상 할 말이 없었다.

건위안의 어머니는 아들에게 일이 생기고 나서 날마다 흐느껴 울고 죽겠노라 목을 매더니 눈까지 멀게 되었다. 추이추이는 울음을 달고 사는 늙은이와 어린 것을 온종일 달래지만, 이쪽저쪽을 동시에 돌볼 수는 없는 노릇이었다. 집에는 먹을거리도 떨어져 매일 밭에 가서 야채를 캐고 곡식을 주워야했다. 추이추이는 이렇게 견디면서도 시어머니 앞에서 싫은 소리는 한 마디도 하지 않았다. 여름과 가을은 애면글면 겨우 견디어냈다. 하지만 그해 겨울은 정말 견디기 힘들었다. 겨우 한 끼니 해결하고 나면 다음 끼니를 장담할 수 없었다.

어느 날, 배가 고파 도저히 견딜 수가 없어 추이추이는 진바오를 안고서 이웃집으로 구걸을 다녔다. 건위안의 부모가 평소 마을사람들과의 관계가 좋았던 데다가 여자와 아이가 불쌍해보여서 이웃들이 모두 한 되 남짓을 주었다. 며칠이 지나자 시어머니는 병이 들고 진바오도 피골이 상접할 정도로 야위었다. 추이추이는 다시 진바오를 안고 구걸에 나섰으나 어느 집도 주지 않았다. 그 후 몇몇 할멈이 은밀히 그녀에게 말했다. "구이차이가 엄포를 놓았다더군. 어느 집이든 자네에게 먹을거리를 주는 집은 자기 원수라고. 생각해보게, 우리 마을의 절반 이상은 그의 땅을 부치는데, 누가 감히 그와 맞서겠는가?" 추이추이는 아무것도 달라고 하지 못한 채 울면서 돌아왔다.

어머니는 몸살을 앓아 구들에서 뒹굴고 헛소리를 하면서 온몸이 불처럼 뜨거웠다. 대소변이 묻은 이불을 추이추이가 막 깨끗하게 정리하고 어머니를 누이고 나자, 진바오가 배가 고파 울기 시작했다. 진바오를 젖을 먹여 재우고 나자, 시어머니가 다시 헛소리를 시작했다. 시어머니는 날카로운 목소리로 소리를 질렀다. "건위안아, 내 새끼가 돌아왔구나. 엄마는 죽을 것 같다. …… 아이고, 얼마나 큰 수박이냐! 달디 단 배로구나! 구이차이가 죽었어, 하하하 …… 어서 배를 사줘! 어서 ……" 추이추이는 어머니의 증상을 보면서 의사를 부르고 싶었지만 돈이 한 푼도 없었다. 오후에 이웃 순이 할멈이 추이추이를 불러다가 은화를 몇 개를 꺼내더니 말했다. "이건 구이차이가 너에게 보낸 것인데, 자네가 그와 오고가기만 한다면 자네를 도와주겠다고 하드만." 추이추이는 받아든 은화를 뎅그렁 소리와 함께 바닥에 내동댕이치고서 말했다. "내가 굶어 죽는 한이 있어도 그의 더러운 돈은 안 받아요! 아주머니, 우린 오랜 이웃인데 어떻게 남을 도와 나를 모욕할 수 있나요?" 추이추이가 울음을 터뜨리자, 순이 할멈은 한숨을 푹 내쉬며 부뚜막 위에 앉아 담배를 피웠다.

순이 할멈도 이러지도 저러지도 못하는 처지였다. 순이네 가게는 구이차이 집안의 땅을 차지하고 있는 터에, 구이차이는 마을청년들에게 추이추이를 갖지 못하면 성을 갈겠노라고 내기를 했다. 구이차이는 순이 할멈에게 추이추이를 잘 설득해보라고 당부하면서 일을 성사시키지 못하면 쫓아내겠노라고 협박했던 것이다.

순이 할멈은 서럽게 우는 추이추이를 보면서 측은한 생각이 들어 한참 만에 추이추이에게 이렇게 권했다. "이보게 이건 아무것도 아니야, 어느 집엔들 불미스러운 일이 없겠는가? 여자에게 이 재주밖에 없다네! 지금 건위안은 그림자도 비치지 않는데, 한평생 수절할 거야?! 시어머니 병을 위하고 진바오를 키우기 위해서라도 …… 한두 번 정도로 명성에 흠이 가지는 않을 거야. 노인과 아이를 위해서라도 고집은 그만 피워." 병든 어머니에게 의사를 부를 돈도 없고 진바오의 야윈 모습을 생각하자, 순이 할멈의 말을 듣던 추이추이는 마음속이 어지러워 한참 동안이나 말을 잇지 못하더니 고개를 숙인 채 눈물을 뚝뚝 흘렸다.

순이 할멈이 이어 다그쳐 말했다. "자네가 원한다면 내가 구이차이에게 말해줌세. 그 사람이 자네 때문에 속 꽤나 썩었네!" 말을 하면서 일어서는데, 추이추이가 그녀를 붙잡고 말했다. "나는 개를 받을지언정 구이차이를 받지는 않겠어요. 그 놈은 우리집의 원수요. 죽을 때까지 그를 원망할 거요." 순이 할멈은 잠시 생각에 잠겼다. "단번에 구이차이와 붙이기는 어렵겠군, 먼저 진구렁에 빠뜨리고 나면 훨씬 쉬워질 거야." 그리하여 순이 할멈은 낮은 목소리로 말했다. "구이차이가 아니라도 괜찮아. 우리 가게에 중대장이 하나 있는데, 그 분도 돈이 많은 사람일세, 어젯밤에 나더러 사람을 구해 달라고 하더구만. 자네가 가봐. 귀신도 모르게 돈을 벌면 시어머니의 병도 고치고 먹을거리도 생길 거야. 한두 번이야 괜찮아. 아무렇지 않아." 얼굴이 빨개진 추이추이는 고개를 숙인 채 아무 말도 하지 않았다.

날이 저물자 추이추이는 은화 두 개를 들고 집으로 돌아왔다. 시어머니는 이미 몸살기가 가셨는지 진바오를 안고 잠들어 있었다. 추이추이는 어머니를 보고 자신도 모르게 얼굴이 달아올랐다. 마음속의 말할 수 없는 괴로움으로 인해 그녀는 바닥의 낡은 상자를 보면서 남몰래 흐느껴 울기 시작했다. 그 상자 밑바닥에는 건위안의 피 묻은 옷이 감추어져 있었다. 건위안에게 얼굴을 들 수 없는 잘못을 저질렀다는 것을 깨닫고 엄청난 수치심이 느껴져 그저 멍하니 상자를 바라보면서 하염없이 눈물을 흘렸다.

이후로 추이추이는 둑이 터진 홍수처럼 더 이상 막을 수 없었다. 구이차이는 이 일을 알고서 몇 번이나 찾아왔지만, 추이추이는 죽어라고 받아들이지 않아 구이차이는 불같이 화를 냈다. 이게 마을 곳곳에 소문이 나자 추이추이의 생각과는 달리, 이전에는 단지 오가는 외지인들뿐이었는데, 마을의 몇몇 젊은이들까지 손님으로 오게 되었다.

이듬해 가을에 일본군이 쳐들어와 덴터우촌 산 위에 보루를 설치했다. 적군들은 마을에게 아가씨를 내달라고 요구했다. 당시 촌장을 맡고 있던 구이차이는 추이추이를 보루로 보내라고 몰아세웠고, 진바오에게 눈먼 할머니를 돌보라고 했다. 엿새, 이레가 지나 추이추이가 보루에서 내려왔는데, 얼굴빛이 창백하고 입술에 핏기가 전혀 없어 시체나 다름없었다. 눈먼 시어머니는 울면서 그녀의 배를 문질러주었다. 마을 사람들이 불쌍히 여겨 식량을 도와줬는데, 두 달여 몸을 추스르고 나서야 사람꼴이 되었다. 때마침 시어머니가 병으로 쓰러지자, 추이추이는 발악하듯 어머니를 돌보았다. 그러나 시어머니는 병을 앓은 지 두 달만에 죽었다. 시어머니 장사를 지낸 후 추이추이는 살아갈 길이 막막했다. 식량도 없고 농사지을 땅도 없었다. 기왕 엎질러진 물, 그렇게 그녀는 살아갔다. 그때 순이 할멈도 세상을 떠났다. 그녀는 손님을 자신의 집으로 데려왔다. 진바오 나이가 벌써 서너 살이라 신경이 쓰이는지라, 매일 먼저 진바오를 젖 먹여 재워놓았다.

## 3

대표자 회의를 마치니 시간이 어느덧 늦었다. 거처로 돌아오니, 류솬솬의 집에는 불이 켜져 있었는데, 내가 돌아온 걸 들었는지 큰소리로 외쳤다. "마 선생님, 차 한 잔 하시지요." 들어가 보니 식구들이 아직 잠자리에 들기 전이었다. 그의 어머니는 돋보기를 끼고서 등잔불 아래에서 일을 하고 있었다. 그의 아내가 사발에 따라준 끓인 물을 들고서 바닥의 의자에 앉았다. 솬솬의 어머니가 입을 열었다. "마 선생은 순해 보이던데, 화를 내니까 무섭던데요!" 내가 "무슨 말씀을?"이라고 대꾸하자, 그녀가 말을 이었다. "오늘 오후에 진바오 엄마를 혼내줬지요. 그 사람은 당신에게 할 말이 있는 모양이던데, 당신은 의심하는 눈치더군요. 세상에! 정말 팔자가 사나운 여자라오! 당신이 혼내는 바람에 한참 울기에 내가 달래서 보냈다오. 그녀가 울면 이럽디다. '나는 비천한 사람이라 하소연할 데도 없어요'라고. 아이고! 어렸을 적엔 정말 착한 처녀였고, 근처 백리에서 으뜸이었어요." 솬솬이 이어 말했다. "어머님도 참. 마 선생님은 오신 지 며칠밖에 안 돼서 자세한 사정을 모르잖아요! 게다가 제 잘못도 있어요. 내가 농담 삼아 말하지 않았더라면 마 선생님도 의심을 품지 않았을 거에요!" 솬솬의 어머니가 말했다. "스물 몇 살이나 된 녀석이 버르장머리 없이 농담이나 지껄이고. 이치대로라면 진바오 엄마를 아주머니라 불러야 돼. 오늘 오후에 그 사람이 왔을 때 이전의 상황을 마 선생에게 알려주었더라면 마 선생도 그러지 않았을 게야!" 내가 말했다. "여러분의 잘못이 아닙니다. 모두 제 잘못입니다. 지난 일은 저도 알게 되었습니다!" 류솬솬이 말했다. "전 그런 여자 경멸합니다. 아무리 가난해도 그렇지 그런 낯부끄러운 일은 해서는 안 되지요! 직업이 얼마나 많은데 그 짓 아니면 밥 벌어먹지 못한답니까?" 그의 어머니가 입을 열었다. "넌 남의 처지가 얼마나 힘든지 몰라서 그런 소릴 하는 거지. 아낙이 의지가지없이 무슨 일을 할 수 있어?!" 나도 솬솬에게 말했다. "진바오 엄마를 탓해서는 안돼요. 이건 구사회가 낳은 해악입니다! 구사회에서는 여자는 말할 것도 없고 남자도 나쁜 길로 내몰리는 경우가 많았습니다." 솬솬은 머리를 숙인 채 더 이상 말이 없었다. 나는 마음이 혼란스러워 그에게 더 설명하지 못한 채 물만 들이키고서는 내 방으로 돌아왔다. 가슴이 무거운 돌덩이에 눌린 듯 몹시 답답했다. 동시에 부끄러움이 밀려왔다. 혁명사업을 실천하는 간부가 편면적인 인상에서 출발하여 구사회의 박해를 받은 여인을 욕하다니, 이 얼마나 커다란 치욕인가! 책임감과 양심의 비난으로 인해 밤이 깊어도 잠을 이룰 수가 없었다.

이튿날 아침, 나는 진바오네 집으로 달려갔다. 거기는 그야말로 집 같지가 않았다. 부뚜막에는 땔감이 한 줌 타고 있었지만 몹시 추운데다가 바닥에는 낡고 깨진 대야와 항아리가 놓여 있었다. 구들에는 해진 돗자리가 깔려 있고, 구석에는 낡은 보따리 몇 개가 쌓여 있었다. 아침밥을 먹고 있었는지, 끓는 물 두 그릇과 개떡 몇 개가 놓여 있었다. 진바오 엄마는 내가 갑자기 들어오는 것에 깜짝 놀라 어찌해야 좋을지 몰라 당황하더니, 서둘러 구들을 쓸고서 내게 앉으라 했다. 나는 구들 가장자리에 앉았다. 진바오는 개떡을 들고 씹고 있었다. 진바오 엄마가 처량한 목소리로 입을 열었다. "난 천한 여자예요. 평판도 나쁘고, 형편도 개만도 못해요! 모두가 멸시하고 왕래하는 친척도 없어요." 내가 말했다. "알아요, 어제 일은 너무 미안합니다!" "사람답게 살지 못한 게 십 년 가까이 되었지만, 처음부터 나쁜 여자는 아니었어요." 그녀는 이렇게 말하면서 끊임없이 소매로 눈을 닦았다. 내가 말했다. "다른 사람에게서 당신이 고생했다는 걸 들어 알게 되었습니다!" "아신다니 다행이네요. 십이삼 년이 되었지만, 내 가슴속에 묻어둔 고통을 누가 알겠어요? 날마다 가슴속에 흐르던 눈물을 ……" 그녀가 울먹이면서 말을 이었다. "비천한 짓이란 건 나도 알아요. 더러운 병에 걸려 짐승보다 더 고통스러워서 죽으려고도 했지만, 진바오만 남겨둘 수는 없고! 나를 따라 사는 아이에게도 못할 짓이니, 거리에 나가면 사람마다 깔보니 말이에요. 진바오도 세상물정을 알아서 남의 욕설이 무슨 말인지 알아듣고 어린 심정에도 상처를 많이 받았어요. 나를 따라 산 게 죄라면 죄지요! 생각해보면 피눈물이 난답니다." 엄마가 우는 것을 보고 진바오도 울기 시작했다. 개떡은 방바닥에 던져진 채 흩어져 있었다. 나도 모르게 눈이 촉촉해졌다. 나는 그들을 달래려고 말했다. "오늘은 우리처럼 고생한 사람들이 주인 노릇할 차례입니다. 누가 당신을 이렇게 만들었는가요?! 생각해보셔야 합니다." 진바오 엄마가 대답했다. "천만 번 넘게 생각해보고 매일매일 생각하고 있지요. 예전에는 류구이차이를 원망하고 내 사나운 팔자도 원망하면서 죄업의 운명이라고 생각했었어요. 그런데 당신이 와서 회의 중에 했던 말을 나도 들었어요. 집에 돌아와서 누가 나를 이렇게 만들었는지 생각하느라 이틀 밤낮 잠을 이루지 못했어요. 지주 류구이차이, 그 놈이 죽일 놈이에요. 그놈은 우리 가족을 해쳤어요. 진바오 아버지는 그놈이 그렇게 심하게 두들겨 패서 달아날 수밖에 없었던 거예요. 진바오 아버지가 벗어놓은 옷을 십 년 가까이 간직하고 있어요. 진바오가 입을 옷이 없어도 차마 그 옷에는 손을 대지 않았어요!" 그녀는 울면서 바닥의 낡은 상자에서 옷 한 벌을 꺼내 나에게 보여주었다. 그것은 파란 겹옷이었는데, 옷에 검은 얼룩이 져 있었다. 그녀는 그 검은 얼룩들을 가리키면서 말했다. "이건 진바오 아버지의 피에요. 그놈들이 머리와 등 가리지 않고 죽도록 때렸어요." 그녀는 옷을 들고 있는 손을 떨면서 멍한 눈으로 바라보고 있었다. 그녀는 한참 만에야 다시 입을 열었다. "당신을 찾은 건 바로 이 일을 알리고 싶어서였어요. 투쟁대회를 열면 이 일을 말하고 싶어요. 안 되나요?" "되고말고요. 지주 류구이차이는 이미 붙잡혀 있습니다." "궁금한 게 하나 더 있어요. 앞으로 수확물을 나눌 때 사람 수에 따라 나눈다는데, 진바오 아버지는 십 년 가까이 달아나 다들 죽었다고 하지만 난 죽었다고 생각하지 않아요. 난 밤낮으로 그가 돌아오길 학수고대하고, 때론 한밤중에 그가 틀림없이 돌아왔으리라는 생각에 놀라 깨기도 해요. 그가 죽지 않았다는 걸 장담할 수 있어요. 그의 이름을 등록해줄 수 있나요?" "제가 대표와 의논해 보겠습니다. 토지법대강의 규정에 따르면, 두 식구라도 세 명의 몫으로 할 수 있습니다."

"예전에는 간부들이 나를 조리돌림 시키고 가두기도 하여 그들을 원망하기도 했지요. 나중에 생각해보니 모두 날 위해서였을 텐데, 누군들 날 망신 주고 싶어 그랬겠어요?! 정말 어쩔 수가 없어서 내 성분을 건달이라 규정했겠지만, 내 마음속의 고통은 적지 않았어요." "그건 이제 취소되어야지요. 이건 구사회가 만들어낸 겁니다. 하지만 스스로도 다시는 그런 짓을 해서는 안 됩니다!" "토지개혁이 시작되고 나서는 그만 두었어요! 진바오에게 매일 거름을 줍게 하는데, 내년에는 농사도 지을 거예요." 내가 그녀의 입성을 쳐다본다는 걸 눈치 채고서 그녀가 말했다. "내 입성도 사람 같지 않지만, 갈아입을 게 없어요."

나는 목이 타서 물을 마시고 싶어 물을 떴는데, 진바오 엄마가 가로막으며 말했다. "우리 집 물은 마셔선 안 돼요. 내게 못된 병이 있어서 전염될까 걱정스러워요." 나는 그릇을 내려놓고 말했다. "그럼 병을 치료해야지요!" "606이 잘 듣는다고 하더라구요. 하지만 마 선생님! 주사 한 대에 은화 5,6원이라 비싸서 맞을 수가 없어요. 끼니도 못 떼우는 처진데." "그럼 우리 처지가 나아지면 치료합시다! 앞으로 다시는 이런 고생은 하지 맙시다." "배만 채울 수 있다면 누가 낯부끄러운 일을 하겠어요." 나는 그녀의 집에서 나와 대표모임에 가서 대표들과 상의하여 잠시 그녀에게 양식 몇 말을 빌려 주었다. 모두들 "불쌍한 과부와 고아, 십 년 가까운 세월이 착한 사람을 망쳤구먼!"이라고들 말했다.

투쟁대회가 열리자, 진바오 엄마가 제일 먼저 지주 류구이차이를 고발하였다. 그녀는 류구이차이가 자신을 어떻게 유혹하고,

자신의 남편을 어떻게 쫓아내고, 자신을 어떻게 보루에 보냈는지 …… 등등의 일을 이야기했다. 대회장의 모두가 한숨을 쉬고, 여자들은 남몰래 눈물을 흘렸다. 류솬솬도 소매로 눈물을 닦고 있는 게 보였다. 진바오 엄마는 처음에 울면서 이야기를 했는데, 나중에 갑자기 기절하고 말았다. 사람들이 찬물을 내뿜어서야 깨어나더니 갑자기 미친 듯이 벌떡 일어나 머리를 풀어헤친 채 희죽거리면서 이빨을 드러내고서 류구이차이에게 덤벼들어 마구 물어뜯었다. 진바오도 덤벼들어 울면서 작은 주먹으로 마구 때렸다. 대회장의 모든 사람들이 분노에 찬 목소리로 외쳤다. "타도하자!" 류솬솬도 주먹을 휘두르면서 외쳤다. "타도하자!"

대표들이 서둘러 다가가 그들을 떼어놓았다. 대표주임인 톈 아저씨가 말했다. "류구이차이는 인민법원에 넘겨져 심판을 받아야 합니다. 그의 죄악이 너무나 많습니다. 추이추이네만이 아닙니다. 일본군이 왔을 때에는 매국노 노릇을 하였고, 옌시산(閻錫山, 민국 시기의 군벌. 항일전쟁기에 반공의 태도를 보임)이 왔을 때에는 간첩 노릇을 하여 수많은 사람을 해쳤어요!"

이 마을의 일에 나는 끝까지 참여하지 못했다. 투쟁대회가 끝나자마자 나는 현으로 전근되었다. 현은 뎬터우촌에서 육십 리 떨어져 있어서, 늘 진바오네의 상황이 궁금했지만, 줄곧 그곳에 다녀올 기회가 없었다.

올해 음력 7월 15일에 시내에서 열리는 회의에 참가했다. 막 나가려는 참인데, 통신원이 들어와 말했다. "마 동지, 당신을 찾아온 사람이 있어요."라고 말했다. 그를 따라 대문어귀에 가보니, 손에 흰색 베자루를 들고 있는 마흔에 가까운 농민이 서 있었다. 그는 나를 보자마자 얼른 다가와 말했다. "공작단의 마 선생님이시지요?" "그렇습니다만, 어디서 오셨나요?" "렌터우촌이요. 절 모르시겠지요? 말씀드리면 금방 아실 겁니다. 나는 진바오 애비, 리건위안입니다." 나는 깜짝 놀라 말했다. "죽었다고 하던데요?" "당한 일이 많은 몸이라 죽을 수가 있겠습니까? 우리 집 일은 당신도 잘 아시지요. 그해 달아나 쑤이위안(綏遠)에 이르러 머슴살이를 십 년 가까이 했는데, 남은 건 아무것도 없었어요. 식구들 모두가 죽었으리라 여기고, 식구들도 내가 죽었으리라 여겼지요. 난 돌아올 엄두가 나지 않았는데, 올 봄에야 여기가 해방되어 토지 개혁도 하고 류구이차이도 죽었다는 말을 듣고서야 빌어먹으면서 돌아왔지요." "요즘 형편은 어떻습니까?" 그는 신이 나서 입을 열었다. "뭐든 다 있어요. 집도 분배받고, 땅도 분배받았지요. 우리 가족은 당신이 늘 생각나서 몇 번이나 수소문했지만 들을 수가 없었어요. 나중에야 당신이 관자야오(官家窯)에 간다는 말을 듣고, 내가 50리를 달려가 보았는데도 찾지 못했어요. 후에 구의 왕(王) 보조원이 우리 마을에 와서야 정확한 소식을 얻게 되었어요." 이렇게 말하면서 그는 베자루를 내게 건네면서 말했다. "이건 진바오 엄마가 당신을 위해 만든 신발입니다." 나는 어떻게 해서든 받지 않으려고 이렇게 말했다. "토지개혁으로 당신네가 해방된 것은 공산당의 정책과 온 농민의 능력 덕분이지, 제가 도와준 게 아닙니다." "그건 저도 잘 압니다! 하지만 ……" 그는 잠시 생각하다가 다시 입을 열었다. "안 받아도 좋아요. 진바오와 애 엄마도 장 보러 시내에 왔는데, 그들도 당신을 보고 싶어해요." "어디에 있지요?" "멀지 않아요. 남문 코앞에 있어요."

나는 리건위안을 따라갔다. 가는 도중에 그는 한숨을 내쉬었다. "진바오 엄마는 참 좋은 사람이에요. 날 위해 십여 년이나 고생만 했습니다." "이건 모두 지주가 만든 해악입니다!"라고 말했다. 거리에는 사람들이 엄청 붐볐다. 각종 행상인의 물건 파는 소리는 똑똑히 들리지 않지만, 마치 무슨 욕을 퍼붓는 양 요란스러웠다.

남문 앞에 이르자 행인들의 발길이 뜸해졌다. 멀리서 진바오가 높은 곳에 서서 외치는 소리가 들렸다. "마 선생님! 마 선생님!" 다가가자 진바오 엄마가 불그스레한 얼굴과 소박한 파란 옷차림에 웃음을 듬뿍 담고서 말했다. "아이고, 마 선생님, 또 만났네요!" "병은 다 나았습니까?" "다 나았어요. 606 두 대를 맞았더니 다 나았어요." "치료비는 얼마나 주셨습니까?" "공짜였어요. 류구이차이집에서 찾아낸 건 대표들이 죄다 내게 주었답니다. 마오(毛) 주석께서 우리 식구를 구해주셨어요!" 내가 작물 작황을 묻자 건위안이 대꾸했다. "농사도 아주 잘 되었어요." 그는 나무 아래에 매어 있는 나귀를 가리키면서 말했다. "보세요. 나귀도 한 마리 샀습니다!"그러자 진바오가 얼른 끼어들어 말했다. "우리 엄마는 실도 잣고 있어요!"진바오 엄마가 환히 웃으면서 입을 열었다. "이제 갓 배웠어요!"우리는 많은 이야기를 나누었다. 내가 그들에게 현 위원회에 가서 식사하자고 했는데, 그들은 끝까지 마다하면서 고모 집에서 먹었으며 곧 돌아가야 한다고 말했다.

나는 그들과 헤어져 여기저기를 쏘다녔다. 집에 돌아와보니, 구들 위에 흰 베자루가 놓여 있었다. 통신원이 말했다. "오후에 찾아오신 농부가 보낸 거예요!""넌 내가 문 앞에서 마다하는 걸 못 봤어, 왜 그걸 받았어?"내가 나무라듯이 말하자, 통신원은 "당신이 그분더러 갖다놓으라고 했다던데요."라고 대꾸했다. 나는 더 이상 아무 말도 하지 않은 채 흰 베자루를 풀었다. 새로 지은 검은 헝겊신 한 켤레가 들어있었다.

여태까지 나는 이 신발을 신어보지 못했다. 이 신발에는 한 여인의 고단한 경력이 기록되어 있고 한 여인의 새로운 삶이 아로새겨져 있다.

1948년 11월 싱현(興縣)에서

아이우는 쓰촨성(四川省) 신판현(新繁縣)에서 태어났다. 본명은 탕다오겅(湯道耕). 1925년 여름 강제결혼을 피해 남행한 그는 윈난(雲南)을 거쳐 미얀마에 도착하였으며, 미얀마의 공산주의조직에서 활동하다가 영국식민정부에 의해 체포되어 1931년 봄에 중국으로 압송되었다. 이러한 체험은 훗날 그의 유랑문학 창작의 바탕이 되었다. 1932년 말에 좌익작가연맹에 가입하였으며, 이때부터 소설창작을 시작하였다. 1957년에 중국공산당에 가입하였다. 대표작으로 그의 처녀작인 단편소설 〈남행기(南行記)〉, 장편소설 ≪풍요로운 벌판(豐饒的原野)≫과 ≪산야(山野)≫를 들 수 있다.

이 책에 실린 〈물레가 부활할 때(紡車復活的時候)〉는 1940년 5월 15일에 간행된 ≪문학월보(文學月報)≫ 제1권 제5기에 발표되었다.

아이우

(艾蕪, 1904~1992)

# 물레가 부활할 때 紡車復活的時候

안채에서 금빛 희(喜)자가 붙은 붉은 초에 불을 붙이자, 알록달록하게 차려 입은 아가씨들과 젊은 아낙들이 축하 노래를 부르기 시작했다. 축하를 받는 사람은 내일 시집갈 아가씨인데, 건넌방 침대에 엎드려 이불을 뒤집어쓴 채 흐느껴 울면서 이후의 알 수 없는 운명을 서글퍼하고 있었다. 화음을 잘 이루어 노래하는 사람들은 누구에게도 관심이 없었다. 그들은 오직 젊은 눈을 반짝이고 앳된 얼굴을 붉힌 채 열정적으로 노래를 불러, 평소 조용하던 마을을 한 순간에 즐거움 속으로 몰아넣었다. 그들은 밤새, 그리고 새벽닭이 울 때까지 구성진 목청을 겨루고 신선한 유행가를 서로 뽐냈다.

이건 후난(湖南) 남쪽에서 딸을 시집보낼 때의 풍속이다.

위허(玉荷)는 외삼촌댁에 다녀오자마자 사촌언니를 시집보내는 즐거움을 마을의 아가씨들과 나누고 싶었다. 그날 밤 그녀의 목소리가 곱고 노래를 감칠맛 나게 잘 한다고 많은 사람들이 칭찬한

바람에, 그녀는 대단히 신이 났다. 아이, 아쉽게도 샤오야(小鴉) 걔네들이 그 자리에 없었어. 그렇지 않았다면 내가 부러워 죽을 텐데. 이밖에도 또 사촌언니의 누이동생에게서 중매쟁이를 욕하는 노래 여러 곡을 배웠다. 이건 정말이지 샤오야 걔네들은 꿈에도 들어본 적이 없는 노래들이야. 이번 기회에 허풍을 떨어봐야지!

위허의 나이는 샤오야와 비슷한데 열서너 살에 지나지 않는다. 모두들 늘상 한데 모여 소란을 피우고, 재주를 드러내기 좋아하여 남에게 뒤처지는 걸 싫어했다. 누군가가 엄마를 도와 옷을 꿰매는 것을 보기만 해도, 집에 돌아가 바늘과 실을 달라고 하는 사람이 꼭 있을 정도였다. 이들 가운데에서도 샤오야가 제일 꿍꿍이셈이 많은 편인데, 그녀는 항상 아무 소리 없이 여러 일을 하곤 하여 마을 어른들로부터 연신 칭찬을 받았다. 위허는 이에 대해 시샘을 냈다. 특히 성질이 급한지라 누군가로부터 샤오야가 똑똑하다는 말을 듣기만 하면 못내 견디기 힘들어했으며, 무슨 일이든 샤오야를 이겨야만 마음이 편했다.

이제 새로운 곡을 배웠으니 샤오야를 어찌 가만 내버려두겠는가? 그녀는 손님으로 가면서 입었던 새 옷을 벗어 침상 위에 제멋대로 내동댕이치고서 서둘러 마을 끄트머리 샤오야네 집으로 달려갔다. 그녀의 엄마는 뒤에서 그녀에게 욕을 퍼부었다.

"뭘 그리 허둥대니? 남들이 술자리에서 널 기다린다니! 발모가지를 부러뜨려 놓던지 해야지 원!"

마을 끄트머리로 가는 골목길은 높낮이 다른 돌판길인데, 아침에 밭으로 일 나가는 소들이 배설한 싱그러운 소똥이 길 위에 쌓여 있었다. 골목 양쪽의 멀지 않은 곳에는 집집의 대문이 들쑥날쑥 늘어서 있었다. 늘상 닭들이 나와 담 밑의 흙을 살금살금 쪼고 있고, 개들은 문가에서 나른하게 누운 채 햇볕을 쬐고 있었다. 물을 길러 나온 여인들이 항아리를 머리에 인 채 그녀에게 말을 붙였다.

"위허야, 혼사주 먹고 왔구나. 사촌언니 혼수품 어때? 요와 이불은 몇 개야?"

그녀는 간단히 몇 마디 대꾸하다가 노래 부른 것까지 이야기했다.

"노래하는데 정말 떠들썩했어요! 우리 사촌 여동생은 기억하고 있는 노래는 많은데 목소리가 좀 떨어져서 마무리 부분에서 목쉰 소리가 났어요. 근데 내가 노래를 부를 때, 아이구, 남자 손님들이 다들 좋아서 몰려 들었어요."

그녀는 신이 나서 발걸음이 가벼웠다. 우연히 쇠똥을 밟아 신발이 더럽혀졌지만, 이전처럼 성을 내면서 욕을 퍼붓는 대신 그저 신발 바닥을 풀에 대고 쓰윽 문지르고는 그만이었다.

샤오야의 집 역시 다른 시골집과 마찬가지로 기와집에 흙벽이다. 다만 약간 기울어진 탓에 벽 위쪽에 한두 줄의 틈새가 벌어져 있고, 게다가 비가 잦은 남방 기후로 인해 오랫동안 높은 습도로 곰팡이가 피어 외관이 아주 어두침침해보였다. 위허는 문에 들어서기 전에 방 안에서 들려오는 이상한 소리를 들었다. 그것은 계속 우우 하는 소리였는데, 듣고 있자니 근질근질한 느낌이 들었다. 이게 무슨 소리일까? 그녀는 얼른 들어갔다.

방 안에는 여자애들이 떼로 모여 있는데, 모두들 구경하느라 정신이 없었다. 샤오야는 앉아 있고, 그 곁에 대나무로 만든 둥근 바퀴가 마치 풍차처럼 쉬지 않고 돌고 있었다. 이상한 소리는 알고 보니 이 물건이 내는 소리였다. 다른 한쪽으로 밀치고 들어가서야 둥근 바퀴는 저절로 도는 것이 아니라 샤오야가 중간에 있는 손잡이를 붙잡아 쉬지 않고 돌리고 있다는 것을 알게 되었다. 게다가 그녀에게 더욱 신기한 것은 샤오야의 다른 손이 풍차의 아래쪽의, 심하게 떨고 있는 조그만 흰 뭉치의 물건 위에서 하얀 실을 뽑아내는 것이었다. 위허는 도저히 견딜 수 없어서 샤오야를 불렀지만, 샤오야는 듣지 못한 듯 그저 정성껏 바퀴를 돌리면서 하얀 실을 뽑아내는 데 신경을 모았다. 하얀 실이 길게 뽑히면 샤오야는 바퀴의 방향을 바꾸어 거꾸로 돌리고, 방금 실을 토해내던 조그만 흰 뭉치는 금세 실을 삼켜버렸다. 이번에는 바퀴가 우우 하는 소리를 내지 않은 채 조용히 돌아가고 있었다. 그녀는 더 이상 참을 수 없을 정도로 다급하여 전보다 조금 더 크게 샤오야를 불렀다. 샤요야는 그녀를 흘끗 보더니 아는 체를 할 뿐, 사촌언니 결혼식에 대해서는 일언반구가 없었다. 그리고는 곧바로 바퀴의 방향을 바꾸어 돌렸는데, 그 순간 이전처럼 우우 하는 소리를 내기 시작하였다. 그녀는 마음속으로 생각했다. 아유 꼴같잖은 게 아주 의기양양하구만. 거들먹거리느라 상대도 해주지 않겠다 이거지? 화가 치밀어 돌아가 버리려고 했는데, 미련이 남았다. 이 장난감이 너무 신선하잖아! 게다가 부러웠던 것은 마을의 여러 여자애들이 이곳에 모여들어 칭찬해 마지않는다는 것이었다. 쳇! 우쭐대기는!

위허는 손으로 추이즈(꿋꾼)를 툭 치면서 나지막이 물었다.

"이게 뭐하는 거야?"

추이즈는 그녀를 슬쩍 보더니 대꾸했다.

"어, 너 왔어? …… 이건 무명실을 잣는 거야!"

무명실을 잣는 것에 대해 위허도 들어본 적이 있었다. 먼 산골 마을에서는 손으로 짠 무명실이나 무명이 지금도 시장에서 작은 구석을 차지하고 있다. 그러나 위허네 마을은 도시에 가깝고 물길 과도 멀지 않아 물레는 진즉 사라진 채 사용되고 있지 않았다. 아 마 어렸을 적에는 몇 차례 보았을 것이다. 그러나 세월이 흐르면 서 기억은 가물가물해졌으며, 커서는 아무것도 떠오르지 않았다.

그녀는 생각에 잠겼다. 그렇다면 이게 바로 무명실을 잣는 물 레인가? 뭐 그리 대단한 것도 아니구만! 그래서 그녀는 추이즈에 게 사촌언니의 혼수 이야기를 꺼냈다. 수놓은 베개가 여러 개이 고 자명종도 있더라구. 이어 노래 부른 일도 꺼냈다. 너 맞춰봐, 어디에서 노랠 불렀게? 추이즈는 갑자기 뛰어가더니 물레를 돌렸 다. 알고 보니 샤오야가 바로 이때 자리에서 벗어나 무얼 하러 갔 던 것이었다. 추이즈가 천천히 실을 자았는지라, 위허는 똑똑히 볼 수 있었다. 그 하얀 것이 실을 토해내는 것이 아니라, 실제로 는 추이즈 손안의 솜 줄기에서 뽑아내는 것이었다. 그녀는 온 신 경을 모아 추이즈가 물레를 돌리는 것을 보았다. 자기도 몇 번 실 을 잣고 싶었다. 추이즈의 동생 수이성(水生)이 손을 쩍 벌려 멋모 르고 물레를 만졌다. 추이즈가 웃으면서 동생을 으르며 말했다.

"저리 가! 네 손 다칠라!"

싼싼(三三)이라는 아가씨가 웃음을 지은 채 추이즈를 밀어내면서 말했다.

"내가 한번 해볼게, 얼른 나와 봐."

추이즈는 계속 여러 바퀴를 돌리고 나서야 일어나 동생을 데리고 갔다. 싼싼이 자리에 앉더니 금세 웃으면서 투덜거렸다.

"에이, 면화를 다 잣고 나에게 양보했구나!"

이어 일어서더니 방 안 여기저기를 뒤지면서 크게 외쳤다.

"샤오야, 면화 어디 있어?"

위허가 그 사이에 물레 옆에 앉아 손잡이를 쥐더니 빈 물레를 돌리기 시작했다. 샤오야가 막 면화를 가지고 침실에서 나오다 급히 소리질렀다. "함부로 돌리지 마, 그렇게 하면 물레가 망가져!"

위허가 아주 자신있다는 듯이 말했다.

"아냐! 나 돌릴 줄 아니까 어서 면화 좀 가져와!"

샤오야가 그녀를 제치면서 말했다.

"비켜! 아는 척 하지 마. 쟤들도 …… 아이구, 어느 썩을 년이 실을 자았어? 굵기가 엉망이잖아!"

그러면서 샤오야는 솜과 실을 한데 이었다.

싼싼이 놀리듯 말했다.

"위허한테 시켜봐! 누구보다도 똑똑하니까!"

위허는 그녀를 흘겨보았다. 그러더니 실과 이어놓은 샤오야 손의 면화를 낚아채 실을 잣기 시작했다. 물레는 그런대로 잘 돌아가면서 우우 하는 소리를 냈다. 다만 두어 바퀴 돌렸을 뿐인데 실이 끊어지고 말았다.

샤오야와 다른 여자애들이 웃음을 터뜨렸다. 위허는 얼굴이 홍당무처럼 벌게졌다. 샤오야는 웃은 후에 큰소리로 가르쳤다.

"면화를 그렇게 팽팽히 잡아당기는데 실이 빠져나오지 않으면, 어찌 되겠어?"

위허는 자신의 결점을 무마하려고 뾰로통하여 말했다.

"어렵지 않구만! 손을 좀 늦추면 되겠네!"

샤오야에게 실을 잇게 한 다음 위허는 손을 조금 느슨하게 하였지만, 자아낸 실은 너무 굵어서 뭉텅이진 면화가 있을 정도였다. 샤오야가 그녀를 밀쳐내면서 말했다.

"넌 안 되겠다! 이렇게 자아낸 실을 누가 사겠어!"

위허가 얼굴을 붉힌 채 일어난 후, 싼싼이 얼른 비집고 들어왔다. 사야오야가 다급하게 말했다.

"아이구 착하지. 날 방해하지 마! 모레 서는 장에 팔러 가려면 일을 서둘러야 해!"

참으로 기이했다. 실은 샤오야의 손에서 가지런해지더니 금방 고르게 뽑혀 나왔다.

샤오구이(小桂)라는 여자애가 부러운 표정을 지으며 물었다.

"오랫동안 배워야 할 수 있는 거야?"

샤오야가 어른처럼 대꾸했다.

"얼마나 똑똑한지 그렇지 않은지에 따라 다르지. 똑똑한 사람은 금방 배워. 그렇지 않은 사람은 보름이나 한 달 걸리지!"

위허는 골이 나서 입을 삐쭉거렸다. 마음속으로 이렇게 생각했다. 네가 지금 똑똑하다는 거지. 지난번에 공기놀이할 때 나에게 여러 번 졌잖아! 흥, 물레를 구해 배우면 되지 뭐! 너 혼자 얼마나 오랫동안 잘난 체 하나 보자! 하지만 입으로는 이렇게 투덜거렸다.

"그게 무슨 배울 거리라고! 재미없어!"

그리고는 곧바로 추이즈에게 말했다.

"내가 이번에 노래를 많이 배웠거든. 우리 사촌언니 여동생이 말이야, 목소리는 별론데 어디에서 배웠는지 기억하는 노래가 아주 많아!" 그녀의 목소리가 얼마나 컸던지 싼싼과 몇몇 여자애들도 관심을 보였다. 그녀는 더욱 신이 나서 말했다.

"가자, 곡식 건조창으로 가서 내가 노랠 들려줄게!"

모두들 그녀를 따라 나왔다. 그녀는 고개를 홱 돌려 샤오야를 바라보았다. 샤오야가 들으려고 따라오는지 보려는 것이었다. 그러나 샤오야는 실을 잣는 데 온 정신이 팔려 있을 뿐, 그들을 쳐다보지도 않았다.

샤오야의 집을 나서자 땅콩엿 장수가 골목에서 소리치고 있었다. 추이즈 손에 끌려가던 수이성이 땅콩엿을 사달라고 졸랐다. 추이즈는 그를 구슬리며 말했다.

"말 잘 듣지! 지금은 돈이 없어! 내일 언니가 실을 자아 돈을 벌면 그때 사줄게!"

샤오구이가 열성적으로 물었다.

"샤오야는 얼마나 벌었대?"

동생을 끌고 가던 추이즈가 말했다.

"시장에 두 번 갔는데, 한 번에 1원씩 벌었다던데!"

싼싼이 놀라는 표정으로 말했다.

"아아, 그렇다면 샤오야가 벌써 12댜오(吊, 중화민국 당시에 쓰이던 화폐단위로서 1000푼에 해당한다)를 벌었다는 거야?"

추이즈가 동생을 어르면서 대꾸했다.

"누가 아니래! 우리 엄마가 날 위해 물레를 빌려오겠다고 했는데, 오늘 가져오셨을 거야."

위허는 마음속으로 이렇게 생각했다. 고 계집애가 어쩐지 잘난 체 하더니만, 내가 떠난 지 열흘 만에 12댜오나 벌었다니. 그녀는 곧바로 추이즈에게 물었다.

"걔 혼자서 그렇게 많이 자았을라구? 걔 엄마가 틀림없이 도와주었을 거야."

추이즈는 땅콩엿 장수를 나지막이 원망했다. 아이가 떼쓰는 것을 잘 알면서도 일부러 뒤를 따라온다는 것이었다. 그러면서 위허에게 대꾸했다.

"걔 엄마는 하나도 도와주지 않았어. 걔 얼마나 야무진데! 아침 일찍부터 일어나 실을 잣던데."

어느 집 문 앞을 지나는데, 샤오구이의 할머니가 낡은 물레를 꺼내 청소를 하고 있었다. 노인은 아가씨들이 걸어오는 것을 보고는 큰 소리로 야단을 쳤다.

"샤오구이, 이 야생마 같은 녀석, 눈 깜작할 사이에 사라졌지? 내가 한참이나 찾았잖아! 어서 물을 길어다 좀 닦아라. 얼마나 더럽니. 썩을 놈의 병아리 새끼들이 사방에다 둥지를 틀었어."

샤오구이는 얼른 '네'라고 대답하면서 싼싼을 불렀다.

"물통을 져 나르는 걸 도와줘! 네가 앞에 서고 내가 뒤에 설게, 어때?"

싼싼이 입술을 삐죽이면서 대꾸했다.

"아냐, 내가 뒤에 설 거야!"

두 사람이 신나게 대문 안으로 들어갔다. 다른 여자애들은 모두들 뛰어가 마치 마술 묘기를 구경이나 하듯이 샤오구이의 할머니를 둘러쌌다. 추이즈는 동생이 엿을 사달라고 칭얼거리고 있기 때문에 구경 가자고 동생을 살살 달래느라고 말했다.

"야아, 동생아, 저것 봐. 무얼 하고 있는 거야! 어서 가 보자!"

샤오구이의 할머니는 빗자루로 물레 위의 먼지, 닭똥과 거미줄을 청소하면서 몰려든 여자애들에게 소리를 질렀다.

"이 녀석들, 저리 안 비켜? 먼지 땜에 너희들 눈 망쳐도 좋아?"

맞은편 저쪽에 사는 아진(阿進) 아주머니가 세탁할 옷을 한 바구니 들고서 골목으로 오다가 히히 웃으면서 말했다.

"아이구, 어르신도 마음이 동하셨나 봐요!"

"동하긴 뭐가 동해! 내가 왜 물레를 썩혀 놓아! 어차피 우리 샤오구이가 할 일이 없어 하루 종일 야생마처럼 돌아다니기만 해. 샤오야는 면화 한 근으로 본전만큼 벌었으니, 어딜 가서 그런 일을 찾아!"

"어르신도 참, 그렇게 많은 돈을 벌어 뭐 하시게요?"

노인이 빗자루를 흔들면서 말했다.

"쓸데없는 소리 말아! 내게 무슨 돈이 있다고! 요즘 세상이 옛날과 같아? 은전을 한 움큼 지니고 있어봐야 뭘 해! 보라고, 광저우(廣州)가 함락되자마자 소금값이 얼마나 뛰었어! 몇 푼이라도 벌어놓아야지, 별 수 있어! 사실 내가 솔직하게 말하는 사람이라서 그러는데, 당신도 틈나는 대로 물레를 꺼내 실을 자아 봐. 내가 팔만 시리지 않다면 …… 저리 가, 이 녀석들아. 옷이 더러워지면 집에 가서 매 맞을 텐데 …… 난 어깨를 오래 쓰면 시큰거려서 말이야. 그렇지 않으면 기계를 들여놓아 베를 짤 텐데!"

아진 아주머니는 웃지도 않은 채 떠나면서 말했다.

"말씀이 옳긴 하네요! 석유등은 이제 못 켜겠어요. 어제 시장에서 값이 또 올랐대요."

그녀가 가는 것을 보고서 노인은 중얼거리듯 말했다.

"하늘까지 오르든 말든! 옛 방법대로 하면 그만이지. 우린 동백기름을 수년간 쓰고 있어."

골목 저쪽에서 누군가 추이즈를 불렀다. 추이즈는 얼른 대답하더니 동생을 안고 갔다.

위허가 보니, 나이든 몇몇 친구들은 일이 있어서 가버리고, 어린 몇 명만 자신을 빤히 쳐다보고 있었다. 자기 노래를 들으러 오는 사람이 없다는 것을 알고서 그녀는 그만 노래 부를 흥이 식어버려 시무룩하게 서 있었다.

샤오구이 할머니는 팔이 시큰거리자 잠시 쉬면서 위허에게 사촌언니 혼인에 대해 묻고 혼수에 대해서도 묻더니, 한숨을 푹 내쉬면서 말했다.

"요즘엔 별로 흥겹지가 않아. 우리 땐 물레를 혼수로 다 가져갔었지. 내가 잘난 체 하는 게 아니라, 우리가 너만 했을 때에는 진즉 물레질을 할 줄 알았다. 굵은 줄로 꿴 동진을 베개 머리맡에 몇 꾸러미나 모았었다. 요즘 다시 유행하려나 싶은데, 너도 잘 배워두어야지! …… 내 기억하기로 네 엄마에게도 물레 한 대가 있을 텐데! …… 아이구, 이 벼락 맞을 년들이 물 길러 간 지가 한참인데 아직도 오지 않으니!"

노인은 소리를 지르면서 문안으로 들어갔다. 위허는 얼른 집으로 달려갔다. 마음속으로 이런 생각이 문득 들었다. 우리에게 물레가 있다니! 문에 들어서자 옛날에 쓰던 물레가 어디 있느냐고 엄마에게 물었다. 엄마는 그녀를 보더니 언짢다는 듯이 말했다.

"아이구, 이 녀석아, 어디를 그렇게 쏘다니니? 땀에 흠뻑 젖어서!"

위허는 샤오야가 목화 실을 잣는 일을 엄마에게 말하고 나서, 자기도 매일 실을 잣겠다고 말했다. 그러자 그녀 엄마가 몇 마디 말했다.

"넌 늘 이 모양이야. 남이 똥 누면 덩달아 엉덩이가 근질거리지! …… 우리에게 무슨 물레가 있다고 야단이냐? 있었더라도 진즉 없어졌지."

그녀 엄마는 치근덕거리는 딸을 끝내 당해낼 수 없어 머리를 긁적이면서 느릿느릿 말했다.

"네 둘째 큰엄마에게 가보렴. 내 기억으론 그 집에 한 대가 있을 거야. 있다면 틀림없이 빌려줄 게다. 가는 김에 시간 있으면 투전이나 한 판 놀자하더라고 전해라!"

부리나케 뛰어나간 위허는 큰엄마 집에 들어가서 마침 칼로 대오리를 쪼개고 있던 둘째 큰엄마를 보고서 말했다.

"둘째 큰엄마, 바쁘시네요! 우리 엄마가 투전 한 판 놀자하시던데요!"

"돌아가거라! 네 엄마랑 노닥거릴 틈이 없단다." 둘째 큰엄마는 이렇게 대꾸하고서는 여전히 쉬지 않고 대오리를 쪼개면서 중얼중얼 원망을 늘어놓았다. "정말 바빠 미치겠구만! 그 놈의 것이 도대체 어디 있는지 원. 옮겨놓았다면 창고 뒤쪽에 있어야 할 것 아니야? 한참을 찾게 만들다니. 그렇지 않았더라면 진즉 다 손봐놓았을 텐데!"

위허가 종잡을 수 없어 물었다.

"둘째 큰엄마, 무얼 손보시게요?"

둘째 큰엄마는 쪼개놓은 대오리를 둥글게 구부리면서 말했다.

"허허, 너 모르겠어? 목화솜 잣는 물레를 수리하고 있잖니! 정말 짜증스럽다. 반 너머 벌레 먹어서 돌리기만 하면 끊겨버리니!"

위허가 숨찬 목소리로 말했다.

"끊어져요? 엄마 말씀이 큰엄마에게 빌려보라고 했는데요!"

둘째 큰엄마가 서둘러 말했다.

"시험 삼아 대오리를 쪼개본 거야! 제대로 고쳐지지 않으면 아무래도 새 걸 사야지! 차라리 네 엄마한테 하나 사자고 해라. 네 둘째큰아빠 말로는 지난 번 장에서 파는 걸 보았다더라."

위허는 어서 물레를 사서 곁에 두고 우우 소리를 내며 돌려보고 싶은 마음뿐이었다. 그러나 결과가 이러하자, 골이 난 표정으로 나왔다. 골목에서 다섯째 숙모를 만나자 인사를 건네면서 어디 가시냐고 물었다.

다섯째 숙모가 고개를 끄덕이면서 말했다.

"샤오야집에 다녀오는 길이다. 걔 엄마한테 초 좀 빌리려구!"

그러면서 손에 쥐고 있던 노란 물건을 흔들어 보였다. 위허가 다시 셋째 여동생이 집에 있느냐고 묻자, 다섯째 숙모가 대꾸했다.

"있지! 어서 가 보거라. 네가 돌아왔다는 말을 듣고 널 보고 싶어 했는데, 바빠서 손을 뗄 수가 있어야지!"

위허는 그녀를 따라 들어갔다. 오호라, 공교롭게도 신형 물레가 방 한가운데에 떡 하니 자리잡고 있었다. 셋째 여동생은 탁자 위의 목화솜을 둥글게 말고 있었다. 그녀는 위허에게 눈인사를 하고는 한시도 지체할 수 없다는 듯 엄마에게 물었다.

"이 정도로 말면 돼?"

위허는 물레를 만져보고 싶어서 얼른 물었다.

"얼마에 샀어요?"

"4댜오 800푼에. 잠깐만. 이제 자아볼까?"

셋째 여동생이 흥분해서 말했다. 다섯째 숙모는 두 가닥의 가느다란 삼줄을 얼른 들어 초를 칠했다. 다 칠한 다음에 삼줄을 물레바퀴에 걸더니, 다시 잡아당겨 물레 발판의 가느다란 쇠꼬챙이에 걸었다. 물레 중간의 손잡이를 쥐고서 몇 차례 돌려보더니 곧

솜을 연결시켰다. 그러자 물레가 우우 소리를 내기 시작했다. 다섯째 숙모는 고개를 갸우뚱거리더니 손을 멈추고 말했다.

"느슨하구나. 좀 팽팽히 해야겠다."

위허는 뚫어져라 쳐다보다가, 다섯째 숙모가 두 가닥의 삼줄을 따로 걸 때 숨을 내쉬면서 물었다.

"어디서 사온 거예요? 나도 한 대 사고 싶은데!"

셋째 여동생은 정신없이 면화를 말고 있다가 머리를 들지도 않은 채 대꾸했다.

"아무래도 장날이 아니겠어! 필요하면 이틀 뒤 장날에 가서 사면 될 거야!"

잠시 바라보던 위허는 걸어 나오면서 한숨을 푹 내쉬더니 생각에 잠겼다.

"이틀이나 기다려야 한다니, 이 얼마나 고통스러운 일인가!"

집에 돌아오자 엄마가 그녀에게 물었다.

"둘째 큰엄마는? …… 왜 못 빌렸어?"

"바쁘시대요. 물레가 망가져서 수리하고 있더라구요. 수리할 수 있을지 없을지는 알 수 없으니, 정말 공교롭구만! 엄마, 돈 좀 줘요. 신형 물레 하나 사는 게 어때요? 다섯째 숙모네 셋째 여동생은 4댜오 800푼에 한 대 샀대요."

엄마는 꾸물거리면서 대꾸했다.

"사기는 뭘 사? 넌 끈기가 없어서 사나흘 하고 나면 썩어 문드러질 때까지 내팽개칠 걸!"

위허가 다급히 말했다.

"천만의 말씀! 샤오야 걔가 한다면 내가 왜 못해? 남들이 모두들 돈 버는 걸 엄마가 보지 못했어! 남들이 잘난 척 으스대는 꼴은 참을 수 없어!"

엄마가 웃으면서 그녀를 달랬다.

"아이고, 됐어. 우리 집에서 너한테 돈 벌어오라고 하지도 않았는데, 왜 그리 화를 낸담! 돈이 필요하면 나랑 한 판 치자! 네가 따면 되잖아."

위허는 마지못해 앉아 투전을 치면서도 마음은 다른 곳에 있는 듯 이렇게 물었다.

"엄마, 물레의 두 가닥 끈에 왜 초를 바르는 거야?"

"초를 발라? 무슨 초를 발라? 아아, 그래야 오래 쓸 수 있어. 돌릴 때 매끄럽거든. …… 정신 차려, 두 장 가져갔잖아?"

잠시 투전을 놀다가 위허가 또 물었다.

"엄마, 솜을 어떻게 잡아야 실이 가지런히 나와?"

엄마는 패를 내던지더니 하품을 하면서 말했다.

"너하곤 못 놀겠다. 정신이 딴 곳에 팔려 있으니!"

위허는 금방이라도 달려가 그들에게 실 잣는 것을 배우고 싶은 마음이 간절했다.

위허의 아버지는 돌아가신 지 오래되었다. 그러나 남긴 재산은 모녀가 살기에 충분했다. 게다가 그녀의 오빠가 외지에서 일을 하면서 달마다 꼬박꼬박 월급을 부쳐주는 덕에, 엄마는 복을 누리는 노인으로서 투전이나 하면서 날을 지내고 있었다. 하지만 위허는 자존심이 센 아이였다. 젊은 친구들 가운데에서 재주가 뛰어나야 한다고 생각할 따름이었다. 어머니처럼 조용히 지내고 싶은 생각은 털끝만큼도 없었다.

간신히 이틀을 보내고 장날이 되었다. 위허는 아침 일찍 샤오야와 추이즈랑 함께 장에 왔다. 샤오야는 무명실을 사러 가고 추이즈는 면화를 사러 갔다. 그리고 위허는 물레를 사러 갔다. 면화는 집에 많이 쌓여 있던 터였다. 얼마쯤 걸어가다가 마을의 아는 아가씨들을 만났다. 그녀들은 모두들 머리를 곱게 단장하고 머리를 분홍 끈으로 묶고 있었다. 손에는 무명실을 들고서 모두들 신이 난 듯 웃고 떠들었다. 샤오야가 그녀들과 나누는 이야기는 면화 한 근으로 몇 량의 실을 자았는지, 그리고 실을 잣는 사람이 늘어나 면사의 값이 떨어질 것 같다는 등의 테두리를 벗어나지 못했다. 위허는 친구들 사이에서 말로는 절대 지지 않아 무슨 일이든 몇 마디 참견하여 자신의 총명을 드러내곤 했는데, 유독 이곳에서만은 끼어들 수가 없어 말할 줄 모르는 바보가 된 것만 같았다. 그러나 자신을 달래는 유일한 것은 다음 장날에는 달라지리라는 것이었다. 그때가 되면 두고 보라지! 가격이든 무게든 뭐든 좋아! 그녀는 고개를 치켜들고서 길을 걸었다.

장에 이르기도 전에 저자거리의 떠들썩한 소리, 그리고 돼지의 날카로운 울음소리가 산골짜기 어귀에서 불쑥 들려오는 바람에, 조용한 시골마을에 익숙해져 있던 사람들은 저도 모르게 기쁨으로 흥분되었다. 도중에 이야기를 나누던 시골 아가씨들은 말을 멈추고서 발걸음을 재촉했다. 그녀들의 마음은 온통 생기 넘치는 시장으로 끌려들었다.

인파 속에서 소가 꼬리를 흔들었다. 쌀과 잡곡을 담은 광주리가 붐비는 골목에 여기저기 놓여 있었다. 기름에 튀긴 떡 냄새가 코에 스며들고, 소금에 절인 돼지고기는 향긋한 냄새를 풍겼다. 아무도 큰 소리로 떠드는 사람은 없었지만, 떠들썩한 소리에 정신이 혼미해질 지경이었다. 위허는 겁에 질린 듯 물었다.

"물레 파는 곳이 어디야?"

샤오야가 침착하고 여유 있게 대꾸했다.

"서두를 것 없어. 무명실 산 다음에 내가 함께 찾아줄게!"

그러면서 앞장서서 걸었다. 등의 심지를 파는 사람, 빈 바구니를 든 사람이 곁을 잇달아 스쳐갔다. 비어 있는 곳을 밀고 들어가니 일고여덟 대의 신형 물레가 눈앞에 놓여 있었다. 위허는 기쁨을 참지 못해 소리쳤다.

"야, 여기에서 팔고 있네!"

그녀들은 모두 몰려가 만져보았다. 둥근 테두리를 이룬 대나무 조각이 누런빛을 내뿜고 있었다. 물레 발판의 나무 조각 역시 매끄럽게 깎여 있었다. 물레 중간의 손잡이를 가볍게 돌려보니 힘차게 돌아갔다. 정말 사람 마음을 혹하게 했다! 위허는 이게 다섯째 숙모네 물레보다 훨씬 새 것이고 예쁘다고 생각했다. 그래서 얼른 물었다.

"이거 한 대에 얼마에요?"

물레 장수는 온화한 얼굴로 말했다.

"한 대에 6댜오 600푼이란다. 싸지?"

추이즈는 혀를 내밀면서 소곤거렸다.

"와, 너무 비싸다!"

샤오야가 느긋하게 말했다.

"말도 안 돼요! 지난번 장날에 4댜오 800푼에 팔던데요!"

위허가 샤오야의 팔을 툭 치면서 말했다.

"무슨 소리야! 우리 다섯째 숙모는 이거보다 좋은 데 4댜오 200푼에 샀다던데!"

그녀는 일부러 600푼이나 줄여서 말했다. 그러자 물레 장수가 화를 내면서 그녀들에게 반문했다.

"얼마라구! 4댜오 200푼? 그 값에 몇 대만 사다줘, 내가 다 살 게! …… 4댜오 200푼! 시장에 온 적이 없구만. …… 오늘 네가 6댜오에 살 수 있다면, 내 손에 장을 지지마!"

다른 물레 장수도 가세하여 비웃었다.

"4댜오 200푼! 누굴 놀리나!"

샤오야가 위허에게 소곤거렸다.

"조금만 더 올려주자! 오늘 살 사람이 많아서 가격이 틀림없이 오를 거야!"

위허는 목덜미를 붉힌 채 고개를 갸우뚱하더니 발걸음을 떼면서 얼버무리듯 말했다.,

"사지 않을래! …… 여기에만 물레가 있나! 다른 데 가서 사지 뭐."

무명실을 파는 곳에 오니, 아가씨와 할머니, 그리고 젊은 아주머니들이 한데 몰려 있었다. 그들의 얼굴에는 흥분과 긍지의 표정이 어려 있고, 발밑에는 바구니가 놓여 있었다. 수매하는 행상,

그리고 저울을 다는 거간꾼이 사람들의 행렬 사이를 오고가면서 바구니를 들어 이리저리 살펴보고 큰소리로 값을 깎고 품질을 따졌다.

"그렇게 많이 달라구? 아가씨, 보라구. 고르지가 않잖아!"

"무슨 소리에요! 고르지 않다니? 견사나 진배 없구만! 내 면사를 탓하다니 눈이 삐었나보오!"

"하하, 할머니, 정말 영악하시네요! 좀 물어봅시다, 도대체 물을 몇 사발이나 뿌려댄 거요!"

"웃기는 소리! 내가 물을 뿌려? 잘 말라 있는데, 왜 물을 뿌렸다고 하는 거야!"

"물을 뿌리지 않았다면 틀림없이 습기찬 곳에 하룻밤 놓아두었을 거요!"

이렇게 티격태격하면서 장사가 되는 법이다. 이번의 무명실 값은 지난 장날보다 5할이나 비싸져 300푼이 올랐다. 그래서 샤오야는 팔 때 느긋하게 그 행상에게 한두 푼을 더 요구했다. 위허는 탄복을 금치 못했다. 그러나 남몰래 이렇게 생각했다.

"두고 봐! 다음 장날에는 우리 겨뤄 보자고!"

샤오야는 돈을 더 받아냈기에 흥분하여 불그스레한 얼굴로 지폐를 새면서 나직이 말했다.

"그 물레가 참 용하단 말이야!"

추이즈가 그녀를 달래면서 말했다.

"아예 사버리면 좋을텐데. 어쨌든 넌 돈을 벌었잖아! 네가 새것을 사야 나도 우리 엄마한테 이야기하기 좋지. 엄마는 맨날 널

핑계로, 샤오야의 물레가 네 것보다 훨씬 낡거든이라고 말씀하시거든. 정말 속상해 죽겠어!"

샤오야는 고개를 흔들면서 조그맣게 말했다.

"안 돼! …… 전쟁을 하지 않을까 걱정이야. 전쟁을 멈추면 외국 물건이 쏟아져 들어올 텐데, 그렇다면 헛돈 쓰는 거라구."

추이즈가 걱정스럽게 물었다.

"어디서 들은 거야?"

"외할머니댁에서. 우리 외삼촌은 자주 소를 몰고 광둥(廣東)에 가시거든. …… 어휴, 이제 밤새워야겠어. 서둘러 물레를 많이 돌리려면!"

위허는 마음이 조급해져 한숨이 절로 나왔다. 아직 물레를 사지 못했기 때문이다.

샤오야는 면화를 많이 사들였다. 밤새워 일할 모양이었다. 추이즈 역시 다른 걸 사는 데에 돈을 쓰려 하지 않았다.

한 여인이 물레를 들고 가면서 말했다. "비켜요, 옷 찢어져요!" 위허는 얼른 그녀에게 얼마에 샀는지 물었다. 여인은 원망스러운 기색으로 대꾸했다.

"5댜오 600푼이야! 정말 재수 없어! 장날 한 번 늦었더니 1댜오나 올랐어!"

위허가 마음을 굳힌 듯 말했다.

"됐어! 됐어! 재수 없는 일도 이번 한 번 뿐이지 뭐."

지폐를 꺼내 세어보니 모두 5댜오 200푼이었다. 원래 그녀는 국수를 사먹으려고 400푼을 더 가져왔던 것인데, 뜻밖에 지금

400푼이 부족한 것이다.

"너 5댜오 200푼밖에 가져오지 않았어?" 샤오야가 자신의 잔돈 지폐를 세어보더니 말했다. "마침 내게 500푼이 있으니. 합치면 남겠다. …… 엄마가 사오라는 고구마 당면은 다음에 사지 뭐."

그들은 물레를 파는 곳으로 비집고 들어갔는데, 아뿔싸, 모두 팔려버리고 아무것도 없었다.

추이즈가 한숨을 내쉬며 말했다.

"장사가 정말 잘 되는구나!"

샤오야가 위허를 달랬다.

"괜찮아! 더 찾아보자!"

위허는 크게 실망한 듯 이리저리 두리번거리면서 인파 속에서 물레를 찾으려 했다. 그러다가 정신이 나갔는지 뜻밖에 어느 여인의 발등을 밟고 말았다. 그 여인은 화가나 위허를 밀치면서 사납게 욕을 퍼부었다.

"왜 이리 멍청한 거야! 눈은 뭐 하려구 달고 다닌담!"

위허는 기분이 좋지 않은 터라 역시 화를 냈다.

"멍청하기는 누가 멍청하다구! 당신이 부딪쳐놓고 누굴 탓하는 거야!"

그 여인을 얼굴을 붉히더니 위허에게 삿대질하면서 말했다.

"어휴, 촌사람이로구만. 아예 말이 통하지 않는구만! 남의 발을 밟아놓고도 사과하기는커녕 나와 싸우자는 거야!"

위허는 자신을 촌사람이라고 욕하는 소리를 듣고 더욱 화가 치밀었다. 원래 입이라면 누구에게도 지지 않던 그녀가 아닌가. 하물며 지금 기분도 언짢은 터 아닌가!

"자기야말로 촌사람인 주제에. 조상대대로 촌사람이!"

곁의 여러 여인들이 한편으로 달래면서 다른 한편으로 은근히 겁을 주었다.

"어린 아가씨가 너무 세상물정 모르는구만. 남을 밟았으면 조용히 가지 않고 왜 욕을 해. 잘 들어. 또 욕을 하면 여기 있는 우리들이 널 가만 두지 않을 거야!"

샤오야와 추이즈가 얼른 그녀를 밀어냈다.

장이 파하는 때가 가까워졌지만, 끝내 물레를 파는 곳을 찾지 못했다.

샤오야가 위허에게 말했다.

"됐어, 다음 장날에 와서 사기로 하자!"

추이즈가 한숨을 푹 쉬면서 이어 말했다.

"아이구, 다음 장날에는 얼마나 오를지 알겠어!"

샤오야는 남은 돈으로 엄마를 위해 두 근의 고구마 당면을 샀다. 같은 길에 돌아가는 이웃 마을 아가씨들은 의외의 돈벌이에 신이 났는지 노래를 부르기 시작했다.

> 한 필의 남색 무명천 길이가 세 장
> 일곱 자 가져와 바지를 꿰매고
> 아홉 자 가져와 저고리와 치마를 만드네.
> 나머지 한 장 네 자는 사용하지 않고서

죄다 장롱 안에 모셔둔다네.


추이즈는 입꼬리를 삐쭉이더니 비웃듯 조그맣게 말했다.

"케케묵어 하나도 재미없구만!"

그러면서 위허를 부추기면서 말했다.

"위허 언니, 이번에 새 노래 배워왔다면서! 쟤들 의기양양한 꼴 보기 싫으니 노래 한 번 불러봐!"

위허는 아무 대꾸도 하지 않은 채 고개를 푹 숙이고서 걷기만 했다. 그녀의 마음은 괴롭기 그지없었다. 어디론가 숨어서 울지 못하는 게 한스러웠다. 오늘 물레를 사지 못해 또 남의 수모를 어찌 받아야 하나!

루링은 장쑤성(江蘇省) 쑤저우시(蘇州市)에서 태어났다. 본명은 쉬쓰싱(徐嗣興). 1937년부터 작품을 발표하기 시작하였으며, 잡지 ≪칠월(七月)≫과 후펑(胡風)을 중심으로 활동한 '칠월파(七月派)'의 대표작가로 평가받는다. 대표작으로 중편소설 ≪굶주리는 궈쑤어(饑餓的郭素娥)≫, 장편소설 ≪부잣집 자식들(財主底 兒女們)≫ 등을 들 수 있다.

이 책에 실린 〈허사오더 체포되다(何紹德被捕了)〉는 1940년에 국민정부 경제부 광야(礦冶)연구소 및 코크스사무처에서 직원으로 일했을 때의 체험을 바탕으로 창작된 작품으로서, 1941년 9월에 간행된 ≪칠월(七月)≫ 제6집 제4기에 발표되었다.

루링

(路翎, 1923~1994)

# 허사오더 체포되다 何紹德被捕了

탄광 관리원은 새하얗게 칠해진 조그만 방 안으로 들어가 등 뒤에서 육중한 나무문을 닫았다. 이런 보고는 틀림없이 남을 놀라게 하리라 여겨 가볍게, 떨리는 목소리로 말했다.

"지난달에 왔던 그 병사가 떨어져 죽었습니다."

새로 부임한 광업소장은 깜짝 놀라 누런 얼굴을 치켜들더니 다리로 의자를 억지로 벌려 일어섰다.

"어느 병사?" 그가 물었다.

탄광 관리원은 약간 목소리를 높여 온 힘을 다해 묘사해냈다.

"전방에서 쫓겨난 그 말라깽이인데, 후베이(湖北) 출신의 성은 인(殷)이구요 …… 이건 허사오더(何紹德)에게 물어봐야 합니다. 그 사람을 잘 압니다. …… 그 병사는 그제 밤에도 울었다는데, 남들과 어울리기를 좋아하지 않았어요. 틀림없이 술에 취해 비탈진 곳에서 미끄러졌을 겁니다." 그는 '틀림없이'에 목소리를 무겁게 실었다. 말을 마치자 그는 입을 쓱 문질렀는데, 이 동작을 통해 평정을 되찾으려는 것이었다. 마치 목소리를 입에서 싹 씻어내는 것 같았다.

"허사오더는 누구요?" 광업소장이 물었나.

"양청룬(楊承倫) 아래의 노동자입니다."

"그 자를 데려오시오." 광업소장은 털썩 자리에 앉아 담배를 피워 물었다. 그의 얼굴은 연기 속에서 생각에 깊이 잠겨 있었다.

하사오더는 우울한 사람이었다. 그의 얼굴에는 분노가 배어 있었다. 그는 허리를 꼿꼿이 세운 채 눈을 치켜뜨고서 광업소장을 바라보았다.

"그는 병사, 제대군인이었소." 땀이 송골송골 맺힌 누런빛의 상대 얼굴을 노려보면서 그가 말했다. "그 사람은 나의 옛 친구요. 그가 먹을 밥이 없어 굶주리고 추위에 떨며 지내던 때, 마침 양칭룬이 노동자를 구한다기에 내가 소개해주었소."

"당신은 허베이(河北) 출신인가?" 광업소장의 까만 이빨이 반짝거렸다.

"그렇소."

"어디에서 일을 했소?"

"자오쭤(焦作)에서도 일했고 ……"

허사오더가 기민하고 짜증스러운 눈빛으로 광업소장의 얼굴을 훑어보았다. 그러나 곧바로 냉정해졌다.

"가봐."

허사오더는 흰 나무문을 밀어제치고서 햇빛 아래로 나왔다. 그의 굵은 눈썹이 이마 위에 찡그려 있고, 그의 까만 눈동자는 사나운 눈빛으로 흘겼다.

"떨어져 죽었어, 그 녀석이 떨어져 죽었어! 200원의 위로금이 목숨 값이야." 이렇게 말하면서 그는 돌판길을 성큼성큼 걸었다. "그는 병사인데, 그의 모든 건 나만이 알지. 나 역시 병사인데 부상을 당해 부대로 돌아가지 못했어. 원통하지, 원통해. 정말 원망스러워!"

그는 꼭 쥐어진 주먹을 이른 아침의 푸른 대기 속에서 마구 휘두르더니 마당으로 걸어갔다.

그는 롄진(連金)을 찾아갔다. 늘 뭔가를 으스대는 젊은 여인이다. 이 시골 여인이 최근 한 달 사이에 그를 미혹시켰다. 그는 이 불가사의한 감정으로 인해 화가 나 있었다. 허사오더는 농담을 즐기는 사내가 아니었다. 그의 생명에는 온통 엄숙과 분노뿐이었다. 그렇다면 이 여인과 그의 관계를 그는 어떻게 설명할까? 허사오더는 이제껏 자신의 아내감이 있으리라고 생각해본 적이 없었다. 더구나 그는 자신이 롄진과 같은 여인의 남편이 되리라고는 상상해본 적도 없었다. 그렇다면 사통하는 사이라면? 아니, 이건 허사오더에게는 불가능한 일이다. 그는 한 마디도 참아내지 못한다. 그는 더럽힐 수도 없고, 멋대로 할 수도 없었다. 그렇다면 그는 무엇 때문에 롄진을 쫓아다니는가?

"그 여잔 시골 여인이야. 아양을 떨지만 아무것도 몰라. 그저 가진 거라곤 오늘뿐이고, 오늘, 남자에게 안기는 것뿐 …… 아니, 그렇게 생각해선 안 돼. 허사오더 너!" 그는 중얼거리다가 돌판길 위에 멈춰 섰다. 그는 손을 들어 올려 머리카락을 사납게 긁었

다. 그리고서 그는 떠들썩한 연무를 피워 올리는 시장을 바라보았
다. 그의 눈이 돌연 빛나기 시작했다. 이 광채는 동시에 혼란스럽
고 고민스러운 것이었다.

그는 거리를 한 바퀴 돌았지만, 렌진을 찾지 못했다. 잡화점
카운터에 앉아 있는 그녀의 모습을 늘 보았었는데, 오늘은 거기에
없었다. 카운터는 적막하고 음울했다. 아마 시골집에 갔다가 오지
않은 모양이었다. 그는 읍내 어귀로 빙 돌아나갔다가 황갈나무 아
래에서 걸음을 멈추었다.

"집이 완쯔(灣子) 안에 있다고 늘 말했었는데, 그녀의 시골집은
어떤 모습일까? 그녀 집에 어떤 사람이 또 있을까?" 그는 스스로
에게 물었다. 그의 누런빛의 빛나는 눈이 저 멀리 헐벗은 민둥산
꼭대기를 바라보았다. 그의 발아래에는 휴경 중인 논이 펼쳐져 있
고, 논에서는 축축한 진흙이 차가운 빛을 번쩍이고 있었다.

그리하여 진흙길 위에서 그는 그녀가 왔음을 느꼈다. (그의 눈
은 민둥산 꼭대기에서 미동도 하지 않았다.)

그녀는 매혹적인 머리를 숙인 채 손에는 나긋나긋한 버들가지
를 흔들고 있었다. 그녀의 걸음걸이가 빠르게 반짝이자, 그는 논
속의 진흙덩이를 뒤집어엎었다. 그녀는 튀어 오르는 물보라를 힐
끗 보고서 입술을 삐죽거렸다.

허사오더가 앞으로 한 걸음 나선 것은 자신의 모습을 그녀에게
보이기 위함이었다.

그녀는 생글거리면서 그에게 고개를 끄덕였다. 그의 얼굴에 축
축한 홍조가 번졌다.

"오늘 일 없어요, 출근하지 않아요?" 그저 건네는 말일 뿐이었다.

"응, 일이 없어." 허사오더는 그녀를 빤히 바라보면서 눈살을 찌푸렸다. 그녀가 그들의 약속을 까맣게 잊어버린 일로 그는 화가 나 있었다.

여인은 머리카락을 휘날리면서 허사오더의 곁을 지나 읍내로 갈 태세였다. 그녀의 눈 속에는 아무 일도 없는 사람의 평온한 미소가 반짝이고 있었다.

허사오더가 한 걸음 뒤쫓았다.

"롄진, ……" 그가 불렀다.

여인이 걸음을 멈추고서 이상하다는 듯이 그를 쳐다보았다.

"당신을 기다리고 있었어. 할 말이 있어서." 허사오더가 엄숙하게 미간을 찌푸리면서 말했다. "무슨 일 있었소?"

"우리 아버지가 내게 돈을 빌려 오라고 해요." 롄진이 대답하면서 손안의 부러진 버들가지를 버렸다. 괴로워하는 모습을 드러냈다.

"당신 아버지가? …… 얼마나?"

여인은 눈을 깜박이더니 아무 말이 없었다. 그녀는 재미있다는 듯이 허사오더를 쳐다보았다. 마치 "공돌이 주제에 이걸 물어? 너 돈 있어?"라고 말하는 것 같았다. 그녀는 몸을 돌리고서 다시 길을 가려 했다.

허사오더가 푸른색 제복의 호주머니 속으로 손을 집어넣더니 지폐 두 장을 꺼냈다.

"가져 가." 그는 딱딱한 어투로 말했다. 그의 얼굴은 주름살투성이였으며, 그의 멋진 입술은 비뚤어져 있었다.

아이구, 당신네 광부들에게 20원이면 수월찮은 돈일 텐데. 렌진은 부드럽게 말하면서 웃었다. 얼굴이 살짝 붉어지는 게 무슨 까닭인지 모르겠다. 그녀는 허사오더가 그녀의 손에 쥐어준 돈을 받았다. 그녀의 눈에 뜨거운 유혹의 빛이 반짝 어른거렸다.

"허사오더," 그녀가 말했다. "내가 글피 오후에 짬이 나니 우리 가게로 찾아와요. 식사 한 끼 대접할 게요." 그녀가 침을 삼켰다. "내가 전병을 구워 드릴게요."

그녀는 풍만한 머리카락을 휘날리며 거리로 걸어갔다.

"전병? 좋지." 허사오더는 얼떨떨한 채 중얼거렸다. "그럼 내일은 …… 내일 ……" 그의 얼굴에 고통스러운 미소가 피어났다. 그러나 동시에 이 미소는 사라지고 말았다. 그는 스스로에게 물었다. "내가 도대체 무슨 짓을 한 거야?" 그의 얼굴은 곤혹과 분노로 바뀌었다.

그는 거리로 가서 담배 한 갑을 살 작정이었다. 담배 가게 앞에 이르러서야 그의 돈을 몽땅 렌진에게 주어버렸다는 사실이 기억났다. 그는 실망한 채 손을 호주머니에 쑤셔 넣었다. 어디로 가야할지 정할 수가 없었다. 즉시 광산으로 돌아가고 싶지는 않았다. 그래서 그는 길거리를 걸었다. 그는 걸음을 빨리 하여 단숨에 거리 한 블록을 걸었다. 그에게 마침 무슨 일이 있거나, 아니면 급히 찾아야 하는 무슨 물건이 있는 것만 같았다. 그는 다시 되돌아서서 걸었다. 이번에 걸을 때 그의 생각에 귀착점이 생겼다. 그는 떨어져 죽은 그 병사를 생각했다.

그는 느닷없이 그의 눈을 치켜떴다. 누구와 이야길 하고 있지? 누구와? "그 녀석은 이미 죽었어. 이미 죽었다구!" 그는 큰소리로 말했다. 그의 음성이 자신의 고막을 울렸다. "그 녀석 신경이 자극을 받고 술에 취해 떨어져 죽었어. 좋아! 아직도 그 녀석을 지명 수배 중이군."

어느 조그마한 골목 어귀에서 그는 다시 렌진을 보았다. 그녀는 키가 껑충하고 마른 남자와 함께 선 채 다정하게 이야기를 나누고 있었다. 허사오더를 보더니 그에게 고개를 끄덕여보였다. 그리고는 계속해서 반짝이는 눈을 깜박이며 깡마른 남자와 이야기를 주고받았다.

허사오더의 생각은 자신의 궤도에서 벗어나고 말았다. 그는 여인의 작은 손이 옷깃의 단추를 어루만지고 있는 것을 보았다. 그 작은 손은 매혹적으로 펴진 채 꼼지락거리고 있었다. 그 작은 손은 동시에 허사오더의 심장을 움켜쥐었다.

피가 허사오더의 얼굴 위로 부풀어 올랐다. "꺼져버려, 이런 쌍 ……" 중얼거리는 그의 입술이 떨리고 있었다. "알겠어, 그녀에게 정복당한 거야. 하지만 난 그녀를 정복할 수 없어. …… 그런데 이게 무슨 짓이야? 왜? 퉤!"

그는 광산으로 달려갔다. 어지러이 흩어진 그의 머리카락에 햇빛이 반짝였다.

허사오더는 부상병인데, 떨어져 죽은 인렌치(殷連祺)와 같은 중대에서 복무했다. 그는 병원에서 나와 돌연 어떤 감정에 의해 분노가 폭발했다. 그는 사무소에 가서 등록하지 않은 채 이 광산으로 오고 말았다. 그는 이전에 훌륭한 광부였으며, 지금도 여전히 탄가루를 마시고 있다.

허사오더는 이런 모든 사람들보다 영혼에 훨씬 많은 분노를 안고 있었다. 그는 고독하고 슬펐다. 세상은 그의 눈앞에 펼쳐져 있고, 그는 빛나는 젊음을 지니고서 세상을 오가고 있다. 그러나 무언가에 짓눌려 그의 요구는 충족시킬 수 없고, 그리하여 그는 고통에 빠져 있었다. 그가 바라는 것은 얼마나 쉽지 않은가! 이제 다시 가난하고 고통스러운 어둔 생활 속으로 돌아왔다. 가난과 고통은 제일 먼저 그의 분노를 타오르게 했다. "그들은 왜 이리 어리석으며 이리 가련한가. 그들은 왜 흐리멍덩하게 살다가 갱에 빠져 죽는단 말인가. …… 이건 그들 자신이 못나서인가! 그런가!"

그는 생각의 방향을 돌렸다. 그는 얼른 롄진을 떠올렸다.

그는 그가 원래 앉아 있던 나무 침상에서 뛰쳐 일어났다. 이 생각이 그를 너무 참을 수 없게 만들었던 것이다. 그는 막사의 조그마한 문어귀로 뛰쳐나가 탄가루를 뒤집어쓴 채 야근하고 돌아오는 광부를 붙들었다.

"좋아지겠지?" 그가 눈을 부릅뜨고서 외쳤다.

당황한 광부는 분노로 살짝 벌어진 허사오더의 입을 바라보면서 더듬더듬 말했다.

"무, 무슨 말이야 …… 나 …… 잘래."

광부는 비틀거리면서 침상 앞으로 가더니 바위처럼 쓰러져 누웠다. 탄가루에 덮여 있는 광부의 누렇게 뜬 얼굴을 허사오더는 분노에 찬 시선으로 바라보았다. 그는 머리를 세차게 흔들더니 빽빽한 막사들 사이를 뛰쳐나와 산비탈을 향해 뛰어갔다.

그는 탄광 관리원을 만났다. 탄광 관리원은 그에게 새로 부임한 광업소장이 전체 광산을 개조하려고 그를 감독으로 승진시키려 한다는 것을 알려주었다.

탄광은 새로운 조직법에 따라 개조되었으며, 새로 부임한 광업소장은 힘이 넘치고 총명하며, 모든 사람들이 좋아하는 장년의 인물이었다. 그는 감독을 파견하고 도급제를 폐지하겠다고 공포했다.

"허사오더, 이렇게 낡은 제도를 폐지하면 될까? 어때?" 그가 허사오더에게 물었다.

"좋지요." 허사오더가 침울하게 대꾸했다.

그러나 신임 광업소장은 화를 내지 않았다. 그는 노란 구두를 반짝이면서 조그마한 하얀 방 안을 걸으면서 담배를 피워 물었다.

"허사오더." 생각에 잠겨 있던 그가 말했다. "허사오더, 열심히 해봐. 새 회사는 널 박대하지 않을 거야. 양청룬의 지시에는 따를 필요 없어. 내가 널 전근시켰으니까. …… 네가 잘 해보겠다면, 돌아가서 그 사람들에게 이야기해줘!" 여기에서의 '그 사람들'이란 광부들을 가리켰다. 그는 담배꽁초를 집어던졌다.

허사오더는 침묵에 잠긴 채 날카로운 눈으로 신임 광업소장을 바라보면서 생각했다. "그가 왜 나를 마음에 들어 할까?" 그는 생각에 잠겼다가 대꾸했다.

"좋습니다."

오후에 그는 광부 몇 사람을 술자리에 초대했다.

그의 얼굴에는 이 일에 대한 내심의 무감동이 드러나 있었다. 하지만 술을 몇 잔 마신 후 그는 누런 눈을 멋지게 반짝이면서 말을 꺼냈다.

"앞으로 우리는 도급제를 인정하지 않을 겁니다. 예를 들면 양청룬도 일개 감독에 지나지 않습니다. …… 여러분은 여러분의 생활에 대해 어떻게 생각합니까?" 그가 어투를 바꾸어 갑자기 물었다.

류헤이(劉黑)는 실팍하고 천진스러워 아이 같은 젊은이이다. 그가 별 생각 없이 말했다.

"임금을 올려주면 좋겠어요. 임금을!"

"그렇습니다. 우리 생활이 좋지 않다는 건 잘 알고 있어요." 허사오더가 말했다. "이를테면 지난주에 인롄치가 떨어져 죽었어요. 그래요, 어리숙하고 술에 취했으니 자신을 탓해야겠지요. 하지만 고통스러울 때 술 한 잔 마시는 거야, 좀 많이 마신다 해도 마찬가지이겠지만, 괜찮습니다. 이게 사는 거 아니에요? 그를 탓할 수 있겠어요? 우리 생활이 이렇게 애처롭고 고통스러운데!"

허사오더는 손으로 턱을 어루만졌다. 그의 눈이 아주 빠르게 반짝였다. 내심의 감동으로 인해 그는 떨리는 얼굴을 살짝 숙였다.

"우리 생활은 ……" 젊은 광부가 중얼거렸다.

"좋아요, 술 한 잔 드십시다. 자, 허사오더의 말이 옳습니다. 이런 게 사는 거지요." 광부가 굵은 팔을 휘두르며 외쳤다.

"인롄치 그 사람이 병사였나요?"

허사오더는 묻는 사람에게 시선을 돌렸다. 그는 이 말로부터 자극을 받은 게 분명했다. 그는 이를 악물고 말했다.

"병사였지요. 왜 묻습니까?"

"그냥 물어본 거예요."

"나도 병사였소." 허사오더는 나지막이 또박또박 말했다. 그는 연두색 제복을 뜯으면서 말했다. "내 옷을 보시오."

모든 사람이 알게 되었다. 허사오더는 틀림없는 병사였다.

광부들이 깜짝 놀란 눈으로 허사오더를 바라보았다.

"개만도 못한 삶이었지요!" 자리에서 일어난 허사오더의 얼굴이 붉어졌다. 그의 눈은 타오를 것만 같았다.

길을 가다가 허사오더는 광산 최대의 도급업자인 양청룬을 만났다. 양청룬은 악랄하기 그지없는 지주였다.

"너, 출근 안 해?" 그가 허사오더에게 소리쳤다. 그의 잿빛 눈동자가 움푹 패인 푸르스름한 눈자위 속에서 무섭게 떨고 있었다.

허사오더는 상대하지도 않은 채 갈 길을 걸어갔다.

"그 자리에 서!" 양청룬이 발을 동동 굴렀다.

허사오더는 걸음을 멈추지 않았다.

"네가 누구 덕에 밥을 먹는데! 개자식!"

"한 번만 더 욕하면 혼내줄 거야!" 허사오더는 몸을 돌이켜 으르렁거리듯 말했다. "이 몸은 내 밥을 먹고 국가 밥을 먹어!"

양청룬은 예상치 못한 반격에 아연실색했다. 그의 퍼래진 입술 위에 탐욕스러운 수염 몇 가닥이 치켜들려 있었다. 그는 느닷없이 견딜 수 없이 이상한 소리로 웃었다. 이 웃음은 냉소가 아니라, 메에메에 양의 울음소리처럼 감정이 없는 무서운 웃음이었다.

양청룬은 계속 앞으로 걸어갔다. 매일 40톤의 석탄이 결딴나게 되었다. 초조해진 그는 울음이 터져 나올 것만 같았다.

"이 쌍놈의 자식 허사오더 …… 일개 병사 주제에 …… 본때를 보여주마!"

그는 한참을 걷다가 허사오더 쪽으로 발을 내딛더니 울먹이는 소리로 욕설을 퍼부었다.


허사오더는 가슴에 팔짱을 낀 채 입에 반쯤 탄 담배를 물고서 막사의 매끄러운 기둥에 기대 있었다. 연기가 생각에 잠긴 그의 얼굴을 감돌고 있었다. 그는 낡은 중절모를 매섭게 이마로 당기더니 결심한 듯 입을 열었다. "가자, 가 보자! 그녀가 어떻게 하는지 보자. 홍, 전병을 먹으러!"

그는 막사에 뛰쳐나와 들판 쪽으로 걸어갔다.

"그녀에게 말해야겠어, 아예 까놓고 …… 그녀에게 진실이 전혀 없다는 게 믿기지 않아, 그녀가 완전히 허위라는 게 믿기지 않다구. …… 도대체 어떻게 설명해야 하나?" 그는 자신에게 묻고 스스로 답했다. "그녀가 그렇게 하는 건 생활의 핍박 때문이야. 우리 누구나 자기의 삶이 있는 법이지. 맞아."

그는 '우리'라는 말로 렌진과 자신을 한데 연결시켰지만, 동시에 이건 황당하고 불가능하다는 걸 느꼈다.

그의 사색은 진실한 생명으로 충만해 있으며, 엄숙한 것이었다. 시장 쪽으로 걸어가는 그의 심경은, 여자를 찾을 때의 일반사람들과 달리 정욕을 띠거나 부풀어 있지는 않았다. 그는 이렇게 해야 생명과 관련된 중요한 문제를 해결할 수 있다고 느꼈다.

그러나 이 문제는 시종 해결할 수 없는 것이었다. 그의 내심의 목소리는 그에게 말하고 있었다. 절망스럽다. 이제 다시는 그녀를 생각지 않겠어. 이게 최선의 가능한 해결책이야.

그러나 어떤 게 희망이고 그의 희망이 무엇인지 그는 알지 못했다. 따라서 절망 자체도 허망한 것이었다.

그는 사랑에 빠져 있다. 이것만큼은 그가 이해할 수 있는 것이었다. 이것은 기이하고 어울리지도 않으며 영원히 헤어 나올 수 없는 연애이다.

읍내 앞쪽의 망루 곁에서 그는 양청룬을 보았다. 양청룬의 곁에 서 있는 사람은 그녀였다!

그녀는 그에게 아는 체 인사를 했다. 마치 흔히 알고 지내는 사람들이 하듯이. 그녀의 표정은 고뇌에 빠져 있는 듯했다. 양청룬과 뭔가 유쾌하지 않은 일을 이야기하고 있는 듯하더니, 그녀가 화를 냈다.

양청룬은 고개를 돌려 온 힘을 다해 자신의 표정을 엄하게 만들었지만, 그의 얼굴 위에는 탐욕의 늘어진 시커먼 주름살만 더욱 돋보일 뿐이었다.

허사오더의 심장이 쿵쿵 빨리 뛰기 시작했다. 그의 얼굴이 뜨거워졌다. 그가 도대체 무얼 하는지 모를 수가 없었다. 그는 고민하였다. 그는 렌진을 바라보지 않은 채 곧장 읍내로 걸어갔다. 그녀를 찾으러 온 게 아니라는 듯이.

"양청룬 이 개자식도 그녀의 연인일까? ……" 그는 생각에 잠겼다. "그런 쓸데없는 생각을 해선 안 돼. 그건 틀렸어. 그 자식과 그녀는 어울리지 않아. 게다가 그녀는 그에게 화를 냈잖아. …… 하지만 관계가 가까우니까 화를 낸 게 아닐까? …… 좋아, 이제 모든 게 끝난 거야. 돌아가자. 다시는 그녀를 상대하지 말자. 이게 최선책이야."

그리하여 그는 비탈을 올라가던 발걸음을 되돌리려고 고개를 돌렸다. 그러나 그는 곧바로 제자리에 멈춰서고 말았다. 렌진이 고개를 약간 숙인 채 그가 있는 쪽으로 다가오고 있었다. 그는 그녀가 새까만 속눈썹 아래로 자기를 보고 있다고 느꼈다.

그녀는 그의 면전에 이르러 고개를 치켜들고서 대담하게 그를 바라보았다.

"허사오더," 그녀가 나지막이 입을 열더니 요염하게 머리카락을 휘날렸다. "뛰어가던데 어디 가는 거야?"

"널 만나러 왔지." 허사오더가 조금도 주저하지 않고 대꾸했다.

"나를 만나러?"

"그래."

"좋아." 그는 뜨거운 눈빛을 반짝였다. 이 눈빛은 사악한 무언가를 띠고 있었지만, 동시에 젊은 여인만의 따스함도 약간 지니고 있었다. 그녀는 조금도 개의치 않은 채 말했다. "돈 갚으라고 온 거야?"

"아, 아니," 허사오더가 당황하여 대답했다. 그녀의 진회색 눈을 보았다. 그의 까만색 예쁜 입술이 여기에서 움찔 굳어버렸다.

그들은 함께 걸었다. 거리를 지나 다시 가을의 잿빛 들판으로 나아갔다. 그들은 열녀문 곁에서 걸음을 멈추었다.

허사오더는 그녀와 함께 걸었다는 사실에 뿌듯함을 느꼈다. 아울러 그와 함께 걷는 동안 그녀가 다른 사람을 생각하지 않았다는 것을 그가 스스로 입증했다고 생각했다. 허사오더는 무슨 말을 해야 할지 결정했다.

"당신은 나를 잘 몰라. 난 ……" 그는 자신의 입이 딱딱하게 굳어졌음을 느꼈다. 그는 자신을 진정시켜 살아있는 생명에 관한 광활한 이야기를 꺼내고 자신의 고상한 감정을 보여주고 싶었다. 그는 말을 이었다. "내 느낌에 당신은 참 …… 참 기이한 …… 사람 ……"

그가 돌연 말을 끊었다. "무슨 말을 하는 거야? 말해봐야 무슨 소용이 있어? 듣고 싶지도 않을 텐데 ……" 그는 마음속으로 자신에게 물었다. 그리고서 그는 다시 입을 열었다.

"당신이 듣고 싶지 않다는 걸 알아. ……"

"듣고 싶어요!"

롄진의 눈에 호기심 어린 신선한 빛이 반짝였다. 그녀의 얼굴은 이로 인해 부드러워졌다. 그녀의 수려한 어깨가 으쓱 움찔거리고, 그녀의 풍만한 가슴이 젊은 여인처럼 느껴졌다. 하지만 허사오더가 이걸 '사랑'이라고 생각했다면, 그건 틀린 것이었다. 하지만 이로 인해 그는 격동되었다. 그의 심장이 마비된 듯한 통증을 느꼈다. 그는 이것이 무엇인지 설명할 수 없었다. 그는 이게 사랑이겠거니, 이게 행복이겠거니 생각했다.

그들은 마치 연인인 양 바위 위에 살며시 앉았다. 그가 건장한 다리를 내뻗어 시든 풀을 밟았다.

"난 떠돌이라오." 떨리는 목소리로 말문을 연 그는 렌진을 제대로 쳐다보지도 못했다. 쳐다보기라도 하면 간신히 얻은 감정이 산산조각나 버릴 것만 같았다. 그의 손이 바위틈에 자라난 풀을 되는대로 꺾었다. 꺾인 풀이 그의 손안에서 떨고 있었다. "난 여러 곳을 다녔소. 이전에 광부노릇을 하다가 나중엔 군대에 갔지. ······ 산다는 게 무언지 알아요. 산다는 건 엄숙한 것이오. 이를테면 당신을 만났는데, ······ 당신만큼 가까이한 여자는 결코 없었소. ······ 많은 여인들을 만나긴 했지. ······ 하지만 당신은 달라." 그는 원래 이쯤에서 이렇게 말할 작정이었다. "당신이 내게 준 느낌이 달라"라고. 그런데 말을 잘못 해버렸다. 그는 말을 수정할 생각은 없었다. 그는 용기를 내어 렌진을 빤히 바라보았다. 렌진의 얼굴은 침착하면서도 창백했다. 그는 그녀에 대해 아는 게 없었다. 왜 그런지 모르겠다. 두려운 느낌이 들었다.

"무슨 뜻인지 전혀 모르겠어요." 렌진이 나직이 말했다. 그녀는 지금까지 알지 못한 무언가를 만나 당혹감을 느끼고 있었다. 이렇게 떨리고 엄숙한 그의 목소리에 그녀는 놀라움을 느꼈다. 이제껏 자기에게 이런 목소리로 이야기한 남자는 한 사람도 없었다. 이렇게 어리벙벙할 때에 기회를 잡아 자신을 안아줄 남자가 한 사람도 없었는데, 이번에는 끝났다. 두 사람에게는 이때 이것이 필요했다. 삶은 이것 외에 달리 의미가 있을 수 없었다. 그러나 그녀는 허사오더의 이 순간, 단지 이 순간만이 마음에 들었을 뿐이었다. 허사오더와 그녀는 가까이할 수 없었던 것이다.

그녀는 눈썹을 찡그리면서 상심한 듯 그를 바라보았다.

허사오더는 연인의 눈빛으로 모든 것을 해석하고 있었다. 렌진의 수려하면서도 우수에 잠긴 미간이 그가 보기에는 다른 의미를 지니고 있었다. 렌진이 이미 그의 말을 이해하고 있었다는 것이다.

"엄숙한 일이야, 삶이란 ……" 그는 자신의 생각에 심취하였다. 그의 손에 들린 마른 풀이 심하게 떨고 있었다. "당신을 사랑하게 되었소. 이건 엄숙한 일이오. 우리가 혹 다를지 몰라도." 그가 돌연 말을 끊었다. 그녀의 가슴 앞에서 떨고 있는 렌진의 조그마한 손을 보았기 때문이다. 그는 숨을 죽였다. ……

그는 렌진의 회색빛 눈에 냉담하고 잔혹한 빛이 어려 있음을 발견했다. 멍하니 그녀를 바라보는 그의 마음은 갈기갈기 찢어졌다.

"당신들 갱에 병사 하나가 빠져 죽었다면서요?" 렌진이 낯선 어투로 물었다. 스스로 무거운 압력에서 빠져나오려는 듯했다.

"응."

"당신도 병사지요? 당신이 그렇게 말했어요."

"난 병사였어. 그건 영광스런 일이야." 허사오더는 까닭 없이 화가 치밀었다. 그의 얼굴이 붉어졌다.

"전선에 가지 않을 거예요?" 여인이 별 뜻 없이 물었다.

"내키지 않아 …… 양청룬이 누구야? 당신과 어떤 사이인데?" 그는 거칠게 물으면서 날카로운 눈빛으로 렌진의 얼굴을 쏘아보았다.

그러자 화가 난 렌진이 목소리를 길게 빼면서 대꾸했다.

"우리 아빠."

허사오더는 이렇게 무참하게 일격을 당하였다. 허사오더는 이렇게 장중하게 영혼 속의 고귀한 것을 숨김없이 받쳤건만, 일개 거간꾼 딸에게 멸시당하고 얻어맞았다. 허사오더는 피가 철철 흐르는 자신의 슬프고 쓰라린 마음을 땅바닥에 꺼내놓았다가, 말할 가치가 없는 여인에게 짓밟히고 말았다.

허사오더는 잔혹스러울 정도로 입술을 깨물면서 눈을 반쯤 감은 채 황량한 가을 들판을 향하여 뛰어갔다.


지주의 딸인 렌진은 육체적인 자극과 단순한 심령의 자극을 추구하는 여인이었다. 그녀는 혼자서 읍내에서 잡화점을 운영하고 있었으며, 시골 처녀다운 면모는 조금도 남아있지 않았다. 그건 그녀의 아버지 양청룬이 단순한 지주가 아니라 거간꾼이듯이, 그녀는 여러 명의 고향 유지들, 외지에서 온 기술자들, 그리고 허사오더와 같은 젊은 광부들과 두루 사귀었다. 그녀는 신선함과 신비함을 끊임없이 추구하였다. 허사오더는 그녀의 눈에 신선하고 신비한 사람이었다. 그러나 허사오더는 지금 어리숙하고 두렵게 변모해버렸다. 허사오더가 그녀에게 가져다준 고통스러운 느낌은 두려운 무언가에 대해 어렴풋이 알게 된 느낌과 똑같았다. 허사오더는 그녀에게 생명의 또 다른 면으로 통하는 문을 열어주었다. 그 안은 기이하지만, 그녀가 다가갈 엄두가 나지 않거나 다가갈 수 없는 것이었다. 그리하여 그녀는 아득한 고뇌에 휩싸이게 되었으며, 느닷없이 찾아온 삶의 공허감을 느꼈다. 그녀는 약간 상처를 받았던 것이다.

그러나 자신의 원래의 생활로 돌아오고 원래의 심리상태로 돌아오자, 이 상처는 쉽게 잊혀지고 말았다. 어느 누구라도 이러한 여인에게 현재의 삶을 포기하고 그녀와 전혀 관련 없는 일을 생각해보라고 할 이유가 없으며, 어느 누구라도 그녀에게 지금껏 알지 못하는 생활을 추구하라고 할 이유가 없었다.

그녀에게는 어머니가 없었다. (이런 여인은 지금까지 어머니로부터 제대로 된 교육을 받지 못했을 것이다.) 그녀의 탐욕스러운 아버지는 대처하기가 대단히 쉬웠다. 바로 돈만 있으면 얼마든지 모든 것을 대충 넘길 수 있었던 것이다. 딱 한 번, 양청룬이 신사(紳士)의 신분으로 화를 낸 적이 있었다. (주된 원인은 전날 도박에서 돈을 잃었기 때문이었다.) 그는 딸을 방 안에 묶어 두었다. 그의 얼굴빛은 새카매지고 단숨에 얼굴 위의 터럭이 훨씬 많이 드러났다. 그는 방 안에서 짐승처럼 울부짖었다.

방 안에서 렌진의 부드럽고도 관능적인 목소리가 스며 나왔다. 그녀는 애걸하면서 말했다.

"아버지 제가 잘못했어요. 다시는 하지 않을게요. 절 내보내주세요. 류씨집에 있는 200원을 오늘 가져와야 해요. ……"

그리하여 즉시 양청룬의 뾰족한 광대뼈로부터, 그의 탐욕스러운 주름살에 둘러싸인 잿빛의 눈 속, 그리고 나아가 털로 부숭부숭한 목덜미에 이르기까지 외설적인 웃음이 펼쳐졌다. 그는 이렇듯 짐승으로 변했다. 뼈마디가 두드러진 그의 두툼한 손이 마구 움직였다. 그는 자제력을 잃어버렸다. 그는 어지러이 방 안을 배회하면서 보이는 물건마다 손을 대고 덜덜 떨면서 말했다.

"내 담뱃대는? 이봐, 내 담뱃대 말이야 ……"

이로부터 아버지는 더 이상 딸을 단속할 수 없었다. 만약 돈을 들고 떠나지 않으면, 딸의 눈치를 살펴야만 했다. 렌진은 지금 여인으로서의 절정기에 이르러 있었다. 그녀는 들뜬 기분으로 자신의 자유로운 생활에 깊이 빠져 있었다.

길을 걷는 허사오더의 얼굴은 어둡고 사나왔다. 갑자기 그가 등 뒤로부터의 거센 손에 붙들렸다. 그가 고개를 돌릴 틈도 없이 그의 목덜미에 주먹이 날아들어 얼얼했다.

그의 눈이 두려움에 떨면서 커졌다. 습격자의 어깨 너머로 멀리 양청룬이 서 있는 게 보였다. 그는 그를 둘러싼 두 명의 사내로부터 간신히 빠져나와 양청룬에게 뛰어갔다.

양청룬은 뛰어 도망쳤다. 허사오더는 다시 두 명의 흉악한 깡패에게 둘러싸여 얼굴에 주먹질을 당한 후 땅바닥에 넘어졌다.

젊은 광부 류헤이가 산비탈에서 뛰어내려왔다. 그는 손전등으로 깡패 한 녀석의 머리통을 내리쳤다. 그의 시커먼 팔뚝이 번득였다. …… 그는 무수한 구타 속에서 허사오더를 구출했다.

허사오더는 흙길 위를 절룩이면서 걷다가 치미는 분노에 몸을 떨었다. 그는 류헤이에게 말했다.

"내 양청룬 이놈을 죽이고 이곳을 떠나겠어."

"그 자식을 죽여 버리자!" 류헤이의 눈빛 속에 천진스러운 흥분이 충만했다. 그는 왠지 모르게 갑자기 이렇게 허사오더를 동정하고 사랑했다. 그의 시커먼 가슴이 부풀어 올랐다. 그가 흥분하여 떨면서 말했다. "그놈을 죽이자고 …… 허사오더, 당신은 참 좋은 사람이야. 당신, 어디로 갈 건데?"

"죽이러 가야지," 허사오더는 두들겨 맞아 부은 눈을 살짝 감고 있었다. "내가 온갖 생활을 다 누려 보았는데, 하지만 내가 …… 내가 뭐 하는 거야? 양청룬의 딸을 사랑하다니 …… 내가 왜 사랑하지 말아야 해? 삶, 삶이!"

그의 입술이 떨렸다. 그의 눈에 살려는, 아름답게 살려는 강렬한 빛이 반짝였다.

"난 알고 있어요, 허사오더! ……" 젊은 광부의 눈이 촉촉해졌다.

"네가 알아, 맞아. 우린 알아야 해, 누려야 하고, 살아야 하고, ……"

자신의 말을 끝마치기도 전에, 허사오더는 마치 폭발할 것만 같은 느낌이 들었다. 그는 돌연 힘겹게 다리를 들어 올리더니 산비탈을 향해 달려갔다.

허사오더는 남과 다투었는지라 규율 위반으로 일주일간의 벌에 처해졌다. 규모가 작은 이곳 광산에서 그는 가장 뛰어난 광부라 할 수 있으며, 양수기를 관리하도록 파견되었다. 갱도에서 물이 흘러나오는데, 회사에서 사흘 이내에 100여 톤의 물을 뽑아내도록 규제하였던 것이다. 하지만 허사오더는 50톤의 물을 뽑아내기도 전에 갱도를 빠져나와 버렸다. 그는 일하지 않았다!

그는 처음에는 나무 침대 위에 누운 채 곰곰이 생각에 잠겼다. 그러다가 벌떡 일어나 식사를 하고 있는 노동자들을 밀치고서 들판 쪽으로 달려갔다.

그는 무얼 해야 할지 알지 못했다. 그는 이렇게 분노를 곱씹고 있었다. 그를 맞이하여 미소 짓는 렌진을 갑자기 발견했을 때, 그는 더욱 분노했다.

"뭘 하려고?" 그가 렌진에게 외쳤다. 그는 온 힘을 다해 자신을 억제하고 있었다. 그의 얼굴빛은 두려울 정도로 창백해졌다.

렌진은 흥미를 자아냄과 동시에 두려움을 안겨주는 임무를 띠고 있었다. 그녀는 무슨 수를 써서라도 허사오더를 이곳에서 5리 떨어진 작은 읍으로 데려가야 했다. 그 작은 읍에는 그녀의 아버지 양청룬과 부상을 당한 중대장 부관이 기다리고 있었다.

양청룬은 그에게 길을 묻는 시커먼 얼굴의 중대장 부관을 만났다. 양청룬은 누구하고나 이야기를 나눌 수 있었다. 그가 물었다.

"당신은 장교요? 엉, 우리 광산에도 병사 몇 명이 있는데."

"몇 명이나?" 부관이 미간을 찌푸렸다.

"한 명이 죽었는데, 이름이 인렌치요."

"누구? 이름이 뭐라구?"

"인렌치, 허사오더라는 자도 있소."

"인렌치, 이 자는 탈영병이야, 탈영병. 하지만 허사오더는
……" 부관은 혼잣말로 중얼거렸다. "허사오더는 허베이(河北) 출

신으로, 아는 것도 많고 아주 용감하지. 부상병이야. 나랑 같은 병원에 있었는데, 나중에 ……" 그가 갑자기 고개를 치켜들더니 군인 나름의 꼿꼿함과 엄숙함을 띠고서 양청룬을 자세히 살펴보았다.

"인롄치는 허사오더가 소개하여 데려왔소. 허사오더 그 자는 못된 놈이오!" 양청룬이 얼른 말했다.

"그렇다면 내가 그의 상관이니, 그를 내게 데려오겠소? 당신 말에 당신이 책임을 져야지!" 부관이 말했다. 모든 군인이 그렇듯이, 그는 남들이 자기 중대의 가장 뛰어난 병사를 함부로 욕하도록 내버려둘 수 없었다.

양청룬은 화가 치밀어 허사오더를 욕했는데, 이제 그를 찾아오지 않으면 안 되게 되었다. 허사오더는 탈영병을 숨겨주었으니, 적어도 감옥에 처박혀야 할 것이다. 자신과 상관없는 번잡한 일과 마찬가지로, 이 일도 이 거간꾼의 흥미를 자아냈다. 그는 군관 앞에서 체면을 잃고 싶지 않았다. …… 하지만 어떻게 허사오더를 찾아 데려오지?

그래서 그는 자기 딸이 허사오더를 알고 지낸다는 것을 떠올렸다.

그는 롄진에게 말했다.

"날 위해 허사오더를 찾아와라. 니강야(泥崗埡)로 데려와."

허사오더의 이름을 듣는 순간, 그녀는 기분이 언짢아졌다.

"싫어요." 그리고 이어 다시 물었다. "그 사람은 왜 찾아요?"

"찾아야 할 일이 있지. 네가 볼일이 있어서 찾는다고 해. 하하, 그거 참 재미있겠군. 그래 네가 찾는 거로 해. 네가." 아버지의 능글맞은 입이 돌연 힘들어지고, 그의 두툼한 손이 떨렸다. 그는 더듬거리면서 물었다. "너 그와 좋아지내는 건 아니지?"

"무슨 말씀이세요!" 렌진은 눈꼬리를 치켜세웠다. 그녀의 얼굴이 새하얘졌다.

"허허, 너희들 친구 사이라더니 안 되겠어? 나도 좋아해. 허사오더는 참 착하고 똑똑한 사람이야."

"허사오더는 똑똑한 사람이야, ⋯⋯" 여인은 생각에 잠겼다. 그녀의 생각에는 이런 이야기를 생각하고 있을 때의 여인 특유의 감정이 스며 있었다. 허사오더는 그녀의 마음속에 아주 강한 그림자를 던져놓았다. 그녀가 원하든 원치 않든 이 그림자는 잠시 지워지지 않을 것이다. 그런데 이 그림자가 지금 돌연 훨씬 짙어졌다. 그것은 그녀의 단순한 마음을 꽉 싸안고 있었다. 그녀는 자신이 허사오더와의 단순한 관계에서 이제껏 맛보지 못한 특이한 감정을 맛보았음을 느꼈다. 그것은 그녀가 영원히 이해할 수 없는 엄숙한, 그녀가 보기에는 두려운 감정이었다. 그렇기에 허사오더와 함께 있을 때 고통스럽고 서글픈 감정이 일어났던 것이다. (이 고통과 서글픔을 얼마나 원치 않았던가!) 남이 진흙구덩이에 빠져 몸부림치지만 헤어 나오지 못하고 있는데, 자신은 무언가의 이유로 도움을 줄 수 없을 때 느끼는 감정과 같은 것이었다. 이러한 여인에게 이 감정은 특히 농후했다. 여인의 단순한 공감으로 인해 남이 구덩이 깊숙이 빠졌다고 쉽게 믿도록 만들기 때문이다.

렌진은 허사오더에게 약간의 동정심을 품고 있었다.

그래서 아버지가 느닷없이 그의 이름을 꺼냈을 때, 움찔 당황했던 것이다. "허사오더, 이 사람이 얼마나 기이하면서도 애처로운데 …… 그 사람은 나를 그리워하지. ……" 생각에 잠긴 그녀의 얼굴은 처음에는 중대한 일을 고려할 때처럼 장중해보였지만, 나중에는 돌연 피식 웃음을 지었다. "그 사람이 나를 그리워한다"는 것 때문이었다. 그래서 그녀는 아버지의 부탁을 받아들였다.

허사오더는 그녀를 고민스럽게 만들었지만, 동시에 그녀에게 강렬한 자극을 안겨주었다. 렌진은 신비한 혹은 두려운 물건을 탐색할 때 지니는 호기심을 안고서 허사오더를 찾아 나섰다.

그녀는 마치 아무 일도 없었다는 듯이 웃었다. 하지만 그녀의 웃음은 그녀의 당황스러움을 감추지는 못했다.

"나와 함께 가자고? 전병 먹으러?" 허사오더는 화가 난 듯 렌진의 얼굴을 빤히 쳐다보면서 말했다. "좋아, 가지 뭐."

"하지만 말썽을 일으키지는 마." 여인은 그의 손을 바라보면서 생각에 잠겼다. 그리고서 그녀는 곤혹스러운 듯 물었다.

"별일 없는 거죠?"

"없어요. 일도 하지 않는데." 허사오더는 눈을 들어올렸다. 그는 렌진의 목소리에서 진지한 분위기를 눈치챘다. 렌진이 이번에는 그를 진지하게 대한다는 느낌이 들었다. 마음을 가라앉히자, 그녀를 사랑하는 마음이 다시 들기 시작했다.

그들은 길 위를 함께 걷고 있었다.

"군대를 갔었다고 했지요?" 렌진이 무심결에 물었다.

"간 적이 있지." 허사오더가 대꾸했다. 자기 곁의 여인의 머리카락에서 향기가 풍겨왔다. 그의 눈길은 렌진의 풍만한 얼굴에 꽂혀 있었다. 정욕이 슬그머니 그를 압박하기 시작했다. 그는 어지러워졌다.

"왜 싸우러 가지 않으세요?"

"싸울 흥이 나지 않아서. 그래서 군대로 돌아가지 않았지."

"죄 지은 것 있어요?"

"있지, 죄야 있지. 날 총살시킬까?"

그는 긴장한 채 한시도 눈을 떼지 않은 채 렌진을 응시하였다. 어떤 문제에도 지금 그는 관심을 두지 않았다. 오로지 얼떨떨한 상태에서 현재의 상황만을 생각하고 있었다. 이 여인과 도대체 무얼 하지? 그는 이 여인의 정부도 아니고 친구도 될 수 없다. 그렇다면 이제 무엇 때문에 이렇게 걷고 있는 거야?

그가 렌진을 쳐다보지도 않은 채 느닷없이 물었다.

"내가 그날 한 말을 알아들었어?"

옆에서 나지막이 하는 말이 들려왔다.

"아니."

그는 한숨을 내쉬며 미간을 찌푸렸다. 화가 나서 다시 거칠게 물었다.

"그렇다면 뭐 하러 니강야에 가자는 거야?"

"가기 싫으면 안 가면 그만이지." 여인이 입을 삐죽였다.

"날 죽이려고?" 그는 여인의 말에 신경쓰지 않은 채 말을 계속했다. 그는 아예 떠날 생각은 전혀 하지 않았다.

렌진이 갑자기 눈꼬리를 치켜뜨더니 놀란 얼굴로 그를 바라보았다.

"렌진, 당신에게 말해두는데, 당신 이렇게 살아서는 조심해야 ……" 고개를 숙인 채 그가 말을 이었다. "난 곧 이곳을 떠날 거요. 우리 각자 제 갈 길로 갑시다. 각자의 삶이 있으니, 그게 아주 좋을 거요. 렌진, 조심하오. ……"

렌진의 눈에 동정이 가득 넘쳤다. 축축한 아름다운 눈빛이었다. 그녀의 얼굴이 온화해졌다. 그녀가 이번에는 그의 말을 알아들었다.

"정말 참 잘 했어요 ……" 이렇게 말하면서 그는 렌진의 얼굴을 들여다보았다. 그는 다시 혼란스러웠다. 그들은 니강야에 들어섰다. 허사오더의 머릿속은 어느덧 텅 비어 버렸다. 그는 몹시 초조해졌다. 늘 무언가 알지 못하는 것을 기다리지만, 또 늘 오지 않듯이. 그가 우연히 앞쪽을 보았을 때 산비탈 대나무숲 아래에 양청룬이 서 있고, 그의 곁에 회색 군의를 걸친 군관이 서 있는 게 보였다. 그의 얼굴이 순간 어두워졌다. 이 군관이 자기 중대의 부관임을 금방 알아차렸기 때문이다.

"아이구!" 그가 소리를 지르더니 걸음을 멈추었다. 그의 예쁜 입술이 험악하게 일그러졌다.

렌진도 깜짝 놀랐다. 그녀는 아버지 곁의 부관을 보다가, 다시 허사오더를 바라보았다. "아뿔싸 …… 허사오더는 죄를 지었고 …… 아버지가 이 사람과 척을 져서 …… 내가 허사오더를 해치게 되었구나." 이 생각이 번개처럼 그녀의 머릿속을 스쳐 지났다.

그녀의 얼굴은 금세 잿빛으로 가득 찼다. 그녀는 비스듬히 선 채 떨리는 손으로 남색 무명천을 잡아 찢었다.

그녀는 연민에 가득 찬 눈으로 허사오더를 바라보았다. 허사오더의 얼굴은 분노와 고통, 그리고 엄숙함으로 가득 차 있었다. 그는 이리처럼 입을 쩍 벌리고 단단한 주먹을 가슴 앞에 들어올렸다.

이 순간 렌진은 태어나 처음으로 생명의 엄숙함과 고통스러움을 느꼈다. "허사오더는 곧 죽을 거야. 똑똑한 사람인데 ……" 그녀는 재빠르게 머리를 굴리더니 떨리는 손으로 지폐 한 다발을 꺼냈다.

"허사오더, 가져가. 어서 도망쳐 ……"

허사오더는 더욱 분노했지만, '도망'이란 말이 렌진의 입에서 튀어나오는 순간, 마음속의 쓰라린 고통이 홀연 사라져버렸다. 그는 도망칠 생각이 전혀 나지 않았다.

그는 렌진의 손안의 지폐 다발을 힐끗 보더니 그것을 쳐서 땅바닥에 떨어뜨린 후 곧바로 앞으로 튀어나가 단단한 팔의 야만적인 힘으로 렌진을 낚아채더니 그녀를 가슴 앞으로 잡아당겼다가 다시 산비탈 쪽으로 밀어냈다.

렌진은 신음을 토해낸 후 고통과 연민에 찬 눈으로 허사오더를 바라보았다.

허사오더는 이 동작 중에 폭발했다. 그는 성큼성큼 산비탈을 뛰쳐나가 양청룬을 쫓아갔다.

부관은 분노에 가득 찬 짐승을 가로막지 않았다. 그는 그저 허사오더를 뒤따라가 미간을 찌푸린 채 허사오더의 내리치는 주먹과 허사오더의 무릎 아래에서 미친 듯이 소리를 내지르는 양청룬을 바라볼 따름이었다.

십 분이 지난 후, 허사오더는 비틀거리면서 부관에게 다가가 떨리는 목소리로 말했다.

"쑹(宋) 부관은 물론 날 알아보시겠지요. 나 허사오더요."

허사오더는 체포되었다.

1941년 2월 24일 밤에 쓰다

류바이위는 베이징시(北京市) 퉁저우(通州)에서 태어났다. 1934년 베이핑(北平) 민국대학 중문과에 입학하여 창작활동을 시작하였으며, 1936년 3월에 월간지 ≪문학(文學)≫에 처녀작인 단편소설 〈엄동설한(冰天)〉을 발표하였다. 1938년에 중국공산당에 가입한 이후 항일투쟁과 관련된 작품을 다수 창작하였으며, 1946년 이후에는 신화사 종군기자로서 국공내전을 직접 겪었다. 대표작으로는 장편소설 ≪두 번째 태양(第二個太陽)≫, 단편소설 〈무적 3용사(無敵三勇士)〉 등을 들 수 있다.

이 책에 실린 〈무적 3용사〉는 1948년 6월 랴오닝군구(遼寧軍區) 정치부 진군보사(進軍報社)에서 간행한 ≪無敵三勇士≫에 수록되었다.

류바이위

(劉白羽, 1916~2005)

# 무적 3용사 無敵三勇士

## 1. 한 차례 갈등은 어떻게 야기되었는가

일부 사람들은 우리 전사들을 너무 단순하게 생각한다.

우리 전사들이 전투를 벌이고 잠이나 자나보다고 생각하는데, 실제로는 전혀 그렇지 않다.

우리 중대에서의 생활은 집에서와 별반 다르지 않은데, 다른 점이라면 이 집이 어떤 때는 참호 속일 수도 있고, 또 어떤 때는 백성들의 마른 짚더미 위일 수도 있다는 것이다. 한 집안에는 그 집안의 화목함이 있고 또 그 집안의 집안일도 있는 법이다.

다른 건 제쳐두고 우리 분대 이야기를 해보자.

며칠 전에 이런 일이 일어났다. 귀대한 전사를 환영하는 일은 사실 즐거운 일이 아닐 수 없다. 그런데 결국 갈등을 빚고 말았다.

우리가 환영하는 전사는 부상이 채 낫기도 전에 전방으로 돌아온 전투영웅이었다. 정말로 환영할 만한 전사였다. 저녁에 온 분대 전사들이 구들 위에 둘러앉았다. 그는 대오를 만나지 못할까 도중에 노심초사하였던 터라, 전우들에게 둘러싸였을 때의 그 기쁨이야 이루 다 말할 수 있겠는가? 그는 기차를 타고 오던 길에 해방된 농민들을 도와 지주를 붙잡은 일을 손짓 몸짓으로 어찌나 흥미진진하게 이야기하던지, 전우들의 떠들썩한 웃음이 그치지 않았다. 우리들은 너도 나도 한 마디씩 중대에서 일어난 일을 떠들어대다가, 어느 전우가 말했다.

"네가 떠난 뒤 정말 네가 그리웠어. 요즘 네 영웅적인 업적이 연대 내 곳곳에 전해져 곳곳마다 떠들썩하게 환영을 받게 되었어. 연대장도 너를 본받으라고 부르짖었어! 널 일당백의 영웅이라고 말했다구."

이렇게 전우들 사이에 흥겨운 이야기가 오가는데, 갑자기 뜻밖에 한 전우가 끼어들어, 많지도 않게 딱 한 마디 했을 뿐인데, 이 말이 갈등을 불러왔던 것이다.


## 2. 옌청푸(閆成福)


옌청푸는 이 이야기 속의 주인공으로, 방금 앞에서 소개했던 전투영웅이다.

옌청푸의 집안 사정이 어떠한지 그때는 몰랐지만, 얼핏 보기에 가난한 집안의 출신이며, 평소 분대에서 둘째가라면 서러울 만큼 용감무쌍하고, 전투에서는 맹호처럼 사나웠다.

이번 전투에서 부상을 당해 엉덩이에 진물이 나도록 병원의 병상에 누워 지내다가 고향에 돌아갔다. 가서 보니 입을 옷이 있고, 외양간에 말이 있고, 문밖에 밭이 있었다. 신세가 핀 광경에 그는 말할 수 없을 정도로 기뻤다. 저녁에 농회 소조에서 전선에서 돌아온 이 전사를 환영하는 모임을 가졌을 때, 그는 시원스럽게 이렇게 말했다.

"여러분, 마음속에 자신감을 가지십시오. 전투는 잘 하고 있으니 문제없습니다. 이번에 돌아와 봉건을 철저히 때려 부수고 있는 여러분을 보니, 정말 마음 든든합니다. 앞으로 두고 보십시오, 전방에서 라라툰(拉拉屯) 사람들의 체면을 깎는 일은 절대로 없을 겁니다."

날이 채 밝기도 전에 그를 찾았으나 보이지 않았다. 옌청푸는 병원으로 돌아와 병실로 가서 전우들을 하나하나 만나본 다음 전선으로 왔다.

아울러 그가 부대에 있지 않은 기간에 모두들 그의 영웅적 업적을 널리 선전하였는데, 하나가 둘로 전해지고, 둘이 셋으로 전해지면서 선전할수록 널리 그야말로 신화처럼 퍼져 나갔다. 실제 상황을 따져보면 확실히 이야기거리는 있었다. 그날 우리는 적군과 조우전을 벌였는데, 옌청푸는 전선에서 홀로 앞으로 돌격하는 바람에 졸지에 부대와 연락이 끊기고 말았다. 적군의 기관총과 60미리 박격포가 곳곳에서 불을 뿜었다. 맙소사, 우리는 옌청푸가 혁명성공을 위해 목숨을 끝냈다고 생각했다. 중대장은 화가 나서 길길이 날뛰면서 벌게진 두 눈으로 부대를 거느리고서 돌격했다. 그 후의 일이 어찌 되었는지 알아맞혀 보라. 가장 긴박할 때에 적군 내부가 돌연 어지러워졌다. 적군이 힘을 늦추자, 우리가 밀어붙였다. 알고 보니 옌청푸가 요리조리 어떻게 했는지 모르지만 적군의 임시지휘소로 스며들었던 것이다. 우리가 공세를 퍼붓자, 그는 수류탄을 던져 넣었다. 적들은 혼란에 빠질 수밖에 없었는데, 이때 옌청푸가 몸이 피둥피둥한 포로 하나를 붙잡아 내려오더니, '연대급 간부'라고 말하였다. 옌청푸는 방금 요놈이 대오를 지휘했다고 고함을 질렀다. 이곳을 장악하자, 우리는 즉시 적진 깊숙이 작전을 발전시켰다. 잠시 후 옌청푸가 다시 올라와 고함을 질렀다. "나, 옌청푸가 또 올라왔다!"

모두들 이 소리를 듣고서 아주 기뻐했다. 당시 우리 분대는 돌격임무를 맡고 있던 터라 아주 긴장된 상황이었는데, 얼마 지나지 않아 그가 부상을 당해 정신을 잃고 말았다. 중대장은 우리에게 그를 업고 전선에서 내려가라고 했으며, 우리는 저쪽 숲속으로 가서 들것 구조대에 그를 넘겨주었다.


### 3. 꾀자기


꾀자기는 우리가 리파허(李發和)에게 붙여준 별명인데, 이리저리 불려지는 통에 모두들 그의 진짜 이름은 까맣게 잊혀지고 말았다. 그래서 지도원조차도 이렇게 그를 부르는 일도 있었다.

꾀자기는 오래도록 싸워온 전사이며, 어떤 이는 그를 진보가 없다고 하지만 그는 전혀 개의치 않았다.

'8·15' 이후에 참전하여 그와 함께했던 사람들은 모두 소대급 간부가 되었지만, 그는 여전히 전사 신분이었다. 그가 유유자적 자유롭게 행동하는 것에 대해 누군가 묻자, 그는 애매하게 웃으며 말했다.

"난 내 멋대로야. 걱정일랑 하지 않지."

그는 자유주의적이고 산만하며, 큰 규율을 범하지는 않지만 소소한 규율은 끊임없이 범하면서 삼사 년간 병사로 지냈다. 전투에도 백여 회 참여했지만, 몸의 터럭 하나도 다치지 않았다. 한 가지 솜씨가 있음은 말할 나위가 없다. 그는 전투가 고비에 이르면 동작이 빠르고 사나우며 방법을 짜낼 줄 알았던 것이다. 그러나 정치면에서 진보가 없고 생활규율이 엉망이어서 상패 하나도 받지 못했다. 이제 원래 자리로 이야기를 되돌이켜 보자. 그날 밤 옌청푸를 환영하는 자리에서 바로 그가 뜬금없이 한 마디를 불쑥했던 것이다. 원래 그는 곁에 앉아 잎담배를 말아 뻐금뻐금 빨고 있었는데, 전우들이 옌청푸를 칭찬할 때 느닷없이 옆 사람을 밀치고서 머리를 내밀더니 이렇게 소리쳤던 것이다.

"내 보기에 당신의 영웅패는 어쩌다 얻은 거요."

이 말에 옌청푸는 울컥 하여 사나운 얼굴로 물었다. "어쩌다 얻은 거라니?"

꾀자기는 굼뜬 표정으로 그를 바라보면서 대꾸했다. "내가 크고 작은 전투를 백여 차례나 겪었는데, 온몸에 탄알 하나 맞지 않왔소. 이거야말로 진정한 재간이라오. 당신이 영웅이기는 하지만, 전쟁터의 행동으로는 아직 초보인 셈이오."

이렇게 찬물을 끼얹는 바람에 모두들 흥이 깨지고 말았다. 분대장은 날이 늦었으니 등불을 끄고 잠자리에 들라고 했다. 이렇게 하여 옌청푸와 꾀자기는 닭 소 보듯, 소 닭 보듯 서로 상대를 하지 않게 되었다.


## 4. 자오샤오이(趙小義)


이 분규가 옌청푸와 꾀자기 사이에만 벌어졌다면 간단했을 텐데, 여기에 자오샤오이가 끼어들었다.

자오샤오이는 열아홉 살의 전사로, 하계 공세 때에 해방되어 넘어왔다. 그는 나이가 어리고 중독이 심하지 않아 후방으로 보내지 않고 즉시 보충병으로 편입되었다. 샤오이는 겉으로 보기에 활달하고 단순한 듯하지만, 마음속에는 꿍꿍이가 있었다. 토론회에서 그는 눈을 동그랗게 뜨고 바라볼 뿐 좀처럼 발언을 하지 않았다. 두 마리 호랑이가 싸우면 틀림없이 한쪽이 상하기 마련이니 우세한 쪽을 눈여겨보았다가 빌붙으면 된다고 생각했다. 그래서 중대에서 그는 적극적이지도 말고 낙후되지도 말자는 나름의 종지를 품었다. 그는 곳곳마다 트집을 잡아 "우대는 무슨 우대, 다 헛소리야!"라고 욕을 해댔다.

5분대는 분대장이 잘 틀어쥐어서 모범분대이기는 하지만, 돌이 아무리 단단해도 틈새가 있기 마련이다. 샤오이는 오래 지나자 자유주의라는 점에서 꾀자기와 자연히 아주 가까워졌다. 그날 밤 꾀자기와 옌청푸가 낯을 붉히게 되자, 그는 암암리에 꾀자기에게 동조하였다. 그는 옌청푸가 신분이 해방되었네, 지주를 붙잡았네, 영웅이네 하는 말을 들으면서 마음속으로 대단히 편치 않았다. 이튿날 곧장 꾀자기에게 접근했지만, 꾀자기는 제 나름의 원칙이 있어서 샤오이와는 잎담배 한두 대를 함께 피울 수는 있어도 속내를 털어놓지는 않았다. 그가 생각하기에 자신은 관내에서 왔지만, 넌 포로로 온 사람이라는 것이었다. 샤오이는 감정적으로 위안을 얻지 못하자, 옌청푸 쪽으로 돌아서서 옌청푸 앞에서 꾀자기가 이런 말을 했노라고 염장을 질렀다. "옌청푸 따위가 뭐길래! 다음 전투에서 보자구!"

자신과 연관된 이야기를 들려주자, 옌청푸는 자연히 신경이 쓰일 수밖에 없었다. 이리하여 꾀자기와의 관계는 더욱 나빠져 만나기만 하면 얼굴을 확 돌려버리는 것이었다.

하지만 샤오이가 심사를 털어놓으면 옌청푸는 듣지 않았으니, 이걸 어찌 하겠는가?

옌청푸는 자신은 해방구의 혁명적 전사인 반면, 너는 장제스(蔣介石) 점령구의 포로병이라고 생각했다. 그의 이러한 우월감으로 인해 샤오이는 흥이 깨지고 말았다. 이로부터 샤오이의 기세는 팍 꺾여버렸다.

이렇게 되어 네댓새 만에 모범분대는 비모범적 분대로 변하고 말았다.

## 5. 애타는 분대장 리잔후(李占虎)

갈등이 깊어지는 과정에서 애를 태우는 사람은 분대장 리잔후였다. 그의 손으로 만들어낸 모범분대가 머잖아 와해될 판이니 어찌 조급하지 않겠는가?

리잔후는 훌륭한 분대장으로, 분대에 어려운 일이 있으면 언제나 솔선수범하였다. 하나의 분대를 이끄는 일은 결코 녹록치 않다. 열 사람이면 열 마음인데, 열 마음을 하나로 만들어야 지도자라 할 만하다. 리잔후는 관내에서 온 오래된 전사로서, 인내심을 가지고 설득하고 교육하여 이제껏 전사들에게 눈을 부라린 적이 없었기에 전사들은 그에게 엄지손가락을 쳐들었다. 분대 내에 갈등이 생기고부터 행군작전 중에 어려움에 봉착했다. 이 세 사람이 피차 말을 섞지 않고, 차례로 보초를 서라고 하면 누구도 임무를 교대하려 하지 않았으며, 한데 밥 먹으라고 하면 옌청푸는 동쪽을 향하고 꾀자기는 서쪽을 향해 서로 등지려 하고, 그들더러 구들에서 자라고 하면 꾀자기는 아랫목에, 옌청푸는 흥 소리와 함께 이불을 안고 땅바닥에 누웠다. 이날 리잔후는 하나하나를 불러 이야기를 나누기로 하고, 먼저 옌청푸와 한참 동안 이야기를 하였다. 그러자 옌청푸가 말했다.

"난 인민을 위해 복무하는데, 내가 어떤 놈에게 모욕을 당해야 한단 말입니까? 싹수가 있는지 없는지 전선에서 보자고!" 이렇게 말하고는 자리를 떠버렸다.

이어 꾀자기를 찾았더니, 그는 담배를 피우면서 분대장의 이야기를 다 듣고난 후 말했다.

"어쨌든 난 인민을 위해 복무했으니, 문제될 게 없소."

반장은 다시 자오샤오이를 찾았는데, 그는 마침내 이렇게 말했다.

"어허, 분대장님. 예전에는 몰랐는데, 해방되어서도 이제 교육을 받아야 하는군요. 난 인민을 위해 복무하는데, 무슨 말이 필요합니까?"

한참 공을 들였는데, 알고 보니 세 사람 모두 '인민을 위해 복무한다'고 하니, 열정이 고민으로 바뀐 분대장은 "이것들이 서로 입을 맞추었나!"하고 중얼거렸다. 그는 뾰족한 수가 없어 울래야 울 수도, 웃을래야 웃을 수도 없었다.

이때 마침 연대 지도부에서 고충을 호소하는 운동을 진행하였다. 몇몇 형제 중대에서는 이미 전개하여 운동을 진행하면서 울고 불고 야단이 났다. 이전에 5분대는 단결우애의 모범분대였기에, 지도원은 5분대를 대상으로 삼아 며칠을 들여 운동을 추동하였다. 뜻밖에 깊이 파고들어 살펴보고서 지도원은 머리를 절레절레 흔들고 말았다. 이렇게 되자 리잔후는 눈물이 나올 만큼 초조해졌다. 그래서 지도원을 붙들고서 이렇게 말했다.

"지도원 동지, 5분대는 아직 희망이 있습니다. 제게 사흘만 말미를 주십시오!"

기한이 주어지자 분대장은 어떻게 해야 할꼬 생각에 잠겼다. 그는 '포위섬멸전술'을 구사하기로 마음먹었다. 그는 한꺼번에 세 사람을 한 자리에 앉히고서 그들이 갈등하는 일을 몇 마디 끄집어냈다. 그러자 누가 알았으랴만, 세 사람이 그의 면전에서 이구동성으로 "이젠 아무 일 없어요, 분대장"이라고 말하는 것이었다. 이 말을 듣고 분대장은 기뻐서 5분대가 모범분대를 쟁취할 것이라고 말했다. 그런데 이튿날이 되고 보니, 세 사람은 전혀 달라지지 않은 채 서로 상대도 하지 않았다. 분대장은 몹시 화가 나서 분대원 몰래 한바탕 눈물을 흘렸다. 이튿날 전투에 투입되는지라 전투준비에 분주히 보내고, 단결문제는 여전히 아무 진전이 없었다.

## 6. 뼈다귀 하나

사흘째 되는 날, 전투가 벌어졌는데, 이날은 흐린 날씨에 비가 내렸다. 전투가 끝난 후 리잔후는 분대원 전원을 데리고 전쟁터로 내려오다가 무덤이 즐비한 언덕을 지나게 되었는데, 고개를 숙인 채 걷다가 땅바닥에서 뼈다귀 하나를 발견했다.

그는 걸음을 멈추고서 허리를 굽혀 뼈다귀를 주워들어 살펴보았다. 분대원들이 이상하다는 눈빛으로 그를 쳐다보는데, 그가 분대원에게 물었다.

"이건 어떤 사람의 뼈다귀겠소?"

분대원들은 빗속에서 분분히 토론을 진행했다. 한쪽에서는 가난뱅이의 것이라 하고, 다른 쪽에서는 부자의 것이라 하는데, 마침내 리잔후가 입을 열었다.

"내가 보기에 이건 가난한 사람의 뼈다귀요. 지주와 부농은 돈
이 많기에 죽으면 관도 있고 무덤도 쓰기 때문에, 이렇게 어지러
이 버려질 리가 없소. 가난뱅이는 살아서는 먹을 밥이 없고 죽어
서는 묻힐 땅이 없어서 비바람에 시달려 여기저기 흩어져 뒹구니,
누가 가난뱅이를 걱정해주겠소."

숙영지에 돌아와 전사들은 풀을 펴고 물을 데우느라 분주했다.
리잔후가 가만 살펴보니, 옌청푸와 꾀자기, 샤오이 세 사람만이
보이지 않았는데, 밥을 먹을 때까지도 보이지 않아 방으로 달려가
보았다. 알고 보니 샤오이는 돌아와 곧장 구들에 누워 일어나지
않은 것이었다. 분대장은 꾀자기와 옌청푸 두 사람과 수가 틀어져
그러나보다고 생각하여 그를 달랬다.

"어이, 샤오이. 사람이란 다 그런 거야. 함께 있으면 서로 원
망하고, 함께 있지 않으면 그때 보고 싶어도 때는 이미 늦는 법이
야. 어서 일어나!"

구들 위로 올라가 샤오이의 어깨를 들자, 그는 뜻밖에도 몸을
뒤틀더니 분대장의 품속에 안겨 엉엉 울음을 터뜨렸다.

분대장은 즉시 중대본부로 달려가 지도원에게 상세히 보고했
다. 지도원 역시 듣고 나서 몹시 슬퍼하면서 그에게 돌아가 샤오
이를 잘 돌봐주라고 부탁했다. 리잔후는 돌아오는 길에 자신의 수
당 삼백 원을 털어 달걀 몇 개를 사다가 샤오이에게 삶아 먹였다.
샤오이는 사발을 받쳐들고 또 엉엉 울었다. 도대체는 샤오이는 무
슨 말을 했으며, 분대장은 무슨 말을 들었을까? 아직 때가 되지
않았으니 여기에서는 잠시 말하지 않기로 한다.

## 7. 옌청푸와 꾀자기를 다시 보자

옌청푸는 마음이 괴로워 조용한 곳을 찾아 쉬려고 뒤뜰 양식창고 쪽으로 갔다. 그런데 꾀자기가 고개를 푹 숙인 채 역시 이곳으로 걸어오고 있었다. 발자국 소리가 나지 않았다면, 두 사람은 하마터면 코를 부딪칠 뻔했다. 옌청푸는 고개를 들어 꾀자기를 쳐다보고, 꾀자기는 고개를 들어 옌청푸를 쳐다보더니, 마치 누군가가 '뒤로 돌아갓!'하고 구령을 붙이는 것처럼 제각기 몸을 뒤틀어 씩씩거리면서 물러갔다.

이리저리 돌아다니다가 옌청푸는 마을 밖으로 나갔다.

꾀자기는 담배를 한 대 말아 물고서 고개를 숙인 채 인적 없는 곳을 찾아 담벽 쪽으로 다가갔다.

옌청푸는 저쪽에서 수풀을 지나고, 꾀자기는 이쪽에서 수풀을 지났다. 옌청푸는 저쪽에서 강가로 갔고, 꾀자기는 이쪽에서 강가로 돌아들어 두 사람은 또 마주치게 되었다.

옌청푸는 화가 치밀어 마음속으로 욕을 퍼부었다. 먼저 꾀자기에게 이야기를 건넬 수 있다면, 녀석에게 욕을 퍼붓지 않고는 배길 수가 없었다.

마침 이때 분대장이 찾아와 한 손에 한 사람씩 붙들어 돌아갔다.

돌아가 두 사람은 밥도 먹지 않은 채 잠을 잤다.

## 8. 밤에 등잔을 켜 놓고

밤에 등잔을 켜놓았다. 분대장은 구들가에서 모두의 신발을 검사하다가 거의 해진 신발을 두 켤레 골라냈다. 그런 다음 분대장은 무릎 위에 놓고서 노끈을 꼬아 신발을 기웠다. 한창 깁고 있노라니 샤오이가 일어나 자기도 깁겠다고 나섰다. 분대장은 웃으면서 그를 달랬다.

"몸도 편치 않은데 편히 자거라. 날이 새면 또 전투를 할지도 몰라!"

잠시 후 옌청푸가 벌떡 일어나 앉는 바람에 분대장은 깜짝 놀랐다. 옌청푸는 손을 내밀어 신발을 빼앗으려고 했지만, 분대장은 주지 않은 채 권했다.

"혈색이 좋지 않은 걸 보니 몸이 편치 않은 모양이오. 앞으로 할 일이 많을 터이니 어서 주무시오."

옌청푸는 한동안 멍하니 있다가 자리에 누웠다. 갑자기 부스럭거리는 소리가 들리더니 꾀자기가 부스스 일어나더니 가만히 말했다. "이제 주무시오, 내가 기울 테니."

분대장이 웃으면서 말했다. "예전 같으면 당신이 하지 않겠다고 해도 시키겠소만, 오늘은 몸이 좋지 않으니 어서 쉬시오."

그런데 이번에는 온 분대원이 일어났다. 알고 보니 누구도 잠을 이루지 못했던 것이다. 일어나 서로의 얼굴을 말없이 쳐다보았다. 샤오이가 갑자기 울음을 터뜨렸다. 그러더니 눈물을 흘리면서 그날 분대장에게 들려주었던 이야기를 다시 이야기하기 시작했다.

"우리 아버지는 돼지를 키웠는데 돼지를 잃어버렸다고 지주에게 맞아 죽었습니다. 아버지의 장례를 치르지 못한 채 나는 국민당에게 붙잡혀 군대로 끌려갔습니다! 내가 울고불고 소란을 피우자 놈들은 채찍을 찬물에 적셔 나를 죽도록 팼습니다. 내가 죽더라도 아버지를 한 번 더 보겠다고 하자, 국민당은 '네 애비는 죽어서도 땅을 더럽히는데 보기는 뭘 봐'라고 했습니다. 그리고 이제 2년이 되었습니다. 제 아버지는 묻어줄 사람이 없었고 묻을 곳도 없었으니, 비바람 속에서 이리저리 뒹굴겠지요 ……" 그는 말을 끝맺지 못한 채 엉엉 울음을 터뜨렸다.

그러자 옌청푸가 풀썩 샤오이를 끌어안으면서 말했다.

"미안하다, 샤오이. 난 장제스 점령구에서 왔다고 샤오이를 얕보았소. 샤오이가 가난하고 불쌍한 사람인 줄은 몰랐소."

옌청푸는 흐르는 눈물을 억제하지 못한 채 자신의 쓰라린 고통을 하소연했다.

"샤오이는 아버지를 지주에게 빼앗겼소. 내가 열여덟 살 때 아버지는 노역에 끌려가고, 어머니는 지주의 독약에 죽고, 형은 지주의 갈퀴에 맞아 죽었소. 나는 숨어서 남몰래 이걸 지켜보다가 날 찾기 전에 죽어라고 도망쳤소. 강가에 이르러 강 저편을 바라보면서 곧장 몸을 던져버리고도 싶었지만, 아버지가 죽었는지 살았는지 모르고 옌씨 가문에 이 한 목숨뿐이니 내가 살아남아야 조만간에 복수를 할 수 있고, 내가 죽어버리면 지주는 더욱 좋아할 거라는 생각이 들어 그 후로 일 년간 동냥을 다녔다오! 여름에는 옥수수밭에 들어가 옥수수를 훔쳐 먹고, 겨울에는 불이 꺼진 다음 돼지우리로 기어들어가 자고 ……"

이때 꾀자기 외에는 모두가 울먹였다. 평소 단결과 우애를 입에만 달고 살았을 뿐 서로의 뼈아픈 과거를 알지 못했던 전우들이 진정으로 친한 사이가 되었다. 샤오이와 옌청푸는 서로를 바라보았다. 옌청푸가 말했다.

"네 이야기를 듣고 가난한 사람은 어디서나 똑같이 고생했다는 걸 알았네."

"옳은 말씀입니다. 당신 말을 듣고서야 공산당 팔로군이 진정으로 가난한 사람들을 돕는다는 걸 알게 되었어요. 며칠 전 제가 생각이 짧아 혁명에나 제 자신에게나 면목이 없습니다."

분대장 리잔후가 말했다. "이야기해보십시오. 쓰라린 사연이 있으면서 우리에게 하소연하지 않는다면, 누구에게 한단 말입니까?"

이 깊은 밤, 이 세상에는 얼마나 많은 사람들이 달콤한 잠에 빠져 있으며, 얼마나 많은 사람들이 자신의 고통을 생각하면서 피눈물을 흘리고 있는가. 한 전우가 이야기하면 다른 전우가 이어받으면서 5분대의 쓰라린 고충의 이야기는 밤새도록 그치지 않았다. 등잔불은 이튿날 날이 희부옇게 밝아올 때까지 켜져 있었다.

## 9. 꾀자기는 어떻게 할까?

꾀자기는 마음이 무거운지라 입을 열지 못했다. 이날 밤 그는 곁에 앉아 있었지만 아무 소리도 내지 않았다. 이리저리 생각하면 생각할수록 그는 자신이 원망스러웠다. 남들은 고생을 해도 시원스럽게 고생을 했는데, 자신의 마음속에는 굳은살이 박혀있는 것만 같았다. 그는 매섭게 자문해보았다. "남들은 가난뱅이고, 난 부자란 말인가?" 그는 고향에서의 어린 시절을 떠올렸다. 앙가춤을 추고 연극 보기를 좋아했었지. 지주는 떠돌아다니기를 좋아하는 점을 이용하여 잽싸게 자신의 재산을 몽땅 털어먹고는 앞을 가려줄 바지마저 남기지 않고 내쫓았다. 아내는 마을에 남겨두었지만 아마 요 몇 년 개가하지 않았다면 고생하다 죽었을 것이다. 이후로 꾀자기는 기꺼이 타락의 길로 들어섰으며 복수하고픈 마음도 없어지고 말았다. 만약 팔로군과 공산당을 만나지 않았더라면 평생 이렇게 지내다가 끝났을 것이다. 하지만 전사로서 이 년간 지냈는데, 생각해보면 참으로 혁명에 면목이 없고 상급, 그리고 자신에게도 면목이 없었다. 그날 밤 이후 비록 말은 한 마디도 하지 않았지만, 마음속으로 굳게 다짐하였다. "깽깽이풀이 쓰다 해도 내 고통이 더 쓰라렸으니, 내 이제 마음먹지 않고 언제까지 기다리겠는가!"

이때 그는 오랫동안 자신의 상사였던 지도원을 생각했는데, 그는 한 번도 자신을 잘못 나무란 적이 없었다. 그는 오랜 전우인 분대장을 떠올렸는데, 그는 어느 일이고 자신을 양보했다. 그는 똑같이 불쌍한 신세인 샤오이를 생각하고, 또 옌청푸를 생각했다. 그는 정말이지 옌청푸와 손을 맞잡고 화해하고 싶었다. 그러나 말이 목구멍까지 나왔다가도 "어쨌든 조금만 두고 보자"면서 물러서고 말았다.


## 10. 전선에서 생사는 단결을 품는다


며칠이 지나지 않아 부대는 다시 전투에 투입되었다. 전선이 온통 시뻘건 불길에 휩싸였을 때, 중대는 작전에 뛰어들었다. 원래 4분대가 돌격조였는데 뜻밖에 15분 사이에 지도체계가 어지러워지는 바람에 새로이 명령이 하달되어 5분대가 곧바로 올라가게 되었다. 리잔후는 두 눈을 동그랗게 부릅뜨고 두 손을 움켜쥔 채 말했다.

"동지들! 그제 밤 털어놓았던 쓰라린 고통을 잊지 맙시다! 샤오이의 고통도, 옌청푸의 고통도 잊지 말고, 부모형제의 원수를 갚을 때가 왔습니다!"

부대원들은 마치 열 개의 로켓처럼 적진으로 뛰어들었다. 지도원이 몸소 기어와 5분대를 지켜보았는데, 리잔후가 말했다. "임무를 주십시오. 5분대의 원수를 갚지 않을 수 있겠습니까?!"

폭파조에 들어간 옌청푸는 돌파구를 폭파하는 임무를 지고서 폭약을 안고 올라갔다. 온 부대원은 땅바닥에 엎드려 그를 주시하고 있었다. 뛰어올라가던 그가 수십 걸음이면 닿는데 그만 곤두박

질치면서 넘어졌다. 리잔후가 뭐라 말하기도 전에, 샤오이가 그의 곁에서 쏜살같이 뛰어올라가다가 옌청푸와 두어 걸음 떨어진 곳에서 쓰러졌다. 그가 기를 쓰고 기어오르자 적의 화력이 집중되는 바람에 더 이상 꼼짝할 수가 없었다. 이 동안에 꾀자기는 하나하나 모든 것을 똑똑히 보았다. 이때 앞에서는 화력이 서로 교차되면서 총알과 총알이 서로 부딪칠 지경이었다. 꾀자기가 갑자기 분대장에게 말했다.

"이 임무를 내게 주고, 내게 기관단총 한 자루를 주시오. 저 두 사람을 구해야겠소. 임무를 완수하지 못하면 돌아오지 않겠소."

적들의 화력이 집중된 상황 속에서 도리대로 한다면 위쪽으로 총알받이로 내보내는 모험을 무릅써서는 안 되었다. 그래서 모든 분대원들의 시선이 꾀자기에게 집중되었다. 꾀자기는 잠시 바닥에 누웠다가 갑자기 질주하기 시작했다. 모든 분대원들은 긴장한 나머지 숨도 쉴 수가 없었다. 꾀자기는 마침내 옌청푸의 곁까지 뛰어가 엎드렸다. 리잔후는 그제야 이마에 맺힌 땀을 닦고서 계속해서 그를 주시했다. 이때 세 사람은 마치 불발된 총탄처럼 위로도, 아래로도 꼼짝할 수 없었다. 옌청푸는 어깨 위에 부상을 입어 피가 밖으로 흘러나오고 있었는데도, 품 안에 폭약을 꽉 끌어안은 채 말없이 앞만 노려보고 있었다. 수천수만 마디의 말은 바라보는 것만으로도 알 수 있었다. 꾀자기는 옌청푸를 웅덩이 속으로 끌어안은 다음에 물었다.

"어떻소?"

옌청푸가 이를 악물면서 대꾸했다. "전진만이 있을 뿐 후퇴란 있을 수 없소."

이때 꾀자기는 다시 샤오이의 앞으로 기어갔다. 샤오이는 넓적 다리에 부상을 입은 채 피를 땅바닥에 흘리고 있었다. 그는 샤오 이를 한쪽으로 안고 가서 물었다.

"어떻소?"

"다리를 다쳤소."

"총은 쏠 수 있겠소?"

"쏠 수 있소."

"그렇다면 동지는 여기에서 사격하고 나는 저쪽에서 사격하여 옌청푸를 엄호하여, 죽더라도 옌청푸가 임무를 완수하도록 합시 다. 어떻소?"

샤오이는 고개를 끄덕였다. 꾀자기는 온몸에 피가 가득 묻은 채로 시신을 따라 기어갔다. 이때 양측의 포탄과 기관총이 맹렬하 게 집중사격을 가하는지라, 온 땅은 온통 불덩이로 변하였다. 샤 오이의 머리카락은 불에 그을리고 꾀자기의 바지는 연기가 피어 올랐다. 이때 5분대에서는 그들이 움직이지 않는 것을 보고, 리잔 후는 그들 세 사람이 영웅적으로 희생되었다고 여기고서 다시 폭 파조를 조직할 작정이었다. 그런데 돌연 앞에서 총소리가 울려 퍼 졌다. 꾀자기의 기관총이 불을 뿜었던 것이다. 샤오이도 이를 악 물고 총을 쏘았다. 옌청푸가 피투성이가 된 채 기어오르다 달려가 는 것이 보였다. 눈 깜짝할 새에 확 하는 섬광과 함께 곧바로 꽝 하는 엄청난 폭음이 들렸다. 토치카는 산산조각이 났으며, 시커먼

연기가 하늘로 솟구쳤다. 이때 우리의 진지에서는 홀연 박수소리
가 울려 퍼졌다. 돌파구가 열리자, 부대는 고함소리 속에서 돌격
해 들어갔다.


## 11. 훈장으로 총결하다

전투는 승리를 거두었으며 일개 사단의 적들을 섬멸했다. 5분
대만 해도 58명의 포로를 붙잡았다. 얼마 후 공훈경축회가 열렸
다. 지도원은 우리에게 음악대를 조직하라고 하였다. 우리는 현지
인 세 명을 모셔오고 네 명의 동지를 참가시켜 나팔을 불고 요고
(腰鼓)를 치고 얼후(二胡)를 켰다. 징소리와 북소리가 요란스레 울려
퍼졌다.

이제 옌청푸, 꾀자기 리파허, 자오샤오이 세 사람만을 이야기
해보자. 이 세 사람은 어깨를 나란히 한 채 부대원 앞에 섰다. 지
도원은 그들을 '무적 3용사'로 소개한 다음, 그들 앞으로 다가가
하나하나 훈장을 그들의 가슴에 달아주었다. 붉은 훈장은 번쩍번
쩍 빛났다.

옌청푸는 리파허를 흘끗 바라보고, 리파허는 자오샤오이를 힐
끔 쳐다보았다. 전사들은 이때 아낌없이 박수를 보냈다. 보고를
할 때 세 사람은 이구동성으로 말했다.

"이건 분대장의 지도 덕분입니다."

리잔후는 자리에서 일어나 말했다.

"우리는 가난한 사람들이며, 우리에게는 고통스러운 과거가 있습니다. 고통을 힘으로 바꾸어 뭉치기만 한다면 천하무적이 될 수 있습니다."

1948년 2월 23일 하얼빈에서

시홍은 산시성(山西省) 위안핑(原平)에서 태어났다. 본명은 닝바오루(寧保祿). 1937년 말에 산시성 민족혁명대학에 입학하고, 얼마 후에 중국공산당에 가입하였다. 1938년 옌안의 항일군정대학에서 학습하고 1940년에 부대에서 선전공작을 담당하면서 이즈음에 첫 번째 작품집 ≪군대는 백성을 사랑하고 백성은 군대를 옹호하네(軍愛民民擁軍)≫를 출간했다. 1946년에 둥베이(東北)로 가서 종군기자를 역임하였으며, 이즈음에 최초의 중편소설 ≪영하 40도에서(在零下四十度)≫를 발표하였다.

이 책에 실린 〈영웅의 아버지(英雄的父親)〉는 1948년 9월에 둥베이서점(東北書店)에서 출판된 ≪둥베이해방구 단편창작선(東北解放區短篇創作選)≫ 제1집에 수록되었다.

시훙
(西虹, 1921~2012)

# 영웅의 아버지 英雄的父親

　눈이 녹는 따스한 초봄, 부대가 강남에서 돌아왔다. 안부를 묻는 편지들이 여기저기 흩어진 깊은 산골마을까지 금새 전해져 가족들의 손에 쥐어졌다.

　병사들의 문안편지는 늘 간단하게 요점만 적은 것이라, 마치 하얀 종이에 전투성이 강한 표어 몇 줄을 베껴 놓은 듯하거나, 어느 전투에서 노획한 물건의 숫자를 써넣기도 한다. 자신에 대해서는 몸 건강하고 일 잘하고 있다는, 젊은 혁명적 낙관주의자의 기개가 넘쳐흐른다. 가족들은 이 편지들을 들고 다니면서 곳곳에서 외워댄다. 이 편지들은 흔히 마치 군중대회에서 열렬한 옹호를 받는 구호처럼 곧바로 온 마을에서 뒷말과 분란을 일으키곤 했다. 할머니들은 전족을 뒤뚱거리면서 활짝 웃었고, 젊은 아낙은 고개를 숙인 채 얼굴을 붉히고서 슬며시 웃음을 베어 물었다. 할아버지들은 수염을 만지고 고개를 끄덕이면서 병사들의 신비롭고도 용감한 이야기를 많이 지어내 모든 사람의 귀에 들려주었으며, 가족들은 물론 만족스럽고 기분이 좋아 얼굴에 웃음을 활짝 피운다.

승리촌에서 오직 장노인만은 마음이 편치 않았다. 남의 집 자식들은 모두들 안부편지를 보내왔는데, 자기 아들만 편지를 보내지 않았던 것이다.

"아저씨, 더즈(德志)형은 부대에서 잘 지내고 있지요?"

"어르신, 더즈형에게 편지를 쓰세요. 부대에 뭔가 변화가 있었을지 모르잖아요."

장노인은 남들이 이렇게 묻는 게 제일 무서웠다. 이런 말들은 늘 노인의 창백한 얼굴을 달아오르게 만들었다. 아픈 건지 가려운 건지 아니면 창피한 건지 모르지만, 이 모든 감정이 다 포함되어 있다.

"더즈야" 장노인은 홀로 집에 있을 적에 마치 회상하듯이 말하곤 했다. 마치 그의 앞에 아들이 서 있는 것처럼, 애비인 그가 아들에게 노인의 심정을 이야기하는 것 같았다.

"더즈야!" 장노인은 수염 아래로 한숨을 푹 내쉬었다. "네가 떠날 때 내가 뭐라고 말했니? 너도 이 늙은이의 체면을 살려줘야지! 내가 말했지. 이제 집도 생기고 땅도 생겼으니 뭐가 부족하냐? 명예지! 호랑이는 죽어 가죽을 남기고 사람은 죽어 이름을 남기는 법. 다른 집 자식들이 모두 명예를 얻었으니, 너도 일생을 헛되이 살면 안 돼. 넌 말귀를 알아먹고 향청(鄕廳)에 가서 등록하고 부대에 들어갔지. 마을사람들은 악대를 불러 앙가(秧歌)춤을 추었지. 촌장은 앞장서서 흥을 돋우고, 부녀회는 너를 위해 노래를 부르고 꽃을 달아 주었지. 군인됨은 영광이요! 마을을 위해 공을 세워라! 이렇게들 함성을 지르고 떠들썩하여 네 애비도 어깨가 으쓱했단다! 어쨌든 너도 분대장이 되었다고 집에 전갈을 보내온 덕에 온 마을 사람들도 다 알게 되었다. 그런데 이 녀석아, 벌써 또 반년이 다 되어 가는데, 어째 한 글자도 써 보내지 않는 거냐? 도대체 무슨 일이 있느냐? 혹시 마을사람에게 낯부끄러운 짓을 저질렀니? 아이고! 그렇더라도 이 속없는 녀석아! ⋯⋯"

이날부터 장노인은 무슨 생각에서인지 마을사람들도 만나지 않고 마을에 가서 자식 소식을 묻지도 않았다. 그저 네가 생각이 있는 놈이라면 전갈을 보내오겠지. 이런 생각으로 며칠을 기다렸다. 하지만 도저히 가만히 앉아있을 수 없었는지 마을 어귀를 맴돌았다.

"이보오, 동지! 우리 더즈 아시우?" 군복을 입은 사람만 보면 그는 이렇게 아들의 소식을 물었다.

"이봐요! 열심히 하라고 말 좀 전해 줘요!"

병사들은 손을 흔들면서 떠났다. 모른다는 표시였지만, 노인은 뒷전에서 이렇게 덧붙였던 것이다.

장노인은 부대가 여기에서 그리 멀지 않다는 소식을 들었다. 당장 농사철도 아니니 직접 부대로 찾아가 녀석이 어찌 되었는지 살펴보는 것도 괜찮겠다 싶었다. 그렇게 마음을 먹은 노인은 검은 솜두루마기로 갈아입고서 방한화에 옥수수 잎을 더 구겨 넣었다. 중대의 젊은 병사들보다는 나이 많은 어른이라 빈손으로 가기에는 뭐해서 되는대로 담뱃잎을 베자루에 쑤셔넣고서 친척집에 가는 양 길을 나섰다.

곳곳마다 기름지고 축축한 논밭이 펼쳐지고, 수양버들마다 연한 싹이 움트고 있었다. 어린 계집애들이 잡초가 무성한 언덕에서 민들레와 질경이를 캐고 있었다. 머잖아 농사철이 다가오고 있었다. 그의 걸음은 매우 빨랐으며, 진창길이 젖고 미끄러워도 상관하지 않았다. 그저 서둘러 갔다가 금방 돌아와 분배받은 땅을 돌봐야겠다는 생각뿐이었다. 요 몇 년간 기력이 쇠하여 먼 길을 나선 적이 없었지만, 그의 기운은 젊은이와 별로 다르지 않아 성큼성큼 쉬지 않고 걸었다. 그래서 첫날은 팔십 리를 걸었고, 이튿날은 종일 서두른 덕에 저녁에 부대에서 가족처럼 대접을 받았다.

이곳 병영은 아주 좁아서 중대 하나로도 몹시 붐볐다. 그런데 지도원은 특별히 노인에게 구들 절반을 내어 주고 자신은 바닥의 볏짚 위에서 자겠다고 했다. 병사들의 피복은 본래 아주 얇은데, 각 소대마다 외투를 보내와 억지로 노인에게 덮으라고 주었다. 노인은 얼른 한 켠으로 몸을 피했다.

"아이고! 동지들, 내가 감기에 걸린 것도 아닌데, 땀으로 목욕을 하겠어요!"

"어르신, 피곤하시지요? 밤에는 몹시 춥답니다, 하하하 ……"
병사들은 외투를 하나도 가져가지 않은 채, 모두들 바짝 붙어서 자기를 원했다.

장노인이 중대에 온 뒤로 지도원은 바위가 누르듯 마음이 무거웠다. 그는 비록 아저씨 혹은 어르신이라 부르고 다정하게 이것저것 물었지만, 한 가지 일만은 차마 꺼내지 못했다. 나이 든 몸으로 먼 길을 걸은 장노인은 허리가 시큰거리고 다리가 아파 배불리

먹고 잘 자는 것이 제일 중요한 일인지라 자식을 만나겠다고 서두르지 않았다. 지금 부대의 손님인 만큼 일이란 차례가 있는 법이니 마음을 차분하게 먹고서 이 어르신이 어떤 사람인가 보여주어야겠다고 생각했다. 아들 녀석에게 직접 군대 가라고 권한 내가 아닌가. 그래도 공과 사는 가릴 줄 알고 일의 중하고 가벼움도 헤아릴 줄 아는 사람이거든.

"지도원, 이번에도 많이 붙잡았지요? 좋아요, 장개석 조무래기들이야 싹 쓸어버려 내 원수를 갚아주오!"

"어르신, 우리 중대에서 이백 여명을 붙잡았는데, 총과 대포도 한 무더기 노획했습니다. 이거야 별것 아니에요. 하하, 대승을 곧 거둘 겁니다."

"동지들이 큰 공을 세웠구랴! 내가 늘 말하지만, 우리 젊은이들은 모두 똑같이 장해요 ……"

"공을 세운 사람이 참 많지만, 음 …… 그런데 ……"

말이 끊긴 채 어색한 침묵이 흘렀다. 지도원의 말투는 약간 서글프고, 무거운 눈빛으로 노인을 바라보았다. 하지만 노인은 심각하게 받아들이지 않은 채 등불에 담뱃불을 붙여 피우더니 피곤한 듯 고개를 갸우뚱거리면서 연신 하품을 했다.

밥을 먹고 차도 마신 후, 통신원은 노인에게 발을 뜨거운 물에 담그라고 한 다음, 노인의 발바닥에 잡힌 물집을 쇠바늘로 터뜨려 노인을 편히 쉬게 했다. 분대에서 노인에게 이불을 가져오고 또 대표를 보내 노인을 위로하겠다고 했을 때, 지도원은 그들을 좋은 말로 타일러 그냥 가게 했다. 이건 노인이 푹 주무시도록 하기 위해서일까, 아니면 다른 까닭이 있어서일까?

대대 통신원이 밤늦게 찾아왔다. 뚱뚱한 몸으로 숨을 헐떡거리면서 대대의 편지와 돼지고기, 계란, 그리고 몇 근의 밀가루를 가져왔다. 편지에는 군속의 어르신을 잘 모시고, 어르신이 지나치게 상심하지 않도록 하라고 적혀 있었다. 이 편지와 물품들은 바위에 짓눌리는 듯한 지도원의 마음을 더욱 더 무겁게 만들었다. 그는 잠에 취해 코를 골면서 잠들어 있는 노인을 바라보았다. 저도 모르게 가여운 느낌이 들었다. 어르신! 어르신은 이미 아들을 잃으셨어요, 당신은 혁명에 공을 세우셨어요! 하지만 우린 당신이 입은 손해를 메워줄 수가 없어요. 이건 혁명의 문제거든요! 그는 노인을 대신하여 슬픔을 짊어진 채 오래도록 아무 말 없이 노란 등불을 바라보았다. 불현듯 그는 붉은 가죽전대를 움켜쥐더니, 거기에서 미처 부치지 못한 하얀 봉투의 편지 한 통을 꺼냈다. 그것은 가족에게 보내는 통지문이었다. 최전선에서 생사를 넘나들던 열사들의 이름이 그 위에 적혀 있었다. 그들이 열사의 유족들에게 알려줄 수 있는 것은 그의 아들, 그녀의 남편이 용감하게 싸우다 인민을 위해 영광스럽게 목숨을 바쳤으며, 온 부대원들이 비통해 하고 가족들에게 애도를 표한다는 등의 말에 지나지 않았다. 혁명전쟁에서 이것은 가장 평범하고 가장 영광스러운 일이며, 혁명의 아름다운 꽃은 바로 뜨거운 피로 키워낸 것이다! 이 편지를 며칠 일찍 보냈더라면 그의 마음은 지금보다 훨씬 가벼웠을 것이고, 가족들이 편지를 안고 통곡할 때 틀림없이 많은 고향사람들의 가슴에 복수의 불을 지폈을 것이다. 다만 열사 영웅이었기에 가족들에게 보내야할 물건이 이 통지서만이 아니었다. 다른 더 귀중한 것, 가족들을 더욱 꿋꿋하고 빛나게, 더욱 잘 살아나가도록 해주는 것이 있었다. 그런데 지금 가족이 젊고 활달한 그 아이를 만나려고 스스로 먼저 찾아온 것이다. 그는 다시 한번 비통하게 그의 전우들을 기억했다. 격렬한 전투에서 용감하게 산화했던 전우들을. 적 앞에서 끝까지 굴복하지 않고 쓰러졌던 전우들을. 이 피할 수 없는 일은 사람들의 마음에 마찬가지로 피할 수 없는 슬픔을 불러일으킨다. 이 슬픔이야말로 이후의 용감무쌍함이며, 적에 대한 복수이다! 그러나, 그는 그의 앞에 있는 노인에게 어떻게 말해야 할까? 말하는 말투와 시기, 말의 분량 모두를 고려해야만 한다. 그는 손에 쥔 편지를 보고 또 보았다. 그는 당장 노인을 깨워 편지를 드리고 싶었다.

"보세요, 어르신. 더즈 동지가 희생되었어요." 하지만 그는 이렇게 하지 못한 채, 다시 편지를 전대에 집어넣었다.

이날 밤, 대대 지휘소의 전화벨이 몇 번이나 울렸다. 맨 처음 전화는 대대 주임이 노인에게 고기국수를 가져다드리도록 대대에 명령한 것으로, 이미 중대에 보내져왔다. 두 번째로 전화벨이 울리자, 지도원은 이불에서 손을 내밀어 전화기를 귀에 댔다.

"여보세요, 음 …… 벌써 사단본부에서 수령했다구요? 응, 뭐? 누가 와?"

수화기에서는 잠시 말이 없더니, 귀에 익은 음성만 들렸다. 다시 다른 곳과 통화를 하는지 똑똑히 들리지 않아 그는 수화기를 놓았다.

이때 연대본부 통신원이 준마를 타고서 사단에서 돌아왔다. 그는 종이 두루마리와 종이봉투를 받아왔는데, 그것은 짙은 남색 도안이 정성들여 새겨진 열사 공로장과 총사령부의 오색찬란한 영웅 메달이었다. 주임은 이 명예와 충성의 정화를 소중히 서류함에 넣고서 다시 전화기의 다이얼을 돌렸다.

"여보세요." 대대 지도원이 세 번째 전화를 받았다. "뭐라구요? 음, 음, 내일 오신다고요? 네, 알았습니다."

이리하여 이곳 지도원은 또 다시 대대본부의 편지를 받았다. 이때가 정각 12시였다. 지도원은 졸린 눈을 비벼 뜨고 등불을 켜고서 편지를 한번 훑어보았다. 피곤과 초조가 단번에 사라지고 마음이 가뿐해졌다. 그는 장더즈의 희생을 더 이상 한 가족의 일로 여기지 않았다. 이것은 온 부대의 장더즈이고, 온 부대가 그의 죽음을 슬퍼하고 영원히 그를 기념하는 것이었다. 아들을 혁명에 바친 장노인 역시 우리 병사들의 가족이며, 그를 위해 부대가 짊어진 슬픔 역시 강렬하고 무거웠다. 그는 아들을 잃었고 병사들은 친밀한 전우를 잃었다. 그러나 그의 희생은 명예로우며, 희생은 가치 있는 것이다. 사람들은 그가 살아 있을 때보다 더욱 그를 사랑하고 존경했다. 내일 주임이 올 것이다. 그는 수천 명을 대표하여 노인에게 이야기를 할 것이다. 그의 말은 나의 말보다 훨씬 강력하고 효과적일 것이다! 그리고 또 뭐가 있지? …… 지도원은 차츰 잠에 빠져들었다.

날이 어슴푸레 밝아왔다. 장노인은 이불 속에서 꼼지락거리다가 어떤 소리에 놀라 깼다. 그는 몸을 일으켰다. 방에는 한 사람도 없이 조용했다. 사방에는 젊은이들의 함성과 웃음소리로 가득하고, 구보와 제식훈련 소리가 뒤섞여 있었다. 하룻밤 푹 잔 덕에 온몸이 가벼워졌다. 이부자리를 걷어 올리자, 그 안은 아직도 온기로 따뜻하였다. 몇 년 동안 이렇게 편안하게 잠을 자본 일이 드물었다. 그는 옷을 입었다. 바깥의 떠들썩한 소리가 그의 마음을 움직였다. 그는 혼자서 걸어 나왔다.

조그마한 주둔지의 신선한 풍경이 그의 눈앞에 똑똑히 펼쳐져 있었다. 어젯밤에 왔을 때에는 보이지 않았던 풍경이었다. 그가 묵었던 건물 어귀에는 붉은색 비단깃발이 드높이 펄럭이고 있고, 다른 건물 어귀에도 약간 작은 깃발이 내걸려 있었다. 길을 따라 드문드문 늘어선 버드나무 가지 사이로 내걸린 이 깃발들은 유달리 가슴을 뭉클하게 해주었다.

보초병은 노인을 마주하자 발뒤꿈치를 뺑 소리가 나도록 부딪치면서 집총경례를 했다. 노인은 경례에 미처 답하지 못한 채 연신 고개를 끄덕였고, 젊은 보초병은 씨익 웃었다.

"동지! 이 깃발은 누가 걸어준 거요?"

"이건 우리 중대가 전투에서 공을 세워 사단으로부터 받은 겁니다." 보초병의 목소리는 자신감과 자긍심으로 넘쳐흘렀다.

"저쪽의 깃발은?" 노인이 팔을 들어 수염을 치켜세우면서 물었다.

"저것도 상으로 받은 겁니다. 하하." 보초병은 웃음을 터뜨리더니 얼굴이 빨개졌다. "이건 우리 일 소대의 영광이랍니다, 어르신. 아시겠어요!"

노인은 고개를 끄덕이더니 몸을 돌렸다. 그는 불현듯 약간 작은 붉은 깃발이 그에게 상으로 주어진 듯한 느낌이 들었다. 그의 아들은 1소대 2분대 분대장이니 2분대장도 틀림없이 한 몫을 했을 터이다. 그렇다면 2분대장의 아버지인 그도 자식 덕을 보는 것이다. 이때 그는 대담하게도 아들에 대해 이렇게 결론을 내렸다. 그는 정말로 명예를 따내 집안망신을 시키지 않았어. 잘한 거야. 집을 떠날 적의 아이에 대한 추측은 천천히 머릿속에서 밀려났다. 그는 마치 집에 돌아와 마을 사람들을 만난 것만 같았다. "보라구, 더즈 그 아이가 깃발 하나를 받았대. 이건 내게 편지 열 통을 보내 준 것보다 훨씬 나아! 어른이 그에게 무얼 바라겠어. 이 정도면 충분하지." 그러자 고향 사람들 모두가 그를 부러워하면서 자기 아들의 편지를 꺼내들고 불만스러운 듯 떠들어댔다. "편지 따위야 무슨! 깃발도 못 얻었으니 무슨 의미가 있어! 장노인이야 말로 영광스러운 군속이네." 그리하여 가족들은 글 쓸 줄 아는 사람에게 말하는 대로 써 달라고 부탁하였다. 아들더러 집안을 위해 명예를 얻어오라. 그렇지 않으면 집안에 대한 고향 사람들의 보살핌과 관심은 헛수고가 되고 말 것이다. 심지어 아들에게 명예를 얻지 못하면 집에 편지도 써 보내지 말라고 쓰기도 했다! 그리하여 장노인은 모두가 칭찬하는 멋진 노인이 되었고, 그는 마을에서 영광과 존경에 휩싸여 즐겁게 살아간다.

"하하, 겨우 35미터! 내가 하는 걸 보라구!"

"난 40미터는 나갈 거야! 큰소리치는 게 아니야! 봐봐!"

쉭! 쉭! 푹! "38미터!"

쉭! 쉭! 푹! "37미터!"

장노인이 눈을 들어보니, 깨끗하게 청소된 마당에서 많은 병사들이 웃통을 벗은 채 땀을 흘리며 다투어 목제 수류탄을 던지고 있었다. 길 이쪽에는 몇 명의 병사들이 흩어져 있었다. 그들은 나뭇가지로 지탱한 삼각대에 총을 걸친 채 벽에 바른 붉은 점을 조준하고서 입을 꾹 다물고 있었다. 갑자기 거리 어디에선가 징과 북을 치듯이 놋대야와 양철통을 두드렸다. 그러자 몇몇 병사들이 이 소리에 맞춰 허리를 구부리고서 총을 들고 몇 걸음 뛰다가 엎드리고, 또 몇 걸음 뛰다가 엎드리더니 '공격!' '돌격!' 하고 소리를 질렀다. 장노인은 처음에는 무슨 일이 터졌는가 싶어 가슴이 방망이질했는데, 가만 생각해 보니 부대가 야외훈련을 하고 있음을 알았다. 그는 힘차게 뛰어다니는 사람들을 바라보면서 두리번두리번 그들의 얼굴을 뚫어져라 쳐다보았다. 마음 놓을 수 없는 일이 있는 양, 길목에 반듯이 선 채로 그는 당혹스러운 표정으로 생각에 잠겼다. 더즈는? 어디 간 거야? 내 눈이 침침해진 건가?

"어르신, 안쪽으로 가세요. 부딪칠 것 같아요!" 키가 훤칠하고 가무잡잡한 병사가 노인에게 낮은 소리로 주의를 주었다. 그의 뒤에는 병사들이 줄을 지어 달리고 있었는데, 방금 수류탄을 던지던 병사들까지 마을 입구로 몰려가고 있었다.

"동지, 당신은 누구요?" 장노인은 가무잡잡한 병사의 손을 잡고서 차마 놓지 못한 채 물었다.

"어르신, 저는 2분대장입니다. 야외 훈련하러 가는 길입니다!" 이렇게 말하고서 손을 빼더니 부대를 뒤쫓아 갔다.

장노인의 마음은 무엇인가에 갑자기 움켜잡힌 것 같았다. 그가 잘못 들은 것인가, 아니면 그가 잘못 말한 것인가? 2분대장은 더 즈쟎아. 그런데 그가 어떻게 2분대장이야? 그는 쫓아가서 다시 묻고 싶었지만 이미 늦었다. 여전히 방금 부대를 지나칠 때 병사들의 얼굴에서 눈을 떼지 않았는데, 더즈를 찾지 못하였다. 그는 사태를 파악하기는커녕 오히려 점점 더 종잡을 수 없게 되었다. 그의 당혹감과 번민은 그의 마음을 한층 깊이 쥐어뜯었다. 이게 도대체 어찌 된 일이야? 그는 도무지 이해할 수가 없었다.

"어르신! 왜 이렇게 일찍 일어나셨어요. 어르신도 참 ……" 지도원의 친근한 목소리는 노인의 걱정스러운 눈빛에 놀라 멈추었다. 젊은 지도원은 자기도 모르게 똑같은 눈으로 그를 쳐다보면서 떨리는 목소리로 말했다. "저를 따라오세요, 어르신! …… 괴로워하지 마세요!"

불길한 예감이 장노인을 짓눌렀다. 지도원이 고개를 숙인 채 걸어가는 것을 보고서 그도 말없이 그를 따랐다.

그곳은 마을 너머 한길가의 조그마한 황량한 언덕이었으며, 짙은 잿빛의 첨탑이 곧추세워져 있었다. 버들가지에 가려진 채 짙은 안개 속에 우뚝 선 첨탑은 보일 듯 말 듯, 보이기는 해도 가까이 다가갈 수 없이 웅장한 기세로 가득 차 있었다.

두 사람은 엄숙하게 탑 앞으로 걸어갔다. 그림자는 아침 안개 속에 잠겼다. 여기가 어딜까? 맙소사! 장노인은 깜짝 놀라 물끄러미 바라보았다. 아무 소리도 내지 않은 채.

틀림없어, 이곳은 신천지야. 장노인이 이런 곳을 본 것은 태어

나서 처음이었다. 짙은 잿빛의 탑은 마치 커다란 창처럼 솟구쳐 있었다. 그 위에는 진한 남색의 반듯하고도 자그마한 해서체 글자가 빽빽하게 새겨져 있는데, 안개에 적셔져 반짝이는 윤기로 먼지 한 점 끼어있지 않았다. 탑 아래에는 몇 줄의 화환들이 있고, 흰색과 푸른색이 섞인 꽃 위에는 이슬방울이 반짝였다. 이 꽃들은 촉촉한 풀밭에서 이제 막 피어난 것만 같았다. 그 잡초더미 밑 역시 연한 싹들이 삐죽삐죽 푸른 싹을 내밀고 있지 않은가? 이 얼마나 젊고 풋풋한 장소인가!

두 사람이 오랫동안 침묵에 잠겨 있다가 지도원이 이 탑의 유래와 전체 건설 과정을 설명했다.

"어르신, 이 분이 바로 더즈 동지입니다." 마침내 지도원이 탑의 첫 줄에 있는 작은 해서체 글자를 가리키면서 비통한 목소리로 말했다. 그는 장노인이 자신의 솔직한 말에 깊은 자극을 받으리라 걱정했지만, 노인의 마음이 얼마나 침통할지 돌아볼 겨를도 없이 단숨에 그의 아들이 치열한 전투에서 세운 혁혁한 공로에 대해 이야기했다. 그를 기념하기 위해 사단에서는 1소대에게 깃발을 보내주고, 1소대 2분대를 더즈분대라고 명명하였다. 이 열사 기념탑도 부대가 최근에 공들여 만든 것이며, 그의 아들의 이름이 열사 영웅으로서 탑에 1등으로 새겨졌으니 이 영예는 천추만대에 잊혀지지 않을 것이다. 지도원이 이렇게 말하는 것은 이 나이 많은 군속을 위로하기 위함이며, 영광스럽고 진실한 이야기에 의해 그의 참담한 슬픔이 쓸려나가게 하기 위함이었다. 그의 말은 탑에 있는 열사들에 대한 맹세와 같았고, 산 자나 죽은 자 모두 여기에서 만족스러운 미소를 찾을 것이다.

그의 옆에서 장노인은 조용히 첨탑을 바라보았다. 지도원의 말이 쇠망치처럼 그의 마음을 후려쳤다. 그는 이제 아들을 잃어 외로운 늙은이가 되었다. 그는 더 이상 아들의 젊은 얼굴을 볼 수도, 그의 시원시원한 말을 들을 수도 없었다. 어제까지만 해도 아들은 말하고 웃었으며, 그의 머릿속에 살아 숨 쉬고 있었다. 그러나 이제 지도원의 말 한마디로 인해 아들은 더 이상 살아 숨 쉬지 않은 채 황토 속에 영원히 잠들었다. 그는 정말 슬퍼서 통곡하고 싶었다. 그러나 장노인의 눈물은 너무나 인색하여 흘러나오지 않았다. 통곡하려 해도 울음이 터져 나오지 않았다.

애야, 너의 죽음은 훌륭했어! 명예로웠어! 애비는 네가 이렇게 살다가 이렇게 죽기를 바랐단다! 너는 나는 물론 마을 사람들의 체면을 살려주었어! 네 이름은 한길가에 남아 있고 탑 위에 남아 있으니, 오가는 사람들마다 너를 볼 수 있으며, 네 몸에서 네 애비를 알게 될 것이야. 평생 소나 개 취급을 당하던 가난뱅이 자식에게도 쥐구멍에 볕들 날이 있구나! 네 엄마가 어떻게 죽었니? 굶어 죽어 뼈만 앙상한 사람을 낡은 돗자리에 쌌지만, 끝내 묻을 곳을 찾지 못해 잃어버리고 말았지. 네 형은 어떻게 죽었니? 노가다로 일하다가 탄광에 깔려 죽는 바람에 시체도 찾지 못했지. 네가 가장 가치 있게, 명예롭게 죽었다. 애비는 이 늙은 목숨을 바쳐 네가 맡은 임무를 완수하마! 기다리고 있어라. 애비가 복수해줄게 ……

그는 글자를 알지 못하는지라, 뜨거운 눈길을 지도원이 가리키는 그 작은 글자에 집중하여 보고 또 보았다. 참신한 해서체 글자를 바라보면서, 그는 마치 아들을 보는 것만 같아 그가 살아 있는 것처럼 여겨졌다.

안개가 햇빛에 엷어지더니, 따뜻한 햇살이 첨탑 위에 꽃무늬처럼 번지면서 탑 위의 글자에 금박을 입힌 듯 바라볼수록 빛을 반짝였다. 수많은 희고 푸른 꽃들도 유달리 신선하고 연해보이고, 탑 앞의 두 사람도 차츰 평정을 되찾았다. 이제 이곳의 모든 것이 뚜렷하고 건강하며, 생기가 넘쳤다.

시간이 얼마나 흘렀는지 모르는데, 지도원과 장노인이 다시 넓은 방에 나타났다.

비낀 햇빛이 창유리를 따라 방 안으로 쏟아져 들어오고, 병사들은 눈부신 햇빛 속에서 담소를 나누고 담배를 피웠다. 마치 제멋대로 떠들어 대는 것 같기도 하고, 비공식적인 집회를 여는 것 같기도 했다.

"자, 주목. 조용히!" 지도원이 두 손을 흔들어서 장노인을 가운데로 모셨다. "이분은 우리 2분대장 장더즈의 아버지입니다. 영웅의 아버지입니다."

장노인은 자애로운 웃음을 지으며 모두에게 고개를 끄덕인 다음, 담뱃잎 한 베자루를 들어올렸다. "어르신께서 여러분을 위로코자 이걸 가져오셨는데, 받지 않으면 안 된다고 말씀하십니다." 지도원은 이렇게 한 마디를 덧붙이고서 왼팔에 붉은 헝겊을 맨 주번 소대장에게 베자루를 건넸다.

방 안에는 웃음소리와 박수갈채, 기침소리가 쉴 새 없이 이어졌다. 장노인이 가죽 모자를 벗자 온 방 안은 쥐 죽은 듯 고요해졌다. 수많은 눈들이 그를 존경하는 눈빛으로 쳐다보았으며, 손가락으로 그를 가리키는 사람도 있었다.

"동지 여러분, 으흠 ……" 장노인이 말을 하기 시작했다. 그의 목소리는 약간 떨렸으며, 목소리에는 호탕함과 분개심이 가득 담겨 있었다.

"제 아들 더즈는 2분대 전임 분대장입니다. 그는 명예롭게, 그리고 훌륭하게 죽었으니 나는 슬퍼하지 않습니다. 나는 동지들에게 안부 인사를 드리러 왔습니다. 으흐흠 ……"

"동지들! 우리 분대장은 장개석 개××에게 희생당했습니다!" 짙은 눈썹에 부리부리한 눈을 지닌 청년 병사가 팔을 내뻗고서 마치 구호를 외치듯 식식거렸다.

"우리 후방의 집안에는 집도 생기고 땅도 생겼습니다만, 더즈 분대장은 우리 가난뱅이의 조국을 위해 희생되었습니다. 우리가 그의 복수를 하지 않는다면, 누가 복수하겠습니까?!"

"옳소!" 다른 병사가 쿵쾅거리면서 뛰쳐나오더니 모두를 보면서 말했다.

"우리는 이제야 왔지만 옛 동지께서 우리에게 영광을 가져다주었으니, 우리는 영광을 지켜내야 합니다. 어르신을 위해 반드시 복수하겠습니다!"

이때 누군가가 기세등등하게 말을 많이 한 것 같은데, 장노인에게는 잘 들리지 않는 듯하였다. 그는 젊은이들 앞에 서 있었지만, 마음은 진즉 다른 곳으로 달려가 있었다. 그는 해적모를 쓴

장개석의 원숭이 졸개들이 입을 쩍 벌리고 이를 드러낸 채 산 위로 올라가는 것을 보았다. 원숭이 졸개들이 산 이쪽의 향기롭고 먹음직한 과수원으로 와서 복숭아를 빼앗아 먹으려는 순간, 갑자기 한 사람이 산꼭대기에 나타나 그들을 쓰러뜨렸다. 이후에 졸개들이 무리를 지어 한 번, 또 한 번 쳐들어오자, 그 사람은 쓰러지고 말았다. 그는 쓰러진 사람이 더즈인지 아닌지를 알아보려고 하는데, 곧이어 뒤쪽에서 쿵쿵 소리와 함께 새끼호랑이 같은 것이 숫자를 헤아릴 수 없이 많은 대오에 달려들어 원숭이 졸병들을 먹어치웠다. 그가 신이 나서 산꼭대기에 서 있다가 새끼호랑이를 따라 뛰어 내려가려는 순간, 갑자기 누군가와 부딪쳤다.

"어르신, 저를 기억하시죠." 키가 훤칠한 병사가 장노인에게 다가오더니, 한 손에 붉은 깃발을 들고 한 손으로는 노인의 손을 잡았다.

장노인은 아침 일찍 만났던 얼굴이 가무잡잡하고 아들의 직무를 대신하는 분대장임을 알아보고서, 유달리 그에게 친근한 미소를 보였다. "어르신, 우리 분대 모두가 더즈 동지의 원수를 갚고, 소대의 이 깃발을 지켜내겠습니다." 이렇게 말하면서 가무잡잡한 병사가 깃발을 힘차게 흔들자, 그의 뒤에서 박수소리가 요란하게 터졌다.

그 후 방 안은 정적에 휩싸인 채 모두들 반짝이는 눈으로 장노인을 바라보았다. 이것은 가장 엄숙한 존경이고 고상한 사랑이며, 모두의 마음속 그를 향한 무언의 찬양이었다. 장노인은 조금도 당황하지 않고서 여유롭게 빙 둘러보더니, 다시 가무잡잡한 병사의 손을 꼭 움켜쥔 채 감격한 나머지 말을 잇지 못했다.

"어르신," 지도원이 곁으로 다가갔다. "저희를 더즈로 여겨주십시오. 저희가 기어코 어르신과 더즈를 위해 복수해드리겠습니다."

"나 , 나도 …… 할 수 있어. 난 늙지 않았어." 지도원을 바라보는 장노인의 수염이 부르르 떨었다.

마당에 따그닥 따그닥 말발굽 소리가 들려오더니, 문을 따라 자그마하고 어린 경호원이 뛰어들어왔다. 그는 먼저 지도원에게 경례를 했다.

"보고합니다. 주임이 오셨는데 모시고 오랍니다." 그는 입을 장노인을 향하여 치켜들었다.

장노인은 아쉬운 마음으로 병사들을 떠나 지도원을 따라 나왔다. 맞은편에는 말이 있고, 단정한 차림에 마른 얼굴의 사람이 웃음을 지은 채 말고삐를 잡고서 그를 맞이했다. 이 사람이 주임인가? 내가 여기 온 지 겨우 하루째인데, 주임이 어떻게 알았을까? 주임이 내 이름도 알고 있나? ……

장노인이 걸으면서 생각에 잠겨있던 사이에 지도원이 이미 그를 주임에게 소개했다. 주임은 열정적으로 장노인의 손을 붙잡았으며, 이렇게 몇 사람이 함께 중대본부에 들어갔다. 이리하여 중요한 대화가 시작되었다.

주임의 말은 매우 신중하였다. 그는 글자 하나하나 또박또박 말하였으며, 그의 한 마디 말은 장노인에게 진심 어린 위로를 가져다주었다. 그는 노인이 마음을 편하게 먹고, 노인이 아들의 희생으로부터 영원히 죽지 않는 의미를 깨닫고, 노인의 슬픔과 눈물을 영광스러운 복수의 힘으로 변화시키기를 원했다. 장노인은 그의 이야기에 묵묵히 귀를 기울이면서 고개를 끄덕였다. 그는 주임이 말하는 모든 것들을 갖게 되고 이루어 냈다.

갑자기 무엇인가 그의 눈앞에서 반짝반짝 빛을 내뿜었다. 그는 고개를 치켜들고서 어떤 힘에 이끌린 듯 일어섰다.

"어르신 , 더즈는 인민을 위해 공을 세웠습니다. 어르신도 자랑스러울 겁니다." 주임은 손바닥 안에서 빛을 발하는 물건을 바라보면서, 많은 사람이 그에게 하고 싶은 말을 꺼냈다. 장노인은 이러한 자리에서 어느새 자신이 사람들에게 둘러싸인 채 수많은 손들이 그를 따뜻하게 부축하고 있으며, 수많은 눈동자들이 경애에 찬 눈길로 그를 바라보고 있음을 느꼈다. 그는 최고의 영예와 사람들의 무한한 존경을 받았다.

"어르신, 이걸 받으십시오. 이것은 어르신의 영원한 영광입니다!" 장노인은 격렬하게 떨리는 손으로 보석처럼 빛나는 메달을 어루만졌다. 그의 눈은 금방 눈물로 가득 찼다. "나, 난 돌아가지 않겠네! 나도 참전하여 아들의 원수를 갚겠네!"

# 중국 현대 단편소설선 3

**초판 1쇄 발행일** 2020년 2월 28일

**지은이** 야오쉐인 · 추둥핑 · 쑨리 · 장톈이 · 사팅
　　　자오수리 · 캉줘 · 마펑 · 아이우 · 루링 · 류바이위 · 시훙
**옮긴이** 이주노
**펴낸이** 박영희
**편집** 박은지
**디자인** 최민형
**마케팅** 김유미
**인쇄 · 제본** 제삼인쇄
**펴낸곳** 도서출판 어문학사
　　　서울특별시 도봉구 해등로 357 나너울카운티 1층
　　　대표전화: 02 - 998 - 0094 / 편집부1: 02 - 998 - 2267, 편집부2: 02 - 998 - 2269
　　　홈페이지: www.amhbook.com
　　　트위터: @with_amhbook
　　　페이스북: https://www.facebook.com/amhbook
　　　블로그: 네이버 http://blog.naver.com/amhbook
　　　　　　　다음 http://blog.daum.net/amhbook
　　　e-mail: am@amhbook.com
　　　등록: 2004년 7월 26일 제2009 - 2호

ISBN 978-89-6184-947-0　03820
**정가** 17,000원

이 도서의 국립중앙도서관 출판예정도서목록(CIP)은 e-CIP홈페이지(http://www.nl.go.kr/ecip)와
국가자료공동목록시스템(http://www.nl.go.kr/kolisnet)에서 이용하실 수 있습니다.
(CIP제어번호: CIP 2020008602)